Unterwegs mit einem Clown

FRANK HOLLWEG

Unterwegs mit einem Clown

Meine Erlebnisse auf dem Weg durch Europa

Bibliografische Information der Deutschen Nationalbibliothek:
Die Deutsche Nationalbibliothek verzeichnet diese Publikation in
der Deutschen Nationalbibliografie; detaillierte bibliografische Daten
sind im Internet über http://dnb.dnb.de abrufbar.

Fotos: Frank Hollweg
ISBN: 978-3-7460-3437-9

Satz, Herstellung und Verlag: BoD – Books on Demand, Norderstedt

Inhalt

Vorwort

Mein Name ist Frank Hollweg und ich bin 39 Jahre jung. Nachdem ich in meiner Kindheit eher weniger aus meiner Heimat kam, holte ich dies als junger Erwachsener nach. Als meine ersten Ziele habe ich mir die bekannten und westlichen Hauptstädte Europas angeschaut. Meist im Beisein von Mitgliedern der Familie und später dann mit Freunden. Die letzten Reisen jedoch unternahm ich alleine. Die Ziele wurden exotischer und bevor ich lange fragte, habe ich meinen Mut zusammengenommen und brach dazu auf. Rom, die ewige Stadt, war die erste Hauptstadt, die ich zusammen mit Geschwistern bereisen durfte. Darauf folgten Athen, Amsterdam, Stockholm, Budapest, Prag, Ljubljana und nicht nur die Hauptstadt Nikosia, sondern die »halbe« Insel von Zypern. Großartiges durfte ich dann mit Freunden mir anschauen. Nämlich Moskau, Warschau, Sofia, Bukarest, Skopje, sowie Madrid, Wien, Oslo und Paris. Erst nach einigen bereisten Hauptstädten und Metropolen dachte ich mir, warum nicht alle. Mehr und mehr fand ich Geschmack an Europas Zentren, die alle unterschiedlich geprägt sind und das auch hoffentlich beibehalten wird.

Im Alleingang konnte ich dann noch viele weitere mir anschauen. Das beinhaltete den gesamten Balkan, aber auch

Metropolen in Osteuropa, wie Kiew, Minsk, Chişinău. In Osteuropa darf ich Kiew empfehlen, was in einer der folgenden Geschichten mit auftaucht. Rom glänzt im Süden Europas nicht nur mit Geschichte, sondern auch mit dem La Dolce Vita. Neben Paris im Westen, was schon eine separate Geschichte wäre, darf ich hier die Beneluxländer empfehlen, die ebenfalls einen tollen way of life haben. Im Norden ist es eher ruhig, aber dennoch nicht unspektakulär. In Island gibt die Natur den Ton an. Somit bin ich nicht geographisch geordnet in alle Himmelsrichtungen gestartet, aber dennoch waren Nord, Ost, Süd und West dabei. Meine Reiseberichte »*Unterwegs mit einem Clown, meine Erlebnisse auf dem Weg durch Europa*« beschreiben meiner Meinung nach lustige Situationen, die mir bei diesen Reisen widerfahren sind. Dies sollte im Idealfall nicht nur zu einem Schmunzeln führen, vielmehr möchte ich allen Leuten beim Lesen Mut machen, sich die Welt anzuschauen. Garantiert ist es heutzutage auch nicht mehr schlimm, wenn man alleine verreist, denn nur so erlebt man etwas und kann sich die Welt ansehen. Und diese ist sehr schön. Aber ich müsste schon sehr, sehr alt werden, um mir wirklich alles ansehen zu können.

Nein, ich habe mich nicht als Clown verkleidet und damit das Geld für meine Reisen verdient. Dieser Clown ist imaginär und nicht wirklich vorhanden. Aber er ist anscheinend bei immer mit im Gepäck.

Mithilfe des Internets, Einträgen aus diversen Zeitschriften und Fachliteratur oder Reiseführer kann sich jede/r auf Reisen in fremde Länder und Städte vorbereiten und einstimmen. Dies ist mir bei all meinen Reisen gelungen. Mit Tipps, Anregungen und letzten Endes meinen Erfahrungen möchte ich junge und junggebliebene Erwachsene dazu animieren, mehr zu reisen.

Einfach für ein paar Tage mit wenig Geld mal raus aus dem Alltag. Hier ist es egal, ob man auf Party aus ist, oder doch eher intellektuell interessiert man geprägt ist. Es war keine Stadt dabei, wo bei mir Langeweile aufgekommen ist. Im Gegenteil, meist hat die Zeit nie gereicht, um alles zu besuchen und/oder zu sehen.

Nicht nur das Wetter ist oft nicht wirklich vorhersehbar, sondern auch die Situationskomik, die sich gelegentlich ergibt, wenn man alleine verreist. Natürlich kann dies auch als Paar oder in einer Gruppe passieren. Als Alleinreisender wird man jedoch viel häufiger angesprochen oder man kommt mit anderen leichter ins Gespräch. Auch die Sinne werden durch das Reisen ohne Begleitung im Hinblick auf eventuelle Gefahren geschärft. Habe/habt Mut, überlegt bei den Vorbereitungen manche Dinge! Und mit der Vorfreude im Gepäck kann gar nicht mehr viel schiefgehen. »Mut zur Lücke« und eine gesunde Neugierde auf fremde Kulturen, neue Städte, anderen Sprachen sollten hier inbegriffen sein.

Im Laufe der Jahre und meiner bis dato angesammelten Reiseerfahrungen setzte ich mir dann schließlich ein Ziel und dieses beinhaltete, alle Hauptstädte Europas zu bereisen. 25 Jahre habe ich für dieses mir selbst auferlegtes Programm benötigt. Am Anfang besuchte ich eine Metropole pro Jahr. Mit abzeichnen, dass ich das Programm durchaus schaffen kann, wurden dann mehrere Städte und Regionen im Jahr daraus. Im September 2016 gelang es mir dann erfolgreich; und mit ein bisschen Stolz kann ich hiermit behaupten, dass Europa wunderschön und interessant ist. Wir Europäer haben eine große Chance und sollten uns diese von all den Kritikern und/oder Neidern nicht zerstören lassen. Ganz klar ist, dass es in Europa immer Probleme gab und es diese auch in Zukunft weiterhin geben wird. Es ist nicht alles Gold, was glänzt, aber im Hinblick auf die architektonischen Highlights, die unterschiedlichsten Sprachen und die große Vielfalt der verschiedensten Kulturen ist Europa großartig und sollte somit unbedingt entdeckt und bereist werden.

Nur Mut, auf geht's! Du bist nur noch wenige Mausklicks von deiner Buchung einer Reise in ein fremdes Land/eine fremde Stadt entfernt. Trau dich, aber bereite dich vor! Ganz egal, ob deine nächste Reise dich in Richtung Norden, Süden, Osten und/oder Westen führen mag, mit der Höflichkeit deiner Gastgeber wird es nirgendwo Schwierigkeiten geben. Europa ist es wert, bereist zu werden. Schließlich kann ich das nach allen besichtigten europäischen Hauptstädten auch guten Gewissens behaupten.

Mit diesem Buch möchte ich Einblick nur in gewisse Regionen und Städte geben. Um von allen Städten, die ich bereist habe, zu erzählen, würde hier den Rahmen sprengen. Daher gibt es Geschichten vorerst zu Metropolen in Italien, wobei hier Rom absichtlich weggelassen wurde. Helsinki und Tallinn teilen sich eine Geschichte, genauso wie Kiew und Chișinău. Riga, die Hauptstadt Lettlands ist mit von der Partie und auch der Balkan lässt grüßen.

Glaubt mir! In der Hoffnung, dass auch bei dir ein imaginärer Clown seine Späße treibt, wünsche ich zumindest schon einmal an dieser Stelle viel Spaß beim Reisen und gute Unterhaltung bei der Lektüre.

Gute Reise - Have a nice trip - Bon Voyage!

Skopje – Pristina –
Tirana: der Ruf des Balkans

Es war mal wieder so weit: Drei Hauptstädte warteten auf mich, wovon ich eine schon zuvor bereist hatte. Aber zunächst begann alles mit einem Brief. In einem Newsletter vom Flughafen Nürnberg, meinem Heimatflughafen, werde ich regelmäßig über alle Neuigkeiten per E-Mail informiert. Sobald dieser Newsletter in meinem digitalen Briefkasten ankommt, bin ich in der Regel schon über alle neuen Flüge im Bilde. Der Flughafen Nürnberg tut sich hier etwas schwer, weil er geografisch fast in der Mitte zwischen den Großflughäfen in Frankfurt/Main und dem Franz-Josef-Strauß-Flughafen in München liegt. Die Flughäfen in Frankfurt/Main und München sind die beiden größten Flughäfen Deutschlands und daher ist es für Nürnberg nicht leicht, die z. T. selbst gesteckten Ziele einzuhalten. Auch mit Blick auf die Flugtarife hat der Albrecht-Dürer-Flughafen in Nürnberg noch Nachholbedarf.

Last, but not least wurde ich in diesem Fall per Newsletter darüber informiert, dass eine neue Low-Cost-Airline, eine sogenannte Billigfluggesellschaft, gefunden wurde, die zukünftig den Flughafen Nürnberg mit Skopje verbinden könnte. Skopje ist die Hauptstadt von Mazedonien, eine Stadt, in der ich bereits mit Freunden gewesen war. Von Sofia, der Hauptstadt Bulgariens, fährt man mit einem Auto in ca. zweieinhalb bis drei Stunden nach Skopje. Somit war das Angebot für mich persönlich hinfällig. Es war auf meiner Liste bereits abgehakt und somit eigentlich uninteressant. Skopje liegt jedoch geografisch im Norden von Mazedonien und somit fast unmittelbar an der Grenze zum Kosovo. Na, wenn das mal kein gutes Angebot ist! Ich las mir daraufhin nicht nur die Nachricht vom Flughafen Nürnberg mehrmals aufmerksam durch, sondern versuchte vergeblich, nähere Informationen bzgl. dieser Reiseoption zu recherchieren. Schließlich wollte ich ja den Namen der Billigfluggesellschaft herausfinden und erfahren, ab wann diese im Flugdienst für die Strecke Nürnberg – Skopje und umgekehrt tätig würde, ab wann diese Reise dann buchbar wäre und was diese kosten würde. Anscheinend war ich jedoch der einzige E-Mail-Empfänger, der mit all diesem »Blabla« nicht viel anfangen konnte.

Im Internet wurde ich nicht weiter fündig, sodass ich schließlich direkt eine E-Mail an den Flughafen Nürnberg schrieb. Die Antwort ließ nicht lange auf sich warten und der Inhalt war sehr ernüchternd. Man ging überhaupt nicht auf meine Fragen ein und speiste mich einfach mit dem Inhalt des Newsletters ab. Toll! Vielen lieben Dank, Flughafen Nürnberg! Aber nicht mit mir …Wenn man so einfach auf meine E-Mail antworten konnte, dann musste ich wohl zu anderen Mitteln greifen. Ich schrieb also einen Brief an den Flughafenchef, Herrn Dr. Ralf Schmidt. In diesem habe ich mich über die Antwort auf meine E-Mail-Anfrage beschwert und letztendlich noch einmal dieselben Fragen ge-

14

stellt. Und es funktionierte. Nach circa drei bis vier Tagen erhielt ich bereits eine Antwort per E-Mail. Man konnte am Flughafen Nürnberg offensichtlich eins und eins zusammenzählen und somit direkt zuordnen, dass es sich sowohl bei der E-Mail-Anfrage als auch beim Brief um ein und denselben Absender handelte.

Die Assistentin von Herrn Dr. Ralf Schmidt entschuldigte sich daraufhin für diesen Fauxpas bzgl. der Antwort auf meine erste E-Mail und beantwortete mir alle meine Fragen.

Bei der Fluggesellschaft handele es sich um die ungarische Low-Cost-Airline »Wizz Air« und der Buchungszeitraum werde in den folgenden Wochen freigeschaltet, so die sinngemäße Antwort des Flughafenpersonals. »Warum nicht gleich so!«, dachte ich mir. Mit diesen Details konnte ich schon einmal arbeiten und meine Reiseroute austüfteln. Das besänftigte zwar meine Ungeduld, obgleich die genaue Reiseplanung, d. h. wie ich genau was und wann machen könnte, noch etwas Zeit in Anspruch nahm. Schließlich war der Moment endlich da und der Flug wurde zur Buchung freigegeben. Übrigens geschah dies, ohne eine weitere Ankündigungs-E-Mail vom Flughafen Nürnberg, was ich etwas schade fand, zumal dies aus meiner Sicht eine gute Werbung gewesen wäre. Doch die Sachbearbeiter bzw. die Werbefachleute werden sich schon etwas dabei gedacht haben. Ich sollte das vielleicht weniger kritisch hinterfragen.

Obwohl die Flugbuchung online bereits möglich gewesen wäre, wartete ich noch ab. Ich haderte noch, weil ich es mir noch nicht zutraute, diesen Flug alleine anzutreten. Schließlich war ich schon einmal in Skopje gewesen und müsste nicht noch einmal dort hinreisen, obwohl es mir damals sehr gut gefallen hatte. Auch wenn die Hauptstadt Mazedoniens einen guten Ausgangspunkt zum Bereisen des Kosovo geboten hätte, wusste ich nicht, ob ich das machen sollte. Kosovo – das klingt nach Krieg, nach Minengebieten, eingefallenen Häusern; Not und Elend bestimmten die Bilder, die sich mittels Nachrichten damals in meinen Kopf eingebrannt hatten. »Was willst du da eigentlich?« Nach mehreren Überlegungen dachte ich mir dann aber, dass Pristina, die Hauptstadt des Kosovo, schließlich auch zu den europäischen Hauptstädten gehört. Dieser Ort konnte nicht einfach ausgelassen werden. Ich kannte niemanden, der bereits dort gewesen war und den ich zum damaligen Zeitpunkt hätte fragen können.

»Was mache ich nun?«, dachte ich verzweifelt. »Mach es!« – bläute ich mir immer wieder ein. Notfalls würde ich nach Skopje zurückkehren, falls alles schiefginge und ich mich unsicher fühlen würde. Diese Art von Entscheidungen fällt mir grundsätzlich meist nicht leicht, aber nach einigen Überlegungen musste dann einfach eine Entscheidung her. Lieber eine falsche Entscheidung treffen als gar keine. Somit war der Groschen gefallen und ich entschied mich, mir das unbekannte Land bzw. die Hauptstadt genauer anzuschauen. Mehr noch, ein Blick auf die Landkarte und auch das Internet halfen mir dabei, eine Reise zu planen, die noch mehr Unbekanntes beinhaltete. Die Reiseplanung schaute jetzt folgendermaßen aus: Nürnberg (Deutschland) – Skopje (Mazedonien) – Pristina (Kosovo) – Tirana/ (Albanien) – Skopje (Mazedonien) – Nürnberg (Deutschland). »Wenn das mal gut geht?«, dachte ich sichtlich angespannt.

Nach den Anfangsschwierigkeiten ging es dann zu Punkt zwei in meiner imaginären Liste. Die Buchung des Fluges. Ein einfacher Punkt. Man benötigt einen Kalender und einen internetfähigen Computer. Man sollte sicher sein, dass auch das Bankkonto über mindestens 150 Euro verfügt. Dann kann es auch schon losgehen. Somit setzte ich mich vor den Computer und arbeitete mich Schritt für Schritt durch. Mit jeder weiteren Flugbuchung, die ich selbst online zu Hause machte, wurde ich sicherer. Somit war dies kein schwieriges Unterfangen und das Buchen war nicht besonders kompliziert. Für meine Wunschreisedaten waren noch Plätze frei, der Preis war mit 46 Euro für Hin- und Rückreise äußerst günstig, was auch den Geldbeutel freute; die Buchung erfolgte ohne Komplikationen. Der Preis beinhaltete keine Mitnahme von größerem Gepäck, was keine Überraschung für mich war. Für meine geplanten drei Übernachtungen reichte mir ein Handgepäckstück. »Das wird mein Rucksack werden«, dachte ich mir. Als Bestätigung wurde mir eine E-Mail zugesandt.

Der nächste Schritt war dann schon nicht mehr so einfach. Nein, hier ist nicht die Suche nach einem geeigneten Hotel gemeint, denn hiervon gab es viele. In meiner Vorgehensweise musste ich mich nun vielmehr mit der Frage auseinandersetzen, wie ich denn von A nach B käme, genauer gesagt, von Skopje nach Pristina. Das war nicht so einfach, wie ich dachte, und meine Internetrecherchen stießen hier an eine Grenze. Schließlich gelangte ich auf die Website des Busbahnhofs in Skopje, jedoch standen die Details alle in kyrillischer Sprache geschrieben und die englische Übersetzung befand sich »still under construction«, was ein Schild mit einem Ausrufezeichen neben einer Baustelle zu untermauern schien. Hier kam ich somit einfach nicht weiter. Weitere Seiten zeigten mir zwar, dass es prinzipiell Busverbindungen gab, aber ich wollte ja dann noch zusätzlich wissen, ob es auch am Abend noch eine Verbindung gäbe. Da ich hierzu keinerlei Informationen finden konnte, übersprang ich diesen Punkt, schrieb einige E-Mails an Touristen-informationen und diverse Reisebüros, aber die Antworten waren spärlich oder blieben einfach gänzlich aus.

Das letzte Puzzleteilchen, das mir nun noch fehlte und welches ich mir noch aussuchen musste, war ein Hotel. Ich buchte ein Zimmer in einem Hotel in Pristina, mit der Option, dieses kostenlos stornieren zu können, und fragte dort nach. Es funktionierte. Als Referenz für meine Anfrage konnte ich meine Buchungsnummer für das Hotelzimmer angeben und bekam eine anständige Auskunft. Für meinen Flug mit der Ankunft in Skopje am Abend gab es noch eine Nachtverbindung per Bus. Prima! Ich freute mich. Mit diesem einfachen Trick habe ich mir alle Informationen bezüglich der Busverbindungen einholen können. Diese Methode habe ich dann auch für die Weiterreise angewandt und alle Hotels standen mir Rede und Antwort. Bis ich verreisen konnte, hatte ich somit jede Menge Papierkram zu erledigen und anschließend in meinem Rucksack zu verstauen. Schließlich könnte ja etwas schiefgehen und ich müsste zu Plan B greifen, um in die nächste Stadt bzw. an das nächste Ziel zu gelangen.

Ein nicht einmal voller Rucksack wartete nun in meinem Schlafzimmer darauf, am darauffolgenden Tag mit mir zu verreisen. Wenn dieser Rucksack sprechen könnte, hätte ich viele Seiten auszudrucken. Der war auf fast jeder Reise dabei und hat dabei schon die halbe Welt gesehen. Ein letztmaliger Check sowohl am Computer als auch am/im Rucksack wurde von mir vorgenommen. Während viele Passagiere oder Verreisende sich hier beschweren, dass man doch mit Handgepäck nicht reisen könne, sehe ich hierin eigentlich nur Vorteile. Man kommt nicht in Verlegenheit, nicht noch das ein oder andere unnötige Teil mitzuschleppen, das man dann am Ende doch nicht benötigt. Das Fotoalbum mit den Lieben zu Hause, das dicke Stephen-King-Buch und das Reisebügeleisen konnten somit getrost in der Heimat zurückgelassen werden. Das ist letztendlich alles nur unnötiger Ballast. Sind der Reisepass, ein Geldbeutel mit etwas Inhalt, die Kreditkarte, ein Smartphone mit Ladekabel sowie alle Ausdrucke vorhanden? Dann kann es losgehen!

Die Verabschiedung von den Lieben zu Hause möchte ich stets möglichst schnell und undramatisch gestalten, was aber nicht immer so einfach ist. Während mein Reiseziel Kosovo nur etwas Stirnrunzeln bei allen Personen auslöste, riefen die Destinationen Tirana und/oder Albanien weitaus dramatischere Reaktionen in meinem persönlichen Umfeld hervor. »Mach das nicht, dort gibt es noch Blutrache!«

»Was willst du denn dort?« Das sei eine ganz fremde Kultur und bei allen Aktenzeichen-XY-Sendungen seien es stets die bösen Kosovo-Albaner, die keine Skrupel hätten, Leute umzubringen – solche und ähnlich klischeehafte Äußerungen musste ich mir häufiger anhören und mir wurde immer wieder ein schlechtes Gewissen eingeredet. Doch nicht nur das: auch Ängste wurden durch solche Aussagen geschürt.

Dabei ist die Angst letztlich ein schlechter Reisepartner. »Aber etwas ängstlich darf man schon sein!«, dachte ich mir. Schließlich bin ich nicht der erste Tourist dort und es sind ja auch noch andere Fremde vor Ort. Außerdem hatte ich doch schon alles durchgeplant, was ja nicht einfach gewesen war. Vor allem die Busverbindungen, die ich ja nicht online buchen konnte, waren sehr kompliziert herauszufinden gewesen. Meine Hoffnung lag darin, dass ich schon noch einen Platz in dem Bus ergattern könnte, den ich bräuchte. Wie hier in Deutschland auch, wäre hier der erste Gang somit der zum Busbahnhof.

Mit der Angst im Herzen fuhr ich dann mit meinem Auto nach Bayreuth. Dort traf ich mich mit Katrin. Sie hatte ein Angebot auf der Plattform einer Mitfahrzentrale namens »BlaBlaCar« eingestellt und wir hatten ausgemacht, dass wir uns um 14:00 Uhr am Bahnhof in Bayreuth treffen würden. Von dort könne ich mit ihr bis nach Nürnberg fahren. In unmittelbarer Nähe des Bahnhofes sind grundsätzlich alle Parkplätze kostenpflichtig und somit parkte ich in weiser Voraussicht etwas außerhalb. In einer Drogerie, die auf dem Weg lag, kaufte ich mir noch eine Sonnencreme, da ich zu Hause keine mehr gefunden hatte. Bereits an der Kasse vibrierte mein Handy. Da ich aber gerade beim Abkassieren an der Reihe war, konnte ich in diesem Moment nicht rangehen. Nur wenige Sekunden später hatte ich dann schon vier Nachrichten auf meinem Handy.

Nachricht 1: *Hallo Frank, hier ist Katrin, deine Mitfahrgelegenheit. Ich bin just im Moment schon ein paar Minuten eher am Bahnhof. Bist du schon da?*

Nachricht 2: *Stehe am geöffneten Kofferraum und sortiere um.*

Nachricht 3: *Ich schüttele gerade mein Haar und mache kreisende Bewegungen mit meinem Kopf.*

Nachricht 4: *Ich setze meine Sonnenbrille auf. Bist du da?*

Was sollte ich dazu sagen? Katrin schien sehr aufmerksam zu sein. Ich antwortete ihr Folgendes:

Huhu Katrin, bin in zwei bis drei Minuten da. Bitte warte noch so lange! Ich bin blond und verhalte mich meistens auch so. Und dann noch dazu ganz blau – jedoch nur die Kleidung☺

All die Beschreibungen von ihr machten es mir leichter, sie zu finden. Bei Buchung einer Mitfahrgelegenheit bekommt man meist die Marke des Autos und evtl. die Farbe und/ oder das Kennzeichen mitgeteilt. Das hätte mir auch gereicht, aber Katrin hatte mir ja jedes Detail kommuniziert. Katrin war 26 Jahre alt und hatte lange braune Haare. Sie trug ein grünes Top und eine weiße, nicht ganz knielange kurze Hose. Sie hatte eine sportliche Figur und lachte schon von weitem. Wir verstanden uns von der ersten Sekunde an super. Katrin stammte aus Nürnberg und hatte eine Freundin in Bayreuth besucht. Sie bat mich, ihr den Weg zur Autobahn zu beschreiben, da sie sich in Bayreuth nicht so gut auskenne. Wir standen noch am Auto und haben uns unterhalten. Sie hatte ihre Sonnenbrille vor der Begrüßung in die Haare gesteckt und rauchte eine Zigarette zu Ende; und wir waren bereits am Quatschen und Quatschen …

Die Zeit bis Nürnberg reichte überhaupt nicht aus, weil wir uns so gut verstanden. Ich erzählte ihr ein paar Geschichten von meinen vorherigen Reiseabenteuern und Katrin war es, die mir sagte, dass ich das aufschreiben solle. Da sie in einem Verlag arbeitete, konnte ich sie daraufhin noch einmal fragen, wie denn so etwas vonstattengehe. Ein eher zähflüssiger Verkehr auf der Autobahn 9 (A9) und noch dazu die Nachricht im Verkehrsfunk hatten uns beide dazu veranlasst, nicht bis der eigentlich angedachten Ausfahrt abzufahren, sondern bereits eine Ausfahrt früher zu nehmen. Es war wirklich viel los auf der Autobahn. Hier beichtete ich Katrin, dass ich mich nun aber nicht mehr auskenne, während sie mir antwortete, dass sie jetzt dafür aber Bescheid wisse. Da Katrin nur wenige Straßen vom Flughafen entfernt wohnte, fuhr sie mich direkt zum Flughafen. Es sei kein großer Umweg – so Katrin. Somit hatte ich mir die U-Bahn-Fahrt vom Hauptbahnhof Nürnberg bis zum Flughafen gespart.

Noch vor dem großen Eingangstor des Flughafens hatte ich bereits zwei von vier Zielen an diesem Tag erreicht. Das erste Ziel lautete, dass die Fahrt mit der unbekannten Katrin klappte. Das zweite Ziel war dann der Flughafen Nürnberg. Das dritte Ziel beinhaltete die Ankunft in Skopje und das vierte die Ankunft in Pristina.

Die Verweildauer am Flughafen in Nürnberg gestaltete sich für mich nicht als sehr langwierig. Ich hatte bereits von zu Hause aus online eingecheckt und an der Passkontrolle war auch nicht viel los, sodass ich mich danach direkt zum sog. »Duty Free & Travel Value Shop« begab. Hier begann quasi meine Arbeit als »Buchhalter«: Da ich ja nur Rucksacktourist war und aufgrund der Sicherheitsvorkehrungen nur eine bestimmte Menge an Parfüm usw. in meinem Handgepäck mitnehmen durfte, musste ich jetzt genau rechnen. Der Inhalt in meinem Minikulturbeutel war mit Zahnhygieneartikeln und der in Bayreuth gekauften Sonnencreme bereits ausgefüllt. Da ich aber Zeit hatte, prüfte ich in den Regalen nun alle Herrenparfüms danach, welches das teuerste war. Endlich fand ich heraus, welcher Duft nun am besten passen würde. So 15- bis 20-mal drückte ich schon auf die Testflasche und ließ den Flakon sprühenderweise praktisch von Kopf bis Fuß an mir herabwandern. Der Test auf den weißen Streifen wanderte schließlich auch noch in meinen Rucksack, damit dieser auch etwas vom guten und teuren, aber gratis erhaltenen Duft abbekam. Mein armer Nachbar, der auf dem Flug nach Skopje neben mir sitzen durfte/musste, bekäme von dem Duft bestimmt Kopfschmerzen. Aber das sollte nicht mehr meine Sorge sein. Schließlich war dieser Duft teuer und dann auch bestimmt gut; das könnte man notfalls schon ein paar Stunden aushalten. Mir persönlich wäre so ein Flugnachbar jedenfalls lieber, als ein Mann, der nach Achselschweiß riechen würde und verschütteten Tomatensaft auf seiner Kleidung, wohlgenährt und vielleicht gar noch Mundgeruch hätte. Es würde dann nur noch fehlen, dass Essensreste in seinem Oberlippenbart zu sehen wären und er mir die endlose Geschichte seiner Scheidung erzählen würde. Ich wollte jedoch nicht den Teufel an die Wand malen; zudem war der Flug ja auch kein Langstreckenflug und die kurze Zeit von ca. zwei Stunden würde ich schon irgendwie überbrücken können.

Bevor dann endlich das Boarding losging, musste ich noch einmal die Toilette aufsuchen, dieses Phänomen ist mir auch schleierhaft. Nach wirklich vielen Flügen bin ich hier routiniert, aber eine zweimalige Pinkelpause ist an den Flughäfen völlig normal für mich. So viel hatte ich doch gar nicht getrunken? Am Flughafen in Miami war es ja damals erklärbar, dass ich ca. 25-mal pinkeln musste, weil noch ca. fünf bis sechs Flaschen Wasser vernichtet bzw. ausgetrunken werden mussten, bevor wir den Zoll passierten. Wir hatten uns damals in Miami für das Austrinken entschieden. Als Franke kennt man ja das Sprichwort »Lieber den Magen verrenken, als dem Wirt etwas schenken«. Aber jetzt in Nürnberg – es wird mir auch weiterhin ein Rätsel bleiben, was aber auch eigentlich gar nicht so wichtig ist.

Die Damen und Herren am Boarding Gate wurden nervöser und immer betriebsamer, bis der Flug dann doch endlich aufgerufen wurde:

Passagiere, gebucht auf den Flug Nr. XY nach Skopje mit »Wizz Air« werden gebeten, sich zum Gate Nr. XY zu begeben.

Dies erfolgte auch in einem nuschelnden Englisch, ähnlich wie bei Pilotendurchsagen im Flugzeug, wo ich auch nur immer die Hälfte verstehe.

Passengers, booked on flight no. XY to Skopje with «Wizz Air" are requested to come to Gate XY.

Während bei einem »normalen" Flug der Gang durch eine Gangway ins eigentliche Flugzeuginnere führt, ist dies bei einer Billigfluggesellschaft oft nicht der Fall. Da die Gebühr für die Beförderung via Gangway hier häufig eingespart wird, darf man dann »ganz normal«, also fußläufig das Flughafengebäude verlassen. Dies geschieht dann unter Aufsicht der sog. Vorfeldkontrolle, deren Hauptaufgabe es ist, im Rahmen der Verordnungen einen sicheren, verzögerungsfreien und ordnungsgemäßen Rollverkehr der Luftfahrzeuge zu gewährleisten. Diese 40 bis 50 Meter sind jedem zuzumuten und waren somit auch kein Problem für mich. Als ich dann direkt vor der »Wizz Air«-Maschine stand, kam mir diese wirklich riesig vor, ganz anders, als wenn man so ein Flugzeug via Gangway betritt.

Ich betrat vom hinteren Eingang über eine lange Treppe die Maschine und suchte meinen Platz, der mir beim Online-Check-in zugeteilt worden war. Der Platz wäre am Gang auf der rechten Seite gewesen. Da ich aber anscheinend mitten zwischen einer balkanischen Familie gesessen, von der jemand etwas weiter vorne auf der linken Seite am Fenster hätte alleine sitzen müssen, hat man mich mehr oder weniger per Handzeichen gefragt, ob ich nicht tauschen würde. Dieses Angebot ließ ich mir nicht entgehen. Erstens konnte ich der Familie somit helfen, zusammenzusitzen, und zweitens konnte ich selbst am Fenster sitzen, was ich ohnehin bevorzuge. Hinzu kam der Vorteil, dass ich nur drei Reihen vom Notausgang entfernt saß. Eine Freundin sagte mir vor vielen Jahren, man dürfe in Flugzeugen maximal bis zu fünf Reihen vom Notausgang entfernt seinen Platz einnehmen, um bei einem wirklich eintretenden Notfall sicherzugehen, diesen noch erreichen zu können. Dieses nicht wirklich kritisch hinterfragte Argument hat sich in meinem Hirn festgesetzt, sodass ich meistens darauf achte. Ob es wirklich etwas bringt, möchte ich lieber gar nicht erst austesten.

Neben mir hatte ein junges Pärchen aus Nürnberg seinen Platz gefunden. Das bekam ich nur mit, weil die beiden ihre Hotelbestätigung in das Gepäcknetz vom Vordermann gezwängt hatten und ihre Adresse gut zu lesen war. Auch ein Naserümpfen aufgrund meines Parfüms konnte ich nicht bemerken, da die beiden damit beschäftigt waren, was man denn in Skopje so unternehmen könnte.

Leider sind in den Low-Cost-Airlines keine Bildschirme vorhanden, sodass ich mit dem Magazin und der dürftigen und auch etwas abgegriffenen Europakarte Vorlieb nehmen musste, um zu überprüfen, wie genau die Flugroute verlaufen würde. Der Flugkapitän sparte sich eine Ankündigung zum Streckenverlauf, sodass ich nur erahnen konnte, wie diese sich gestaltete. In Nürnberg gestartet, ging es zunächst in südöstlicher Richtung gen Graz (Österreich). Ab da flogen wir dann etwas südlicher über einen Korridor Ungarns, um von dort entlang der Grenze zwischen Bosnien-Herzegowina und Serbien den östlichen Teil des Kosovo zu überfliegen. Während ich am Anfang des Fluges noch über Österreich den herrlichen Ausblick auf die Alpen genießen konnte, war kurz vor der Ankunft die Landschaft ziemlich hügelig und wechselte zwischen grünen und ockerfarbenen Tönen, Berg und Tal. Ich konnte schon kleine Dörfer, aber auch Weinberge erkennen. Vielleicht handelte es sich hierbei schon um das sog. Amselfeld, das eine sehr fruchtbare Region im Kosovo sein sollte. Ich wusste im Vorfeld, dass dort Wein angebaut wird.

Die Ankunft in Skopje verlief reibungslos und ich muss dem Kapitän noch einmal nachträglich ein großes Lob aussprechen. Die Landung war sanft und angenehm. Die ersten Mobilfunktelefone surrten und klingelten in den verschiedensten Starttönen. Viele Passagiere klatschten auch, was mich verdutzt in die hinteren Reihen blicken ließ und worüber ich auch lachen musste. Bei mir klatscht schließlich auch niemand im Büro, wenn ich meine Arbeit korrekt erledige. Die Flugzeit von Nürnberg bis nach Skopje betrug insgesamt zwei Stunden und zehn Minuten. Nun war ich am Flughafen »Alexander der Große« und ich freute mich riesig, mein drittes Ziel an diesem Tag erreicht zu haben.

Diesmal durfte ich die Maschine über eine Gangway in das Flughafengebäude verlassen. Da ich ja ohne Gepäck reise, konnte ich mir den Gang zur Gepäckausgabe sparen und begab mich direkt in Richtung Ausgang. Am Schalter der Grenzkontrolle wurde ich mit meinem deutschen Pass gleich durchgewunken und konnte mich gleich zur Touristeninformation im Eingangsbereich des Terminals begeben. Eine sehr freundliche Mitarbeiterin zeigte mir den Weg, wo ich den Bus finden könne, der mich zum Busbahnhof nach Skopje Innenstadt bringe. Bereits im Bus sagten vermutlich Mazedonier, die meinen Pass in der Hand sahen, »Merkel – very good« zu mir. Mit solchen Floskeln habe ich häufiger Schwierigkeiten. Antwortet man darauf oder wie reagiert man. Ich sagte lediglich »Thank you« und das war's.

Der Bus brachte mich zum Busbahnhof und dort stand ich dann in einer Warteschlange am nächsten Informationsschalter. Das Warten dauerte aber nicht lange und mir wurde der Schalter Nr. 4 zugeteilt. Die etwas genervte Dame fragte mich zweimal, ob ich wirklich nach Pristina reisen wolle. »This is the last Bus«, teilte sie mir mit, was ich ja schon wusste. »Genau deshalb möchte ich diesen ja noch erreichen!«, dachte ich mir. Ansonsten hätte ja mein Terminplan nicht mehr gepasst. Ich zahlte das Ticket in Euro, obwohl Mazedonien den sog. »mazedonischen Denar« als Währung hat. Vor dem Kleinbus stand bereits eine kleine Gruppe von Menschen, die darauf wartete, dass der Fahrer die Schiebetür öffnete. Schließlich war ich an der Reihe und zeigte dem Busfahrer mein Ticket.

Es war mittlerweile dunkel geworden und ich nahm meinen Platz im Bus ein. Eine junge Frau mit schwarzen Haaren setzte sich neben mich. Wir schwiegen uns einige Minuten an, bis sie mir sagte, dass ich ihr schon am Flughafen Nürnberg aufgefallen sei. »Hoffentlich nicht bei meinem

Besuch bei ›Travel Value‹«, hoffte ich, war aber gleichzeitig froh, dass das Eis gebrochen war. Sie fragte mich gleich, was ich denn im Kosovo machen würde, weil sie sonst niemanden der Flugpassagiere im Bus wiedererkennen könne. Ich erzählte ihr die Geschichte, dass ich alle europäischen Hauptstädte besuchen wolle und Pristina nun einmal dazu gehöre, ob ich nun wolle oder nicht. Dieses Programm fand sie super und sie ermutigte mich noch einmal dazu, auf jeden Fall, selbst in der späten Nacht, noch einmal in die Stadt zu gehen. Sie war 20 Jahre alt, stammte aus Regensburg und machte dort eine Ausbildung zur Bankkauffrau. Evelyn, so ihr Name, hatte einen Elternteil aus dem Kosovo und somit war sie öfter im Jahr in Pristina, um ihre Verwandtschaft und auch Freunde zu besuchen. Ihr Aufenthalt dort sei dieses Mal auch anders, so Evelyn. Sie singe sehr gerne und wolle sich am Montag mit Freunden in einem Tonstudio treffen und gemeinsam singen. Evelyn war sehr nett und wir haben uns auch gut verstanden. Wir machten gleich aus, dass wir uns nach der Ankunft ein Taxi teilen würden. »Dies ist doch hoffnungsverheißend«, dachte ich mir. Pristina würde mir gefallen, so Evelyn. Inzwischen war es Sonntagnacht und selbst zu jener späten Stunde herrschte noch viel Betrieb in der Stadt. Wir erreichten die Grenze zwischen Mazedonien und dem Kosovo und waren ungefähr 40 Minuten unterwegs.

Der Busfahrer kam zu uns und sammelte von jedem Passagier den Reisepass ein, stieg aus und ging in Richtung Wärterhäuschen. Hierbei hatte ich ein ganz mulmiges Gefühl, weil ich meinen Reisepass nicht gerne abgebe. Aber da alle anderen dies auch anstandslos taten, verhielt ich mich ebenso. Es dauerte, mit ca. 20 Minuten, für meine Verhältnisse relativ lange, bis hier mal wieder etwas geschah. Der Busfahrer kam schließlich mit dem düster dreinschauenden Wärter in den Kleinbus zurück und rief alle Passagiere mit ihren Vornamen auf. Ich kam an vierter oder fünfter Stelle und aufgrund der Farbe meines Passes wurde dieser noch einmal genauer betrachtet. Der Wärter fragte dann in die Runde: »Frank – Frank Ribery?« Ich meldete mich, lachte und antwortete nur: »Frank, Yes, no Ribery.« »Ah ... deutsch« war seine Antwort und der ganze Bus lachte, nur ich nicht. Wie hätte ich mich verhalten sollen? Ich weiß es nicht.

Nach dem Passieren der Grenze sind wir dann noch ungefähr eine Stunde lang gefahren, bis Evelyn zu mir sagte, wir seien jetzt da. Ich konnte es nicht glauben und daher habe ich noch zwei weitere Male nachgefragt, ob dies wirklich der Busbahnhof von Pristina sei. Der Kleinbus hielt nämlich an einer etwas breiteren Straße am Rand und der Platz, wo man aussteigen konnte oder musste, war weder asphaltiert noch gepflastert oder anderweitig befestigt. Das war also mein erster Schritt in einem neuen Land. Auf einem Acker unweit eines Grabens an einer viel befahrenen Straße. Die eigentliche Ankunft in Pristina hatte ich mir etwas anders vorgestellt, wie genau, ist schwer zu beschreiben. Anders, aber nicht so. Aber ich war dennoch beruhigt, da Evelyn ja bei mir war und sie sich noch von allen anderen Passagieren auf Albanisch verabschiedete. Sie winkte ein Taxi heran und besprach noch kurz etwas mit dem Fahrer. Wir hatten ausgemacht, dass wir uns die Taxifahrt teilten.

Mein Hotel sagte ihr nichts und sie wollte an einem bestimmten Platz aussteigen. Am Auto selbst konnte ich
nicht erkennen, dass es ein Taxi war, aber nachdem sich
Evelyn auf den Beifahrersitz gesetzt hatte, zögerte ich auch
nicht länger. Es war ein uralter BMW, völlig demoliert und
die Ledersitze wiesen bereits viele Gebrauchsspuren auf.
Hinzu kam, dass diese auch aufgeschlitzt waren –. zumindest auf der Rückbank. Der leicht modrige Geruch konnte
auch von dem gefühlt Tausenden von Duftbäumen nicht
übertüncht werden. Ähnlich wie bei meiner Pkw-Fahrprü-
fung unterhielt sich Evelyn ohne Punkt und Komma mit
dem Taxifahrer. Er war so ein »Checker«-Typ – völlig cool,
mit überdimensionalem T-Shirt in Größe XXL und einer
grauen Jogginghose. Die Musik lief auch die ganze Zeit und
der serbokroatische Hip-Hop regte mich fast ein bisschen
auf. Nach nur ca. fünf Minuten waren wir an dem Platz,
an dem Evelyn aussteigen wollte. Der Fahrer hielt an, stieg
aus und half ihr, ihre Habseligkeiten aus dem Kofferraum
zu holen. Ich blieb auf meiner zerschlissenen Rückbank
sitzen, in die ich weiter und weiter einsank. Bald schon,
so kam es mir zumindest vor, müsste ich mit dem Hintern auf dem Asphalt sitzen. Meine Nase war ungefähr da,
wo sich die untere Seites des Fensters befand. Es musste
von außen so ausgeschaut haben, als ob im Auto auf der
Rückbank ein Kleinkind saß, da man von mir ja nur noch
die obere Hälfte meines Gesichts sehen konnte. Aber mich
kannte dort ja niemand. Evelyn wünschte mir viel Glück
auf meiner Reise. Sie finde das toll, was ich mache. Bevor
sie sich verabschiedete, teilte sie mir noch mit, dass der
Taxifahrer aus Deutschland ausgewiesen worden wäre, was
mich nicht wirklich beruhigte. Sein Asylantrag war somit

nicht genehmigt und er praktisch abgeschoben worden. »Hoffentlich ist er aufgrund seiner Abschiebung nicht noch wütend und lässt dies an mir aus«, dachte ich ängstlich. Bevor ich meine Gedanken weiterspinnen konnte, setzte sich der Fahrer wieder ans Steuer, Evelyn winkte mir mit einem breiten Grinsen im Gesicht zu und tönte mit ganz hoher Stimme ein »Tschüss«.

Er fragte mich noch einmal nach meinem Hotel und der Name sagte ihm anscheinend auch nichts. Bei der nächsten Gelegenheit, wo er halten konnte, fragte er gleich nach. Es ging dann aber trotzdem relativ schnell, bis ich am Ziel aussteigen durfte. In meinem Hotel angelangt, checkte ich ein, zog mich schnell um und ging dann tatsächlich noch einmal in die Stadt. Natürlich lief ich zunächst in die falsche Richtung, aber das kann eben passieren. Tatsächlich hatte Evelyn Recht, denn obwohl es bereits sehr spät war, konnte man in der kleinen Fußgängerzone noch immer ein reges Treiben erkennen. Die Jugendlichen und auch jung Gebliebenen trafen sich und tauschten sich aus. Die Atmosphäre war gut. Es war nicht kühl und mein Essen konnte ich auf einer Art Terrasse eines Restaurants einnehmen. Den ersten Test hatte Pristina somit schon einmal bestanden. Ich fühlte mich dort wohl und fand den Weg zurück zum Hotel. Ich war müde, lief jedoch die breite Fußgängerzone noch bis zum Ende, auf der anderen Straßenseite wieder zurück und dann zu meinem Hotel. Der Schlaf ließ nicht lange auf sich warten. Das Zimmer war zweckmäßig eingerichtet: Das kleine Bad war sauber, die Dusche funktionierte und zwei englischsprachige Nachrichtensender konnte der kleine Fernseher auch empfangen.

Am darauffolgenden Tag, ausgeruht von den Reisestrapazen, machte ich mich nach einem sehr leckeren Frühstück auf den Weg in die Stadt. Aufgrund des schönen Wetters lief ich lediglich am ethnografischen Museum vorbei. Danach ging es schnurstracks zum »NEW BORN«-Schriftzug und auch zur Bibliothek von Pristina, die wie ein Schaumbad aussieht. An der Mutter-Teresa-Kathedrale musste ich ohnehin vorbei, um mir am Busbahnhof ein Ticket für die Weiterreise von Pristina nach Tirana zu kaufen. Somit konnte ich alle Erledigungen gut miteinander verbinden. Nur unweit davon durfte ich mir auch die Mutter-Teresa-Statue anschauen, ebenso wie die Bill-Clinton-Statue. Übrigens befindet sich direkt hinter dieser ein Modegeschäft, das den Namen Hillary trägt. Zudem gab es den Uhrenturm zu bewundern, der auch noch auf meiner Liste stand. Last, but not least besichtigte ich noch eine Moschee. Für diese Programmpunkte brauchte ich nicht lange und hatte somit noch etwas Zeit. Diese verbrachte ich in einer Mall und obwohl ich immer noch etwas Zeit hatte, ging ich fußläufig in Richtung Hotel, nahm dann aber bewusst einen kleinen Umweg in Kauf, sodass ich nicht denselben Weg nehmen musste, den ich bereits am Vormittag in Richtung Stadtmitte gelaufen war.

Die Straße, die eigentlich eine Parallelstraße zur Hauptverbindung war, wurde immer kleiner und enger und endete in einer Art Hinterhof, der aber relativ groß war. Bereits zu Beginn dieser Straße war mir aufgefallen, dass viele Leute dort unterwegs waren. Entlang der Straße waren beidseitig Schubkarren und andere Fortbewegungsmittel aller Art ab- und aufgestellt und man konnte dort Kartoffeln, Kraut und

Zwiebeln kaufen, mal aus einem Kofferraum heraus, mal direkt vom Boden und auch von Karren. Auch wenn sich die dort feilgebotenen Waren mehr oder weniger immer wiederholten, genoss ich diesen Anblick.

Je näher ich diesem Hinterhof kam, desto interessanter wurde es für mich: Obst und Gemüse wurden weniger, dafür kamen immer mehr Menschen und auch Nutztiere hinzu. An Eseln, Schafen und Ziegen vorbei erkannte ich im Hintergrund Ochsen, Kühe und Pferde. Es war wie ein Basar für mich. Ich hielt mich eher links, ging an den einfachen Behausungen vorbei und steckte meinen Fotoapparat noch etwas tiefer in meine Hose. Dumm, dass ich diese Momente nicht fotografieren konnte, denn dass ich ein typischer Tourist war, erkannte man auch bereits, wenn man mich nur ansah. Und ich konnte hier einfach keine Fotos machen, denn meine innere Stimme sagte mir, dass das hier irgendwie unangebracht wäre.

Ein kleiner Junge stand plötzlich vor mir und jonglierte mit drei Eiern. Es waren echte Hühnereier, denn genau hinter ihm war eine ganze Palette davon zu erkennen. Der Junge sah mich an und ich folgte mit meinen Augen seiner Jonglierkunst mit den Eiern. Es war schön anzusehen und er war schon ziemlich geübt darin. Sein Blick erwiderte meinen und schon war es geschehen: Erst fiel das eine Ei zu Boden und natürlich sofort nacheinander Nummer zwei und drei. Bubb, bubb und bubb oder so ähnlich klang das und wir beide sahen die kaputten und auch ausgelaufenen Eier neben den Schalen auf dem Boden liegen. Der Junge sagte nur »Oh«; mehr konnte ich dazu auch nicht sagen und lief dann auch gleich weiter. Relativ weit kam ich jedoch nicht.

Nur ein paar Meter weiter stoppte ich erneut, da ein kleiner Kreis junger Männer dort stand, die sich gegenseitig einen Ball oder etwas Ähnliches zuwarfen. Dieses orangefarbene runde Ding hätte auch eine Aprikose oder eventuell auch ein Apfel sein können. Ich weiß es nicht, denn auch hier ging es relativ schnell. Die fünf bis sechs jungen Männer, alle entweder noch Jugendliche oder junge Erwachsene, unterhielten sich lautstark und warfen sich dieses runde Etwas gegenseitig zu. Viele hielten ein Smartphone in der einen Hand, das runde Ding manchmal in der anderen Hand und warfen es einander zu. Ein junger Mann, der etwas unachtsam war und gerade bemerkte, dass ich diese Art des Spiels mit meinen Blicken verfolgte, war verwirrt und passte somit nicht auf. Ausgerechnet in jenem Moment hätte er das runde Etwas fangen sollen, es prallte an seiner Schulter ab und flog nach rechts in den Hintergrund.

Dumm nur, dass der gesamte Hinterhof voller Leben war und ausgerechnet dort eine Bäuerin stand, die in ihren Armen zwei Puten hielt. Sie hatte mit diesen ganz schön zu kämpfen, weil die Puten sehr groß und auch stark waren; die eine Pute wurde schließlich von dem runden Etwas getroffen. Es war ein Flattern, Prusten und Geschrei dort zu vernehmen, weil die Frau nicht mehr die Kraft hatte, die Puten in ihren Armen festzuhalten. Die Bäuerin schimpfte in die Menge der jungen Männer hinein und auch hier dauerte es nur ein paar Sekunden, bis plötzlich ein Bauer da war und dem jungen Mann ein paar Ohrfeigen gab. Es wurde hier gar nicht debattiert und gefragt. So schnell, wie das runde Etwas an der Schulter des Jungen abprallte, so schnell gab es auch schon eine Ohrfeige. Im Nu war die Truppe auseinandergebrochen und jeder ging seiner Wege. Die Puten wurden eingefangen, die Bäuerin beruhigt, das orangefarbene Etwas lag unbeachtet am Boden, der Bauer war wieder weg und der Basar konnte weitergehen, als ob nichts geschehen wäre.

Ich verfolgte noch weitere Minuten den Austausch von Tieren, deren Wechsel zu neuen Eigentümern und deren Begutachten der Waren, grinste in mich hinein, ging zu meinem Hotel, packte meinen Rucksack und fuhr mit einem Taxi zum Busbahnhof.

Dort zeigte ich mein Ticket vor und gelangte zum Ausgang Nr. 19, vor dem ein Kleinbus stand. Zwei junge Männer warteten bereits davor und unterhielten sich. Ich stand ungefähr zwei Minuten dort und da ich es vor Aufregung nicht mehr aushielt, fragte ich die beiden, ob dies wirklich der Bus mit dem Ziel Tirana sei. Die beiden bejahten dies und somit war ich etwas beruhigter. Das Fahrzeug war zwar nicht verschlossen, aber die beiden hatten ihr Gepäck auch noch bei sich behalten. Das tat ich dann auch. Schließlich hatte ich nur einen Rucksack dabei.

Der Bus hatte offensichtlich schon einige Touren mitgemacht. Es waren viele Kratzer und Dellen an der Seite zu erkennen und dieser machte insgesamt einen sehr heruntergekommenen Eindruck auf mich. Die beiden jungen Männer stellten sich als Nick und Chris vor. Sie stammten aus der Nähe von Manchester (Großbritannien) und wir haben uns gut unterhalten und die Zeit überbrückt, bis der Busfahrer mit einem Gehilfen kam. Dann ging es relativ schnell. Der Busfahrer öffnete die Hecktür und die beiden Briten warfen ihre Rücksäcke hinein. Auch ich wurde gefragt, ob ich während der Fahrt meinen Rucksack benötigen würde oder diesen lieber im Laderaum des Kleinbusses verstauen wolle. Da ich aber sicherheitshalber lieber meinen Rucksack bei mir haben wollte, teilte ich dem Gehilfen mit, dass es so für mich komfortabler sei. Ich zeigte diesem noch einmal mein Ticket und durfte Platz nehmen. Wenn man den Kleinbus durch die Schiebetür betrat, so konnte man auswählen, ob man auf einer kleineren Bank auf der Fahrerseite Platz nehmen oder lieber auf Einzelsitzen auf der Beifahrerseite sitzen wollte. Da ich alleine war, entschloss ich mich für einen Einzelplatz. Links hinter mir auf der Fahrerseite saßen die beiden Briten und vor mir links nahm eine junge Dame Platz, die ihre Taschen und sämtliche Habseligkeiten noch, ähnlich wie bei einem Flugzeug, in den oberen Fächern ablegte. Der sehr junge Busfahrer startete bereits den Kleinbus, als sich noch zwei Damen neben mich auf die längere Bank setzten.

Die Auslastung war mit Ausnahme von zwei Plätzen dann sehr gut, also nahezu ausgebucht. Der Fahrer stellte noch seinen Sitz ein, fummelte am Radio herum und unterhielt sich angeregt mit dem Gehilfen, der auf dem Beifahrersitz Platz genommen hatte. Es ging los und ich wollte auf den ersten Metern noch Abschied von Pristina nehmen. Eine Stadt, die ich mit sehr viel Angst betrat und die mir aufgrund ihrer geringen Größe schnell ans Herz gewachsen ist. Alles hat geklappt, das Wetter hat mitgespielt, ich durfte gute Speisen zu mir nehmen, habe gut geschlafen, mir ist nichts geklaut worden und meine Digitalkamera hat viele Sehenswürdigkeiten aufgenommen. Fazit: Pristina ist toll.

Viel Zeit für Wehmut im Hinblick auf meine Erlebnisse in Pristina blieb jedoch nicht, denn der junge Busfahrer fuhr mit rasanter Geschwindigkeit los, machte eine Art U-Turn auf dem Platz und fuhr im Eiltempo über eine holprige Schotterpiste hinauf zur Schnellstraße. Als wir noch keine 500 Meter absolviert hatten, war es ein Schlagloch, das die Hecktür auffliegen ließ und die Rucksäcke der Briten hinaus auf die Straße beförderte. Vor lauter Geschrei, meist angeführt von den Briten, aber auch von den anderen Passagieren, ging mein Lachen unter. Ehrlich gesagt, habe ich es mir verkniffen, weil hier Gelächter völlig fehl am Platze gewesen wäre. Der Gehilfe musste den Busfahrer anscheinend noch einmal auf dieses Missgeschick hinweisen, bevor dieser schließlich anhielt. Die beiden Briten sprangen aus dem Bus heraus und liefen schnurstracks auf der Schnellstraße (!) zurück zu ihren Rucksäcken, holten diese und verriegelten die Hecktür nun ordnungsgemäß unter Anleitung des Gehilfen. Das Ganze dauerte nur ca. ein bis zwei Minuten und schon ging es weiter. Dieser »Ausrutscher«, das die Hecktür nicht richtig verschlossen war und es zu diesem Malheur kam, hatte aber dennoch keine Veränderung der Fahrweise seitens des Busfahrers zur Folge.

Das Getriebe des doch schon älteren Busses tat mir manchmal leid. Da ich keinen direkten Vordermann hatte, konnte ich den Busfahrer und leider auch seine Fahrweise gut beobachten. Lediglich der Gehilfe saß auf dem Beifahrersitz direkt vor mir und war somit etwas weiter entfernt. So krachte das Getriebe des Öfteren und es könnte eventuell auch daran gelegen haben, dass der Fahrer einfach das Kuppeln vergaß. Schließlich musste immer noch am Radio gedreht werden, das Handy wurde bedient und auch seine Sonnenbrille musste alle paar Minuten erneut in Position gebracht werden, um noch cooler zu wirken. So vergingen ungefähr 15 Minuten, wir waren immer noch in Stadtteilen von Pristina unterwegs, bis es zur nächsten merkwürdigen Situation kam.

Die junge Dame, die links vor mir saß, hatte eine Coca-Cola-Flasche in ihrer Tasche, die sie noch vor der Abfahrt in ihre Tasche steckte. Dieses Ablagefach war seitlich nicht verschlossen. Die Tasche lockerte sich aufgrund der rasanten Fahrweise und der vielen Schlaglöcher in der Straße; und es kam, wie es kommen musste. Die Tasche fiel herunter und direkt auf ihren Kopf: Zuerst flog die Cola-Flasche über ihre Schulter an ihren Arm entlang hinunter und machte erst Halt, als sie sich zwischen ihrem Rücken und der Lehne befand; dabei öffnete sie sich jedoch, sodass die ganze Cola im Bus herumspritzte. Während ich nur ein paar einzelne Tropfen auf meinen Beinen verspürte, war es sie selbst, die den meisten Inhalt abbekam. Sofort nahm sie die Flasche, suchte nach dem Verschluss, den sie auch gleich zur Hand hatte, und als dann die Flasche neben ihren Füßen verstaut und sicher aufgehoben war, wischte sie mit einem Taschentuch alle Flecken weg. Die meisten Flecken waren auf ihrem weißen Oberteil am Rücken zu erkennen und natürlich auch an ihrem Hintern. Die pfirsichfarbene Hose, die sie trug, wurde zwar mehrfach von ihr abgewischt, doch die Flecken waren auch lange Zeit nach diesem Vorfall noch deutlich sichtbar. Was ich aber sehr amüsant an dieser Geschichte fand, war, dass sie sich nicht darüber ärgerte, sondern selbst darüber lachte und das Ganze mit Humor nahm.

Neben dem Einsammeln der Coca-Cola-Flasche halfen übrigens alle Passagiere mit, ihre restlichen Gegenstände aufzusammeln und ihr diese zurückzugeben. Und man glaubt nicht, was alles in einer eher kleinen Damenhandtasche zu finden ist: Smartphone, Taschenspiegel, Taschentücher, Hunderte verschiedene Cremes und Tuben und diverse Schminksachen, ein Buch, eine Haarbürste, Tabletten, Bonbons und andere Süßigkeiten, zwei Sonnenbrillen, ein Lineal und noch viele weitere Dinge. Ich hatte den Eindruck, dass der Boden des Busses nach diesem Vorfall sauberer war, als ich diesen noch vom Eintreten am Busbahnhof in Pristina in Erinnerung hatte.

Nur kurze Zeit später waren wir wirklich auf dem Land angekommen. Der Kosovo ist ein sehr hügeliges Land. Es ging auf und ab und immer wieder konnte man vereinzelte Bauern sehen, die mit Ochsen und/oder Pferden auf den Feldern arbeiteten. Im Hintergrund war ein Fluss zu sehen und all die Landschaft war sehr schön anzusehen. Die ockerfarbenen Felsformationen zwischen dem Wein- und Getreideanbau – herrlich. Die Straße war nicht viel befahren und das Tempo noch genauso rasant, wie ich es bereits zu Beginn der Fahrt empfunden hatte. Immer wieder konnte man streunende Hunde am Wegesrand sehen, die auch manchmal die Straße kreuzten. Genau das war auch in jenem Moment der Fall: Ein Hund kam von rechts direkt auf uns zu und wollte nach links laufen. Aufgrund der Geschwindigkeit, die unser Bus hatte, dachte ich, wir würden diesen im nächsten Augenblick überfahren. Ich schrie »Vorsicht, Hund!« und anscheinend verstand der Fahrer mein Englisch, drehte sich während der Fahrt zu mir um und machte lediglich mit der Hand eine Bewegung nach unten. Das Ganze erschien mir sehr abwertend, so hielt man hier anscheinend nicht viel davon, »nur« eines Hundes wegen die Geschwindigkeit zu verringern. Na ja, es ging ja letztendlich gut, der Hund erreichte schließlich die andere Straßenseite und auch wir kamen nach ca. vier Stunden in Tirana an. Kurz nach der Grenze zwischen dem Kosovo und Albanien legten wir noch einmal eine kurze Pause ein. Auf der restlichen Fahrt passierte dann aber nichts Erwähnenswertes mehr. Ich unterhielt mich nach der Ankunft noch kurz mit den beiden Briten und teilte ihnen u. a. mit, dass am folgenden Tag um 10:00 Uhr eine kostenlose Stadtführung angeboten werde, die ich auf jeden Fall mitmachen wolle. Dies interessierte sie sehr. Nick und Chris befanden sich damals auf einer halben Europareise. Sie kamen von Ungarn nach Bulgarien und reisten dann weiter nach Pristina, wo ich die beiden letztendlich getroffen habe. Wir unterhielten uns noch eine Weile und verabschiedeten uns dann. »Willkommen Tirana, willkommen in Albanien« dachte ich mir; und ich versuchte, mich neu zu orientieren. Und dies gelang mir in Tirana fast nicht. Ich wusste nicht so recht, wo ich jetzt genau war.

Sollte dies ein Busbahnhof sein, wo ist welche Himmelsrichtung und ich hatte keine Ahnung, in welche Richtung ich überhaupt laufen sollte, um zu meinem Hotel zu gelangen. Es waren überhaupt keine Hinweise vorhanden, an denen ich mich hätte orientieren können. An der Häuserzeile, wo wir den Bus verlassen hatten, erkannte ich das Zeichen einer Apotheke; und letztendlich hilft eine Apotheke ja den Leuten, wenn sie krank sind. Dies erschien mir jetzt die einzige Möglichkeit, um nach dem Weg zu fragen. Die Dame in der Apotheke wollte zuerst kein Englisch sprechen. Das merkte ich sofort und das brauchte sie auch nicht, denn mir wäre es schon eine Hilfe gewesen, wenn sie mir die Richtung hätten zeigen können, in der sich das Hotel befand. Die Absicht, nicht auf Englisch reden zu können und plötzlich diese Sprache auch nicht mehr verstehen zu wollen, und die Tatsache, dass sie höchstwahrscheinlich mein Hotel gar nicht kannte, sprachen somit gegen mich. Sie lächelte, als ich ging, und sagte noch »Bye«. Somit fing ich wieder von vorne an. Auf meiner Hotelreservierung stand nichts, wie ich dieses erreichen konnte, und so lief ich erst einmal ein paar Meter zu dem großen Gebäude auf der gegenüberliegenden Straßenseite. Dort war auch eine Bushaltestelle zu sehen und ich hoffte, dort einen Hinweis erhaschen zu können. Zwar konnte ich keinen Hinweis finden, wie die Bushaltestelle hieß, aber ein älterer Mann sagte mir dann, ich solle in Richtung Osten laufen, das müsste der richtige Weg sein. Das machte ich dann auch und in einem Restaurant fragte ich dann erneut nach dem Weg zu meinem Hotel. Der Herr wusste zuerst auch nicht, wo das Hotel lag, fragte dann aber seinen Kollegen.

Mit Handzeichen erklärten mir dann beide, dass es gar nicht mehr so weit entfernt lag. Und so war es dann auch.

Von dem Punkt aus, an dem ich ursprünglich aus dem Bus ausgestiegen war, befand es sich vielleicht knappe zehn Minuten entfernt; daher lag es für mich relativ zentral. Das Dumme war nur, dass es die Seitenstraße einer Seitenstraße war. Die Gegend, obwohl mitten in der Stadt gelegen, war somit sehr ruhig und eher verkehrsarm, deshalb eventuell auch etwas unbekannt. Meine Reservierung wurde an der Rezeption sofort gefunden und man hatte wohl schon mehr oder weniger auf mich gewartet. Ich ließ mir noch ein paar Tipps bzgl. Sightseeing, Himmelsrichtung zur besseren Orientierung usw. geben und war schließlich froh, endlich mein Zimmer im dritten Stock beziehen zu dürfen. Wieder etwas geschafft. Das WLAN funktionierte auch und ich teilte den Daheimgebliebenen mit, dass ich gut in Tirana angekommen sei.

Gegen Abend ging ich dann noch auf eigene Faust meine Umgebung erkunden. Da die Bushaltestelle fußläufig und somit nicht weit entfernt lag, hatte ich diese Gegend zum Teil schon gesehen und somit war die Neugierde im Hinblick auf die anderen Stadtteile sehr groß. Ich ging jedoch erst einmal zu jenem Platz zurück. Gar nicht weit weg befand sich dann praktisch auch schon die Stadtmitte von Tirana. Der Skanderbeg-Platz mit dem Skanderbeg Monument, das einen Reiter auf einem Pferd darstellt, ist hier inmitten einer großen grünen Wiese zu bewundern. Von hier aus war dann schließlich auch das historische Nationalmuseum zu erkennen: ein hässlicher Bunker aus den 1960er-Jahren; und das Mosaik war zwar schön anzusehen, aber der Inhalt für mich nicht genau zu deuten: Mehrere Frauen und Männer laufen siegessicher mit vielen Waffen an die Front. Im Hintergrund ein roter Fleck, der entweder die Umrisse von Albanien darstellen soll oder vergossenes Blut und/oder beides. Ich weiß es nicht.

Nur um ca. 45 Grad gedreht, bewegte ich mich zielstrebig auf die Et'hem-Bey-Moschee zu. Ein bekannter Clocktower (Uhrenturm) konnte unmittelbar dahinter begutachtet werden. In der Verlängerung dieser Straße herrschte ein reger Verkehr. Einige Behörden haben dort ihren Sitz. Dort befindet sich das Parlamentsgebäude, der Präsident hat sein Palais dort und zudem existieren viele Einkaufsmöglichkeiten. Auf dem breiten Gehsteig unter großen Bäumen lief ich diese Straße entlang. Ein leichter Appetit machte sich in meinem Magen breit und deshalb schaute ich mir die Restaurants und Straßenverkäufer etwas genauer an. Hier lief alles meiner Meinung nach ganz okay ab. Es war sauber und auch hygienisch und daher war ich bei einem Straßenverkäufer mit Sitzmöglichkeiten auf dem Gehsteig eingekehrt. Da der Verkäufer kein Englisch und ich kein Albanisch konnte, haben wir uns quasi mit Händen und Füßen verständigt und selbst dies verlief sehr lustig und ohne weitere Komplikationen. Er zeigte mir das Fleisch, das er gerade auf dem Grill hatte, und ich zeigte ihm, was ich genau wollte. Als Beilage zeigte ich auf ein Bild und auf einen Teller, der gerade von einer anderen Bedienung an einem Tisch serviert wurde. Dazu gab es Weißbrot und schon war mein Gericht fertig. Es dauerte nicht lange, bis es mir gebracht wurde. Das Essen schmeckte sehr gut, war sehr günstig und die Atmosphäre gelöst und aufgrund der Wärme noch am Abend auch sehr »easy«. Ich genoss diese Zeit sehr …

Am folgenden Morgen führte mich mein erster Weg nach dem Frühstück in ein Reisebüro und ich fragte mich durch. Bereits beim zweiten Reisebüro hatte ich Glück und mir wurde dort ein Rückfahrticket von Tirana nach Skopje verkauft. Die Dame war überglücklich, als sie mir das Ticket in die Hand drückte. Ich sei ihr erster Tourist aus Deutschland, der sie hier besuche und ein Busticket kaufe. Nach etwas Small Talk ging ich zum »Tirana International Hotel«, von dem ich bereits im Reiseführer gelesen hatte. Ein großes Hochhaus mit einem riesigen Garten verdeutlichte mir sofort, dass dies bestimmt kein günstiges Hotel war. Sicherheitsdienste an jeder Tür, teure Luxuskarossen an den Straßeneinbuchtungen und ein Concierge bestätigten mir dieses erste Gefühl. Im Foyer war ein Springbrunnen und dahinter eine großzügige Lobby mit Rezeption. Dort fragte ich nach, ob es möglich sei, den Pool zu benutzen, und die Dame sagte mir, dass dieser für Hotelgäste frei zugänglich sei, jedoch auch Fremde diesen gegen Entgelt nutzen könnten. Somit war ich zufrieden; ich hatte meine Information erhalten und falls ich am Nachmittag bereits mit meiner Sightseeingtour fertig sein sollte, könnte ich noch den Pool benutzen. Zu meiner Verwunderung war auch ein kleiner Souvenirladen im Foyer des Hotels untergebracht, wo ich mir als Mitbringsel und Andenken an Albanien eine Tasse kaufte. Auf meiner Abend- und Nachttour hatte ich nämlich keine derartigen Läden vorgefunden.

Nun machte ich mich auf den Weg zurück zum Nationalmuseum. Dort traf sich die sog. »Free Walking Tour« und es war bereits sehr heiß. Auf dem Hinweg kaufte ich mir noch genügend Getränke als Vorrat. Es waren über

30 Personen dort, die sich zu dieser Gruppe formierten. Die meisten von ihnen waren Studentinnen und Studenten oder einfach gesagt: junge Erwachsene. Die Stimmung war sehr gelöst und locker. Unser Reiseführer, der uns die darauffolgenden zweieinhalb Stunden durch die Hauptstadt Albaniens lotste, sprach ein gutes Englisch und hatte auch direkt einen Auftrag für mich. Er fragte alle Gruppenmitglieder nach ihrer Nationalität und in der Tat war ich der einzige Teilnehmer aus Deutschland. Er machte es sehr spannend und bat mich, nach seiner Führung nicht gleich wieder zu verschwinden, sondern ich sollte ihn dann noch einmal daran erinnern, dass ich aus Deutschland kam.

»Mmh, was könnte das bedeuten?«, grübelte ich – das ließ mir einfach keine Ruhe. Auch wenn ich versuchte, mich auf die Dinge zu konzentrieren, die er uns gerade zeigte, und als er uns erklärte, was hier in der Vergangenheit passiert sei, so musste ich immer wieder an diese Erinnerung denken. Und in diesen Gedanken kam jedes Szenario vor: vom Mord bis zur Schlägerei. Er machte seine Führung aber sehr interessant und bemühte sich auch immer wieder, die Leute unserer Gruppe einzubeziehen. Das fand ich toll und das machte auch einen guten Reiseführer aus. In einem Hochhaus, wo es eine tolle Aussicht auf die Stadt gab, endete die Tour. In der Tat ging ich zu ihm, gab ihm ein Trinkgeld für seine Bemühungen mit der Reisegruppe, bedankte mich und teilte ihm mit, dass ich ihn an etwas erinnern sollte.

Es wurde noch spannender. Er teilte mir mit, dass nur unweit des Hochhauses in einer Art Fußgängerzone vor zwei Wochen ein neuer Laden eröffnet habe. Dabei handele es sich um eine Drogerie der Marke »Rossmann«. Er fragte mich, ob ich diese kenne, da dies ein deutscher Händler sei, und ich bejahte dies. »Worauf will er hinaus?«, dachte ich mir und konnte mir keinen Reim darauf machen. Die Gruppe löste sich schnell auf und wir fuhren mit dem Aufzug zum Parterre, verließen das Haus und ich lief neben ihn zu dem besagten Platz. In der Drogerie konnte ich meinen Augen nicht trauen. Alle Produkte, alle Schilder und Hinweise waren in deutscher Sprache. Kein Albanisch, kein Englisch oder eventuell wäre Serbokroatisch noch eine Hilfestellung gewesen, aber nein - alles auf Deutsch. Ich dachte, ich wäre in einer deutschen Stadt in einer Drogerie, nicht in Tirana. Nun konnte ich auch seinen Auftrag verstehen. Das Geschäft war voller Leute, am Eingang konnte ich noch die Luftballonkette von der Eröffnung wenige Tage zuvor erkennen. Jeder wollte hier etwas kaufen bzw. zeigte Interesse an deutschen Produkten. Mein Reiseführer war bereits drei Tage zuvor in der Drogerie gewesen und interessierte sich für bestimmte Produkte, jedoch konnte er nichts lesen, da alles in deutscher Sprache zu lesen war.

Sein Auftrag oder seine Bitte bestand lediglich darin, ob ich ihm manche Produkte, von denen er meinte, sie wären für ihn interessant, ins Englische übersetzen könnte. Mein erster Gedanke war natürlich »Klar, kein Problem«. Nun, hier war dann aber schon bald im redensartlichen Sinne »Schicht im Schacht«. Erstens war und ist mein Englisch nicht perfekt und mehr für das Reisen gedacht und zweitens kam ich hier unmittelbar an meine Grenzen. Bestimmte Vokabeln, wie Spliss und/oder Spülung oder auch widerspenstiges Haar, konnte ich ihm nicht übersetzen. Er hatte, so denke ich zumindest, alles verstanden; und er war mir überaus dankbar. Anhand der Abbildungen auf der Verpackung dachte er sich wohl schon, dass es sich hier um Shampoo handeln würde, es gab jedoch verschiedene Sorten zur Auswahl, was ihn irritierte. Eine Kundin bemerkte unser Gespräch und fragte meinen Reiseführer, ob ich ihr auch etwas übersetzen könne. Wir waren mittlerweile in der Reinigungsabteilung angelangt und auch hier waren Begriffe vorzufinden, die ich nicht kannte bzw. nicht ins Englische übersetzen konnte. Ich gab mein Bestes und hoffte, am Ende allen Beteiligten geholfen zu haben.

Eine wiederum andere Kundin mit Baby hatte uns auch bemerkt und sie stand vor dem Windelregal. An diesem Punkt verabschiedete ich mich vom Reiseführer und der Kundin, die sich für Reinigungsartikel interessierte, und verließ das Geschäft. Bei aller Liebe, aber mit Windeln kenne ich mich nun überhaupt nicht aus und mit viel Phantasie könnte ich mir vorstellen, dass es hier vielleicht verschiedene Größen gibt, aber Detailwissen ist hier bei mir nicht vorhanden. Ich hoffe, sie hat sich damals auch so helfen können.

Tirana hat nicht ganz 500.000 Einwohner und ist somit nicht ganz so groß wie Nürnberg. Das meiste hatte ich gesehen, der Reiseführer hatte hier eine umfangreiche Tour mit uns gemacht, die mir gefallen, mich allerdings auch etwas geschlaucht hatte. Ich war müde und erschöpft, vor allem von der Hitze. Obwohl wir immer wieder gelaufen waren und auch viele Leute der Gruppe einen Schattenplatz unter Vordächern und Bäumen gefunden hatten, war es vielmehr dieses »Stop-and-go« das mich hatte ermüden lassen. Die Lust, noch etwas von Tirana zu erkunden, war daher nicht mehr sehr groß.

Daher ging ich in mein Hotel zurück, checkte aus, verabschiedete mich von der Dame an der Rezeption und suchte das Hotel auf, in dem ich mich am Morgen bereits nach dem Pool erkundigt hatte. Mein Plan ging auf. Ich zahlte meinen Eintritt im Keller des Hotels am Eingang des Spa-Bereiches, bekam einen Schlüssel für den Spind, wo ich meinen Rucksack und meine Anziehsachen deponierte und erholte mich in der Sauna und im wirklich schönen Pool, den ich die ganze Zeit für mich alleine hatte. Das war wirklich Entspannung und mir wurde neue Kraft geschenkt. Während des Badens ließ ich den Aufenthalt in Tirana Revue passieren. So wurde mir plötzlich bewusst, dass ich nur ca. 30 Kilometer vom Meer entfernt war, denn in westlicher Richtung befand sich direkt an der Meeresküste Albaniens zweitgrößte Stadt Durrës. Tirana selbst wird eingerahmt von vielen Hügeln. Um die Stadt herum liegt ein Grüngürtel, der für die Einwohnerinnen und Einwohner von Tirana sehr wichtig und wertvoll sein muss, um hier neue Energie, meist am Wochenende, tanken zu können. Der Reiseführer erzählte viel von der Diktatur, die im Jahre 1990/1991 endete. Ich erinnerte mich beim Planschen im Pool an den Uhrturm, aber auch an andere Überreste aus der osmanischen Zeit.

Es wurde langsam Zeit, mich abzutrocknen und meine Klamotten aus dem Spind zu holen, genauso wie meinen Rucksack. Nur wenige Meter weiter befand sich der Platz, an dem der Bus mich dann nach Skopje bringen sollte. Die Dame in der Reiseagentur sagte mir noch am Morgen, dass man nie genau wisse, wo genau der Bus abfahre. Tolle Sache! Dieser Aussage gemäß konnte ich jetzt den ganzen Platz absuchen und der war riesig. Ich lief um den gesamten Platz herum und wurde nicht fündig. Nach deutscher Zeit wäre ich überpünktlich gewesen, für albanische Verhältnisse war ich aber noch viel zu früh. Ich rannte ein zweites Mal um den Platz, vorbei an vielen Leuten, Taschen, Koffern … Kein Hinweisschild, keine Abfahrtszeiten, aber viele Busse, nur leider kein Bus mit dem Schild »Skopje« hinter der Windschutzscheibe.

Ganz hinten am Ende des Platzes, wo dieser in eine Art Straße überging, sah ich dann doch einen Bus, der zehn Minuten zuvor noch nicht dort gestanden hatte. Völlig abgehetzt kam ich an, fand das Schild, nach dem ich suchte und der Busfahrer teilte mir in seinem Winken mit, dass ich noch viel Zeit hatte. Obwohl bereits der Abfahrtstermin um zehn Minuten überschritten war, dauerte es dann noch einmal 20 Minuten, bis wir schließlich losfuhren. Wir fuhren auch erst einmal in die andere Richtung, nämlich nach Durrës. Direkt am Meer erfolgte dort der erste Stopp, bei dem einige hinzustiegen. Bereits auf der Fahrerseite, wo ich Platz genommen hatte, konnte ich erkennen, dass dort vor einem Kleinbus viele Kisten mit Bananen herumstanden. Ein Mann kam mit einer großen Tüte in den Bus und hielt sich eine sehr gekrümmte Banane vor dem Mund. Dieser war daraufhin komplett von der Banane bedeckt und sah sehr lustig aus. Niemand im Bus, außer mir, lachte. Da ich ohnehin keine Verpflegung bei mir hatte, kaufte ich ihm vier Bananen ab, die sehr gut schmeckten. Nun ging es los auf die lange Reise bis nach Skopje.

Ausgerüstet mit vier Bananen ging es dann von Durrës weiter in nordöstliche Richtung. Laut Internetrecherchen benötigt man mit einem Pkw etwas über vier Stunden. Da ich aber mit einem großen Reisebus unterwegs war, rechnete ich eher mit sechs Stunden, und selbst das hat nicht gereicht, da wir über eine Stunde an der Grenze zu Mazedonien benötigten, um all die Formalitäten zu erledigen. Wie bereits bei der Einreise in den Kosovo hat wieder ein Gehilfe des Busfahrers alle Pässe eingesammelt. Und wieder habe ich meinen Pass nur ungern herausgegeben, aber es hat ja alles geklappt. Die Pässe aller Passagiere wurden eingesammelt, es gab hier keine Ausnahmen. Da mein deutscher Pass auch hier wieder auffiel, rief er in albanischer Sprache irgendetwas in den Bus hinein und gefühlte 1.000 Blicke ruhten plötzlich auf mir, als ob ich ein exotisches Tier wäre. Mittlerweile schaue ich darüber hinweg, aber in dieser Situation ist es immer wieder interessant, wie andere Leute reagieren, wenn ein Nichteinheimischer mit an Bord ist. Der Gehilfe sagte dann nur zu mir »Germany« und zeigte mit dem Daumen nach oben. Anscheinend hatte Deutschland hier positive Gefühle hervorgerufen, wozu ich jedoch keinen Beitrag geleistet hatte. Natürlich ist es immer schöner, wenn man ohne größere Komplikationen reisen kann.

Noch einige Stunden bevor wir die Grenze passierten, es war bereits dunkel und ich war etwas eingenickt, bemerkte ich jedoch, dass sich der Bus nicht mehr vorwärtsbewegte.

Dies musste aber eine lange Ampel oder ein Stau sein, da der Motor nur gleichmäßig brummte. Nie die Kontrolle verlierend, checkte ich die Lage und bekam auch gleich meine Gewissensbestätigung. Weder eine Ampel noch Stau waren der Grund für den Stopp. Wir waren an einem Bauernhof angelangt und der Busfahrer und der Gehilfe demontierten mithilfe eines Bauern dort einen Reifen und montierten sofort einen anderen. Das Ganze hat nicht lange gedauert (ca. 15 Minuten), aber zumindest länger als eine Ampelphase.

Der Reifen war also montiert, aber man hatte doch noch Zeit, mindestens weitere 20 Minuten, sich zu unterhalten. So etwas ginge bei uns zu Hause überhaupt nicht. Aber ich möchte mich hier nicht beschweren. Schließlich war ich im Urlaub und das Zitat »Andere Länder, andere Sitten« lasse ich hier gerne gelten. Ich hatte eine günstige Busverbindung gebucht und so eine Panne kann auch immer mal passieren. Schließlich hatte ich auch keine weiteren Pläne und Termine und wollte nur heil ankommen. All diese Pläne wurden anstandslos erfüllt. Kurz nach 1:00 Uhr in der Nacht kamen wir am Busbahnhof in Skopje an. Mein Hotel wäre gar nicht weit weg gewesen, aber mitten in der Nacht wollte ich dann doch nicht durch fremde Gassen in einem Bus- und Bahnhofsviertel laufen.

Ein Taxifahrer erkannte die Gunst der (späten) Stunde und verlangte nicht viel. Außerdem teilte ich ihm gleich noch mit, dass ich nur noch Euro-Banknoten bei mir hatte. Ich könnte also nicht in seiner Landeswährung, dem mazedonischen Denar, bezahlen. Er war damit einverstanden und nur wenige Minuten später stand ich auch schon vor dem Hotel. In diesem Moment war ich froh, dass dieses eine 24-Stunden-Rezeption hatte. Um etwas Geld zu sparen, hätte ich auch zum Beispiel via »Airbnb« privat eine günstigere Unterkunft buchen können. Das wäre dann schwierig geworden, meine(n) Gastgeber(in) in diesem Fall wahrscheinlich aus dem Bett zu klingeln. Und unhöflich wäre es obendrein auch noch gewesen. Das Hotel war trotzdem sehr günstig und optimal gelegen, da ich dieses genau auf halber Strecke zwischen Busbahnhof und Stadtmitte gewählt hatte.

Eine kurze, aber erholsame Nacht lag hinter mir, als ich mir das Frühstück mit einer serbischen Reisegruppe schmecken ließ. Ich war genug gestärkt, um mir die Stadt Skopje noch einmal anzuschauen. Noch einmal, weil ich bereits zwei Jahre zuvor mit Freunden dort gewesen war. Wir waren damals in Sofia, Bulgarien und hatten uns für einen Tag einen Mietwagen genommen, um von Sofia nach Skopje zu fahren. Daher kannte ich die Innenstadt schon. Dennoch war es sehr schön, diese ein weiteres Mal zu entdecken. Skopje hat nämlich wirklich einiges aufzubieten: So gibt es viele Museen, die berühmte Steinbrücke, eine hübsche und auch sanierte Altstadt, günstige Preise u. v. m. Aus der Ferne konnte ich zudem das Millenniumskreuz erkennen, das mir von meinem damaligen Aufenthalt noch in Erinnerung geblieben war. Ich hatte noch bis kurz nach Mittag Zeit, mir die Stadt anzuschauen, was für einen Schnelldurchgang auf jeden Fall reichte. Dann ging ich zum Hotel zurück, packte meinen Rucksack, ging zum Busbahnhof weiter, kaufte mir mein Ticket und flog entspannt zurück nach Nürnberg.

Lieber Balkan, du bist mir ans Herz gewachsen. Es fällt mir schwer, zu beschreiben, was genau mich hier so beeindruckt hat. Sind es die exotischen Ziele und Gegenden im Südosten Europas, die immer noch nicht vielen bekannt, quasi also ein Geheimtipp, sind? Oder ist es einfach nur die gelungene Mischung der Landschaft, der Städte und der Menschen, die mir hier alle sehr herzlich begegnet sind? Vielleicht ist es auch die Angst, die ich besiegt habe, in fremde Länder zu reisen? Ich weiß es nicht … Definitiv war ich nicht zum letzten Mal auf dem Balkan. Es gibt auch hier noch vieles zu entdecken und dann auch noch viel mehr Details kennenzulernen. Das Leben, die Atmosphäre, das Flair und auch die Leichtigkeit lassen mich schon jetzt hoffen, demnächst wieder in Richtung Südosten zu reisen. Lieber Clown, auch wenn es schwierig ist und war, diese Geschichten mit dir niederzuschreiben, so hoffe ich dennoch gleichzeitig, diese Art von lustiger Situationskomik niemals zu vergessen.

Kosovo, Albanien und Mazedonien – ich bedanke mich für die tolle Gastfreundschaft, die netten Gespräche, das gute Essen und das reisefreundliche Wetter. Note: 1* ☺

Bauernmarkt in Pristina, Kosovo

Landschaft in Albanien

La Dolce Vita in Mailand,
Bologna und San Marino

Ja, es stimmt. Die beiden zuerst genannten Städte sind keine europäischen Hauptstädte. Mein Ziel war jedoch letzten Endes San Marino. Die kleine Republik, komplett umgeben von Italien, ist so klein, dass kein »größerer« Flughafen in Reichweite ist. Somit musste ich umdenken, um einen Weg zu finden, wie ich nach San Marino kommen könnte. Und das war dann gar nicht so schwierig. Wenn ich nicht auf den direkten Nonstop Weg nach San Marino kommen könnte, dann musste ich wohl oder übel zu Plan B greifen. Ein sehr preisgünstiges Angebot von »easyJet« für 79 Euro (nur mit Handgepäck) beförderte mich schließlich von München nach Mailand. Dort verbrachte ich zwei Tage und zwei weitere durfte ich im Anschluss daran in Bologna verleben.

Mit einer unbekannten Mitfahrgelegenheit konnte ich von Bayreuth aus starten. Eine junge Frau, die uns begleitete, wurde in Nürnberg am Bahnhof herausgeschmissen, worüber ich nicht traurig gewesen bin, denn auf alle Small-Talk-Themen hat sie mit nur einer ganz kurzen Antwort (wahrscheinlich der Höflichkeit halber) Bericht erstattet; selbst ich gab dann schließlich den Versuch auf, weiterhin

Energie in diese nicht wirklich stattfindende Konversation zu investieren. Dafür war mein Fahrer ganz großartig. Zuerst gab Fabian ein sehr cooles Bild von sich, aber auf der dann doch längeren Strecke von ca. zweieinhalb Stunden haben wir uns sehr gut unterhalten und viel gelacht. In Nürnberg, wo die stumme Beifahrerin glücklicherweise den Wagen verließ, stieg dann Nina ein. Die junge und sehr attraktive Frau aus Hamburg machte die Fahrt nach München dann noch perfekt. Wir haben gelacht und hatten somit auch eine Wellenlänge. Im Nachhinein konnte ich bei meiner Bewertung der Fahrt im Forum lesen, dass Fabian (der Fahrer) noch nie so eine lustige Fahrt gehabt hätte. Das gab mir wiederum sehr zu denken. »Wenn das seine lustigste Fahrt gewesen sein soll, oje, wie waren denn dann alle anderen Fahrten?«, grübelte ich vor mich hin. Ich habe mich eigentlich noch nicht einmal groß angestrengt und letztendlich die Fahrt durch Kommunikation einfach nur etwas auflockern wollen. Nun, ich werde wohl niemals eine Antwort darauf bekommen.

Da sowohl der Fahrer als auch Nina in einen Stadtteil von München wollten, der ohnehin in Flughafennähe lag, ließ man mich dann direkt am Flughafen »Franz-Josef-Strauß« heraus. Das war für mich sehr günstig, da ich mir so die 46 Minuten Fahrzeit, die die S-Bahn vom Hauptbahnhof zum Flughafen benötigte, und schließlich auch die Kosten von ca. 10 Euro gespart hatte. Diese geschenkte Zeit am Flughafen verbrachte ich damit, in meinen mitgenommenen Reiseführern zu schmökern und auch, um andere Leute oder Passagiere zu beobachten. Eingecheckt hatte ich bereits von zu Hause aus und somit konnte ich diese Zeit ganz entspannt genießen.

Sowohl das Prozedere am Zoll als auch das Boarding erfolgten ohne spektakuläre Ereignisse. Der Flug war angenehm und für mich völlig okay. Hier möchte ich nur den Tipp weitergeben, dass man für diesen Preis auch nicht viel an Komfort oder Luxus erwarten braucht. Ich hatte meinen Sitzplatz am Gang, das Ganze verlief ohne Komplikationen und mehr ist hier einfach nicht zu verlangen. Natürlich kann man für Geld einiges an Schnickschnack hinzubuchen und auch Verpflegung haben, aber bitte bedenkt, dass die Flugzeit von München nach Mailand mit nur einer Stunde relativ kurz ist. In dieser Stunde wird es dann auch mal ohne Tomatensaft gehen. Am Flughafen Malpensa kam ich dann »on time« und somit pünktlich an und begab mich direkt zum Busbahnhof, wie es mir die Reihenfolge auf meiner Liste vorgab. Lediglich mein Busticket musste ich mir noch am Schalter besorgen. Dort wartete ich dann noch ca. 20 Minuten, bis mich der Bus schließlich in die Stadtmitte Mailands brachte. Die Aufregung machte sich langsam in meinen Körper breit. »Wie mag es dort wohl aussehen? Hoffentlich finde ich den Weg vom Bahnhof zu Chloe, meiner zum ersten Mal gebuchten Schlafmöglichkeit via »Airbnb«, wie wird es hier mit meinen Englischsprachkenntnissen laufen?«, dachte ich angespannt Glücklicherweise war ich jedoch so sehr mit dem Ausschauhalten beschäftigt, dass ich mich nicht verrückt machen ließ. Das wäre ja auch noch schöner, oder?

Die Dämmerung war bereits merklich fortgeschritten, als der Bus den Bahnhof erreichte. Via Stadtplan, den ich, typisch deutsch, ganz eisern in der Hand hielt, ging es dann Richtung meiner gebuchten Unterkunft. Diese war gar nicht so weit entfernt. Ich lief circa 15 Minuten, bis ich die Straße erreichte. Dort tollten noch Kinder herum, obwohl diese eigentlich um diese Uhrzeit, es war nämlich jetzt schon richtig dunkel, längst zu Hause sein sollten. Aber ich war ja in Italien, es war noch richtig heiß und ich war an diesem Tag schon das dritte Mal froh, wieder etwas erreicht zu haben und es somit auf meiner Liste abhaken zu können:

das erste Mal, weil die Fahrt nach München so gut geklappt hatte, obwohl wir noch einen Stau umfahren mussten. Das hatte ich in meiner Schilderung zuvor ganz vergessen. Das zweite Mal war ich glücklich, dass dann der Flug geklappt hat und ich mit dem Bus heil und munter im Zentrum von Mailand ankam; und nun freute ich mich zum dritten Mal bei dieser Reise darüber, dass ich in der richtigen Straße stand. Kaum gefreut, musste ich mir aber zu meiner Schande eingestehen, dass ich die Hausnummer nicht finden konnte. So lang war die Straße nicht und ich war diese zu jenem Zeitpunkt schon zweimal hin- und wieder zurückgelaufen. Ich hätte bei Chloe anrufen können, aber der Geizkragen in mir behielt die Oberhand. Schließlich hätte ich ja dann auch die Telefonkosten zu bezahlen gehabt, da ich dank Roaminggebühren »über« Deutschland die Verbindung hätte herstellen müssen.

Somit habe ich die Kinder auf Englisch befragt. Die Antworten waren übrigens, vor allem im Nachhinein, sehr lustig. Verdutzte Gesichter, große Augen und weit geöffnete Münder starrten mich an, nur weil ich nach einer Hausnummer fragte. »Wie blöd kann ich nur sein und Kinder fragen?«, dachte ich mir. Wie kommst du aus dieser Geschichte nur wieder heraus. Ich überlegte mir Folgendes:

»Frank! Es ist spät und dunkel und du quatschst als ausländischer Kerl in englischer Sprache Kinder an?« Schließlich hätte ich ja auch ein Triebtäter sein können. Na ja, nachdem die Kinder mir nicht helfen konnten und stattdessen immer mehr Kinder herbeieilten, weil man sich anscheinend untereinander darüber ausgetauscht haben musste, dass ich »irgendwie komisch« gewesen sei, lief ich einfach weiter. Und dann kam auch schon meine Rettung. Der Mann, der anscheinend alles aus dem ersten Stock des Nachbarhauses beobachtet hatte, fragte mich schließlich, was ich denn suchen würde, und er konnte mir auch direkt helfen. Es war das große rote Haus, das sich mitten in der Straße befand und an dem ich schon mehrmals vorbeigelaufen war. Aufgrund von Bauarbeiten konnte man die Hausnummer nicht erkennen, da das ganze Haus mit einem Gerüst versehen war. Bevor man das Haus betreten konnte, musste ich an der Tür klingeln. Chloe teilte mir mit, dass sie im dritten Stock wohne und ich die Tür und Pforte öffnen müsse, um dorthin zu gelangen. Alles soweit ganz gut, wenn ich nur etwas gesehen hätte. Es war ja mittlerweile stockdunkel geworden und die Straßenbeleuchtung war sehr spärlich. Ausgerechnet jene Beleuchtung, die sich direkt vor dem Haus befand, war kaputt. Wie typisch für mich! Irgendetwas ist doch wirklich immer.

Aber auch hier hatte ich Glück. Gerade in jenem Moment, als sich die Hauptpforte von mir leider nicht öffnen ließ, kam eine Mutter mit ihrer Tochter vorbei und drückte rechts unterhalb der Sprechanlage noch einen kleinen Knopf, der dann das langersehnte Summen ertönen ließ und somit das Türschloss öffnete. Das habe ich mir gleich gemerkt und konnte das dann auch zu einem späteren Zeitpunkt noch in die Tat umsetzen, ohne ein weiteres Mal Chloe zu belästigen. Das Mädchen schielte noch ein letztes Mal an der sicheren Hand ihrer Mutter zu mir nach hinten und hatte ein verschmitztes Lächeln im Gesicht. »Ach du, Bambini …«, dachte ich.

Chloe öffnete mir die Tür und all die Aufregung war in Windeseile wie weggeblasen. Sie war sehr nett und aufmerksam. Chloe war geschätzte 42 bis 45 Jahre alt und hatte blonde Haare, die sie offen trug. Die etwa schulterlangen Haare waren leicht gelockt. Sie trug am Abend eine Brille. Wir stellten uns einander vor und sie zeigte mir ihre Wohnung und ihr Schlafzimmer, in dem ich für zwei Nächte schlafen durfte. Aufgrund der EXPO-Weltausstellung, die im Jahr 2015 in Mailand stattfand, ergriff sie die Chance, sich etwas Geld hinzu zu verdienen. Die Hotels und auch die einfachen Gasthäuser waren verhältnismäßig teuer und somit habe ich mich für diese Variante entschieden. Kein falscher Entschluss, wie sich später noch herausstellen sollte. Ich war nicht weit entfernt vom Bahnhof und hatte auch die U-Bahn-Station um die Ecke. Es konnte also losgehen. Sie weihte mich in die Vertrautheiten ein, von denen sie meinte, ich müsste diese kennen und wissen. Die Chemie stimmte zwischen uns und sie war wirklich sehr herzlich.

Obwohl es schon dunkel war, ich jedoch nur zwei Tage in der Hauptstadt der Lombardei verweilen würde, beschloss ich, noch einmal in die Stadt zu gehen. Somit könnte ich dann gleich den Dom und eventuell noch ein paar illuminierte Gebäude der Stadt anschauen und auch fotografisch einfangen und festhalten. Ich folgte Chloes Hinweis und nutzte die U-Bahn. Bevor ich diese jedoch erreichte, kam dann gleich der Schock. Ich lief die Straße entlang und konnte dann auch in Reichweite den Eingang zum U-Bahnhof erkennen. Nur noch wenige Meter und ich lief die Treppe nach unten. Diese war sehr lang und auch mit einem Absatz versehen. Bereits auf den ersten Stufen noch vor dem Absatz merkte ich plötzlich, dass noch jemand hinter mir die Stufen hinablief. »Nichts Ungewöhnliches!«, dachte ich mir, »schließlich ist es eine große Stadt.« Mir passte es nur nicht, dass er genau hinter mir entlanglief. Es war eine sehr breite Treppe, man hätte durchaus auch rechts oder links von mir laufen können. »Mist, was mache ich denn nur?« Er lief direkt im selben Tempo hinter mir.

Ich war mittlerweile auf dem Absatz angekommen, als er richtig auf Tuchfühlung ging. »Das kann doch jetzt nicht wahr sein!«, dachte ich. Ich hatte meinen Rucksack auf dem Rücken, wo nur das Nötigste drin war; und es hatte den Anschein, dass der Kerl auf Diebestour war. Kurz bevor ich dann den Gang erreichte, blieb ich schließlich abrupt stehen, worauf er nicht gefasst war. Er knallte mehr oder weniger gegen meinen Rucksack, ich machte auf dem Absatz kehrt und hatte auch schon seine Arme in meiner Hand. Ein junger Kerl, vielleicht 15 Jahre alt, wollte sich an meiner Tasche vergreifen. Ich musste erst einmal zu mir kommen und ja auch auf Englisch umschalten. Schließlich fragte ich ihn, was er da mache. Auch er war verdutzt und schaute mich mit großen Augen an, da er mit dieser Situation anscheinend nicht gerechnet hatte. Der Rest ist schnell erzählt: Ich bezichtigte ihn des Diebstahls und er antwortete nur, ich sei völlig verrückt, und fragte, wie ich denn darauf komme. Ich ließ ihn letztendlich aus meinem Griff »frei« und da konnte ich noch ganz oben an der Treppe ein Mädchen erkennen, das nur lachte. Anscheinend war sie die Freundin oder Komplizin von ihm. Er war daraufhin sofort nach oben gerannt und verschwand dann aus meinem Blickfeld.

Wie ferngesteuert ging ich zum Automaten, löste mein Ticket für die U-Bahn und erst während des Wartens auf den Zug, kam ich wieder zu mir. Der Reflex, zu überprüfen, ob alle Wertsachen bei mir waren, ist mir nahezu angeboren; erst nachdem ich feststellte, dass nichts geklaut worden war, konnte ich mir schließlich eingestehen, dass auch wirklich nichts geschehen war. Es wurde nichts geklaut. Was hätte ich nur gemacht, wenn er ein Messer oder andere Waffen gezogen hätte? Auf derartige Situationen ist man natürlich nicht vorbereitet. Es entscheidet hier letztendlich nicht mehr das Gehirn bzw. der gesunde Menschenverstand, sondern lediglich der Moment, die Situation oder die Zeit.

Vermutlich noch immer etwas blass fuhr ich die restlichen vier Stationen, bis ich die Station »Duomo« erreichte. Von da an passierte dann auch nichts Schlimmes mehr. Von der U-Bahn »ausgespuckt«, lief ich in Richtung Stadt und wurde direkt mit einem angestrahlten und sehr schönen Dom begrüßt. Bestimmt eine halbe Stunde lang stand ich dann auf diesem Platz, weil die Atmosphäre und die Stimmung der Nacht mit den noch sehr warmen Temperaturen das italienische Gefühl der Dolce Vita, des »süßen Lebens«, in mir hervorriefen.

Liebespaare, Touristen, EXPO-Besucher, Künstler und viele andere Leute hielten sich auf diesem großzügig angelegten Platz auf. Direkt vor mir der Dom und daneben der Eingang zur Galleria Vittorio Emanuele II mit dem Triumphbogen waren hell beleuchtet. Runde Kreisel, die die Farbe wechselten, wurden von Kindern in hohem Bogen durch die noch sehr warme Nacht in die Luft geschleudert.

Ich genoss diesen Anblick und das Verdrängen des versuchten Diebstahls gelang mir letztendlich ganz gut. Die Galleria war noch geöffnet und ich lief durch dieses lange Gebäude in Richtung Scala. Das weltweit berühmte Opernhaus war nur einen Katzensprung entfernt und erschien ebenfalls schön illuminiert. All meine Fotos von diesem Abend sind im Nachhinein sehr gut geworden. Die italienische als auch die europäische Flagge hingen in der Mitte des Gebäudes. Die Türen waren geöffnet, doch leider konnte ich keinen Blick ins Innere des Opernhauses erhaschen. Der Sicherheitsdienst ließ dies nicht zu und selbst meine schönsten Augen, die ich dem Wachpersonal machte, waren nicht schön genug. Es war spät geworden und ich lief in die Richtung von Chloes Haus. Auf dieser Strecke ist dann glücklicherweise auch nichts mehr geschehen. Dieses Mal bevorzugte ich das Laufen und nicht mehr das Fahren in der U-Bahn. Außerdem kam ich auf dieser Heimstrecke an einer Art Fußgängerzone vorbei, wo das Mailänder Leben so richtig tobte, und das, obwohl es in der Woche und mittlerweile ja schon richtig spät war. Die Italiener erschienen mir quasi so, als hätten sie das Feiern erfunden. Viele von ihnen standen in kleinen Grüppchen auf der Straße, meist mit einem Glas Rotwein in der Hand. Die Frauen waren alle sehr attraktiv und gut angezogen, wirklich richtig chic.

Was mir jedoch sehr schnell negativ auffiel, war, dass ein angemessener Umgang, d. h. eine Kultur im Umgang mit dem Smartphone noch nicht Einzug gehalten hatte, sofern man hier überhaupt von einer solchen sprechen konnte. In diesem Falle muss ich pauschal der gesamten italienischen Bevölkerung eine verbale Ohrfeige verpassen. Die Italienerin und der Italiener waren hier ohne Smartphone nahezu gar nicht mehr anzutreffen. Dies betrifft zumindest die Regionen, wo ich mich bisher aufhielt. Durchaus möglich, dass in Sizilien oder anderen Gebieten Italiens das Smartphone noch nicht so sehr Einzug gehalten hat. Ich hatte das Gefühl, man schaute sich nicht mehr in die Augen oder zumindest an, wenn man sich miteinander unterhielt. Zumindest ein Auge war immer auf das Display gerichtet und es wurde hier kräftig gewischt. Das fand ich damals und finde ich nach wie vor sehr schade. Aus vielen Kneipen und Lokalen strömten immer mehr, meist junge Leute heraus und ich konnte viele verschiedene Musikrichtungen wahrnehmen. Am Platz der »UniCredit« hielt ich noch einmal für einige Minuten an. Der Platz ist wie eine Art Piazza gestaltet. Viele Leute nutzten die hier vorhandenen Springbrunnen bzw. Fontänen aus dem Boden heraus, um sich ein bisschen zu erfrischen. Diese waren auch noch illuminiert und somit auch sehr schön anzusehen. Es fehlte nur noch klassische Musik, dann wäre es perfekt gewesen. Das Gebäude der »UniCredit« ist ein riesiges Hochhaus. Ich konnte es bereits von weitem, d. h. schon von der Autobahn aus erkennen, einfach Wahnsinn.

Schließlich kam ich dann irgendwann auch mal wieder in der Wohnung von Chloe an und ich war stolz, diese wiedergefunden zu haben und auch, dass dieses Mal mit dem Schließsystem alles funktionierte hat. Chloe schlief im Wohnzimmer und ich schlich mich möglichst leise zum Badezimmer und dann später in mein Bett. Das einfache Laken, bei uns zu Hause undenkbar, war für diese sehr warme Nacht perfekt und ich schlief schnell ein. Es war auch viel passiert und ich war einfach nur erschöpft.

Der darauffolgende Morgen begann mit einem netten Frühstück und mit einer schönen Konversation mit Chloe. Sie stellte mir ihren fünfjährigen Sohn Michael vor, der wirklich putzig war. Da sich Chloe und ich auf Englisch unterhielten, musste sie alles ins Italienische übersetzen. Er wollte viel von mir wissen. Etwas gestärkt vom Frühstück, ging es dann los. Sightseeing war angesagt. Was hat mir Mailand zu bieten und wie ist Milano am Tage: und da gibt es jede Menge. Zuerst begann ich mit demselben Programm wie am Vorabend, nur halt bei Tageslicht. Ich konnte viele Fotos von all den schönen Gebäuden und Plätzen machen, darunter u. a. Mailänder Dom, Teatro alla Scala, Galleria Vittorio Emanuele II, Castello Sforzesco, Pinacoteca, Piazza del Duomo und zahlreiche Kirchen. Zwischendurch gab es immer wieder mal ein Eis oder eine andere Kleinigkeit zum Essen. Am späten Nachmittag mit immer müder werdenden Beinen suchte ich dann schließlich ein Hallenbad auf.

Dies habe ich bei meinen anderen Reisen auch schon oft so gemacht, da ich beim Baden unwahrscheinlich gut entspannen kann und auch immer wieder merke, auf welchen hohen Standards sich deutsche Hallen- und Freizeitbäder befinden. In diesem Hallenbad war nachvollziehbarerweise nicht ganz so viel los, denn schließlich war Sommer und man vergnügte sich auf den vielen Plätzen der Stadt. Nach ca. zweieinhalb Stunden war ich so gut erholt, dass ich mich auf die Suche nach einem Restaurant begab, doch auch hiervon gab es reichlich. Da ich grundsätzlich kein Feinschmecker bin, sondern es mir hierbei lediglich um die Nahrungsaufnahme als solche und um das Aufladen meiner Energiereserven geht, bin ich hier eher anspruchslos. Die Pizza war hervorragend und das kühle Bier dazu schmeckte mir auch sehr gut. Wer hier Tipps bezüglich der Mailänder Restaurants von mir erwartet, den muss ich an dieser Stelle leider enttäuschen. Bei 1,3 Millionen Einwohnern ist aber definitiv ein gutes Lokal oder sind wahrscheinlich sogar eher mehrere Nobelrestaurants zu finden. Nach dem Essen ging ich dann wieder in Chloes Wohnung, wo ich einen Zettel auf dem Esstisch vorfand, der besagte, dass sie bei einer Freundin übernachte und Michael bei ihrer Mutter sei. Jedoch war wohl mittlerweile noch eine weitere »Airbnb«-Bucherin angereist, die sich aber zu jenem Zeitpunkt noch nicht in der Wohnung befand. Ich war also alleine in der Wohnung. Zuerst sortierte ich meine Wäsche neu, da ich ja am darauffolgenden Tag Mailand schon wieder würde verlassen müssen, und checkte anschließend noch meine E-Mails.

Kurze Zeit später hörte ich den Schlüssel in der Wohnungstür und meine Mitbewohnerin für diese Nacht hieß Khmer und stammte aus Indien. Ob ich das richtig geschrieben und auch verstanden habe, weiß ich auch nicht genau, aber ich gehe mal davon aus. Khmer war 28 Jahre alt und kam aus Deutschland. Sie war von Stuttgart nach Mailand mit dem Flugzeug gereist und arbeitete im auf Englisch sog. »Black Forest«, also im Schwarzwald. Dort besuchte sie eine Schule, aber ich verstand es auch nach zweimaligem Nachfragen noch nicht richtig und hatte dieses Wort noch nie im Englischen gehört. Ich wollte uns beide nicht blamieren und fragte daher nicht noch einmal nach. Letztendlich ging es mich auch nichts an, aber ich bin von Haus aus relativ neugierig und last, but not least gehört es halt zum Small Talk dazu, wenn man sich zum ersten Mal sieht. Khmer erzählte mir, dass ihr Mann am darauffolgenden Tag ebenfalls nach Mailand reisen würde und sie ihn dann am Flughafen abholen wolle. Ich sollte ihr Tipps geben, wie man günstig zum Flughafen kommen konnte, aber da war ich etwas irritiert. Erstens war sie ja auch am Nachmittag am Flughafen angekommen und ich wusste nicht, welches Beförderungsmittel sie dann genutzt hatte. Hinzu kam die Schwierigkeit, dass Mailand drei Flughäfen im Umkreis hatte und sie offenbar gar nicht wusste, auf welchem ihr Mann landen würde. Vielleicht war es meine Schuld, aber sie kam mir dann sehr wankelmütig vor. Letztendlich gab ich ihr den Rat, sofern ihr Mann noch erreichbar wäre, nachzufragen, an welchem Flughafen er ankomme; das sollte dann aber nicht mehr mein Problem sein. Ich hoffe noch heute, dass sie sich dann irgendwie getroffen haben. Als ich am folgenden Tag aufstand, war ihre Zimmertür bereits geöffnet und ich sah sie nicht mehr wieder.

Gerade, als ich frühstückte, klingelte mein Handy und Chloe rief mich an. Sie entschuldigte sich für ihr Fernbleiben, wo sie doch Gastgeberin sei. Damit hatte ich aber kein Problem, denn es hatte ja alles geklappt. Wir verabschiedeten uns am Telefon, da sie erst später nach Hause käme, wenn ich bereits unterwegs wäre. Chloe war toll. Sie gab mir tolle Tipps und auch Adressen, wo die Mailänder/-innen ausgingen, und erklärte mir zudem, welche Viertel ich eher meiden sollte. Daher gab ich ihr auch die Bestnote in dem »Airbnb«-Bewertungsformular. Ich bekam diese übrigens auch von ihr. »Das macht sich doch gut im Lebenslauf!«, grübelte ich, schaute noch ein letztes Mal an meinem Schlafplatz und auch im Badezimmer, ob ich nichts vergessen hatte. Kurze Zeit später lief ich bereits in Richtung Bahnhof, wo ich dann auf meine Mitfahrergelegenheit wartete. Schließlich musste ich nach Bologna und hätte auch den Zug nehmen können, aber die Fahrt mit dem Auto sollte laut Internetrecherche schneller gehen und im Ausland war ich bis dato noch nie mit einer Mitfahrgelegenheit gefahren.

Mario, wie wahrscheinlich viele Italiener heißen, zumindest entspräche das dem deutschen Klischee, war zwar nicht pünktlich, aber die Verzögerung war auch nicht zu gravierend. Somit war für mich schon einmal alles im sprichwörtlich »grünen Bereich«. Er kam mit seinem weißen Fiat zum Bahnhof gefahren und hat mich von dort aus noch einmal angerufen, anscheinend, um sicherzugehen, dass ich es auch wirklich war, der dort in der Sonne stand, vor sich hin schwitzte und nach einem weißen Fiat Ausschau hielt, von denen es dort jedoch Tausende gab.

Mein Fahrer konnte sich nicht gut auf Englisch artikulieren und zeigte mir schließlich auf seinem Handydisplay, dass er dort die Bestätigung von mir hatte; somit konnte ich getrost einsteigen. Die Fahrt verlief ruhig und ohne weitere Vorkommnisse. Circa zwei Stunden später, es war so kurz nach Mittag, hatte er mich vorschriftsmäßig am Bahnhof von Bologna »abgeliefert«. Während der Fahrt dahin hatte ich mein Handy ausgeschaltet, weil ich das grundsätzlich so mache. Mit Luigi hatte ich per E-Mail bereits Tage zuvor vereinbart, dass ich zur abgesprochenen Uhrzeit dort sein würde, und auch das Schnellrestaurant fand ich gleich, wie er mir es beschrieben hatte. Luigi hatte mich dann zwar ca. 20 Minuten warten lassen, aber das empfand ich nicht als so schlimm. Er habe mehrmals versucht, mich telefonisch zu erreichen, so Luigi. »Warum nur, wenn die Zeit doch abgemacht war?«, das fragte ich mich und verstand es nicht. So viele Leute standen dort nicht um diese Uhrzeit, warum musste man dann noch anrufen? Na ja, es ist auch egal. Es hatte ja geklappt.

Luigi fuhr also einen weißen Fiat und es roch noch ziemlich neu in dem Wagen. Wir benötigen ungefähr 15 Minuten, bis wir seine Wohnung erreichten, denn er erklärte mir, dass er aufgrund von Bauarbeiten einen Umweg fahren müsse. Luigi war 43 Jahre alt und auch sehr chic gekleidet: dunkle glatte und kurze Haare, ein weißes Hemd und eine schwarze Hose. Er hatte als Fach Englisch studiert und wir unterhielten uns schon ganz gut während der Fahrt. Was ich auf der kurzen Fahrt durch die Stadt bereits sah, gefiel mir gut. Es schaut wiederum ganz anders aus, als in Mailand. Alles war in eher warmen Farbtönen angestrichen und ich empfand das als sehr mediterran. Luigi fuhr vor ein dreistöckiges Gebäude und stellte den Motor ab. »Here, we are«, sagte er zu mir. Das Haus war noch nicht alt und hatte trotz lediglich dreier Stockwerke sogar einen Aufzug. Bereits im Aufzug gab er mir den Wohnungsschlüssel und zeigte mir unmittelbar, wie hier das Schließsystem funktionierte. Und das war gar nicht so einfach. Anscheinend haben die Italiener grundsätzlich große Angst vor Einbrechern, aber Sicherheit geht immer vor, daher fing ich keine Debatte mit ihm an.

Durch die Wohnungstür eintretend, befand man sich direkt im Ess-/Wohnzimmer mit Küchenzeile. Neben der Küchenzeile war eine Tür, hinter der sich ein ganz kurzer Flur erstreckte. Von dort gingen dann noch einmal drei Türen ab. Die ganz rechte Tür führte zu seinem Schlafzimmer, die in der Mitte zum Bad, das man sich teilen musste, und die linke Tür zu seinem Arbeitszimmer, in dem auch mein Klappbett aufgebaut war. Und das war völlig okay. Um die ganze Wohnung herum erstreckte sich eine großzügige Terrasse mit Balkon. Gleich neben meinem Klappbett befand sich die Balkontür und die Aussicht auf Bologna war grandios. Überhaupt alles in der Wohnung war Ton in Ton gehalten und alles wirkte sehr einheitlich auf mich, sehr stilvoll eingerichtet. Luigi war eine Art Künstler, selbstständig tätig und arbeitete in einer Galerie. Luigi war sehr nett zu mir und erklärte mir auch noch einige Details zu den Stadtbussen und wo ich was finden konnte, sehr hilfsbereit, was wirklich toll war.

Bologna ist die Hauptstadt der Region Emilia-Romagna und hat nicht ganz 400.000 Einwohner. Die Teile von Bologna, die ich gesehen habe, gefallen mir alle sehr gut. Alles ist in warmen Farbtönen gehalten, D. h. in Braun, Terrakotta, Orange und Gelb. Zum Teil sind Kacheln oder auch Fliesen an den Wänden zu sehen. Hier und da ein bröckelnder Putz und dazu das italienische Flair – einfach wunderschön. Es gibt ganz viele Kirchen zu sehen. Ich fuhr mit dem Bus in Richtung Bahnhof, um mir dort mein Ticket für den morgigen Tag zu kaufen, da ich keine Mitfahrgelegenheit fand. Das wurde dann auch gleich in die Tat umgesetzt und mit den Tickets im Rucksack freute ich mich auf einen Spaziergang durch Bologna, zunächst an einigen Ausgrabungen vorbei, in Richtung Stadtpark. Schon allein die Ausgrabung hat mir prima gefallen, daneben war noch ein altes, wieder instand gesetztes Stadttor zu sehen, toll gemacht. Im Stadtpark war ich jedoch nicht allein. Dort waren ganz viele Afrikaner und betrieben dort eine Art illegalen Basar. Das Wort »schwarzen Basar« möchte ich in diesem Kontext nicht verwenden. Anscheinend sah man mir gleich an, dass ich kein Polizist war und/oder vom Ordnungsamt kam. Wie ich unmittelbar erkennen konnte, waren nämlich an allen vier Ecken Wachposten aufgestellt worden. Der Stadtpark ist auf einer Erhebung angebracht. Man erreicht diesen erst, wenn man von jeder Seite Stufen hinaufgeht. Ich hätte mir dort sämtliche Tücher und Geldbörsen und Mobilfunkgeräte kaufen können. Auch Rasta Frisuren wurden angeboten, aber bei meiner blonden Kurzhaarfrisur wäre das ja ohnehin gar nicht möglich gewesen. Die Verlockung, mir Tarot karten legen zu lassen, wäre da jedenfalls schon viel interessanter gewesen.

Aus der Mitte des Stadtparks war relativ laut wummernde Trommelmusik zu vernehmen. Diese Band hatte ich mir dann auch noch angesehen, bevor ich dann auf den richtigen und wahrscheinlich offiziellen Markt kam. Dabei hatte ich Glück, denn dieser Markt findet eigentlich gar nicht jede Woche statt, wie mir Soreno dann später erzählte. Die nächsten Ziele meines Rundganges waren die »Basilika San Petronio« und die »Piazza Maggiore«. Weiter ging es zum »Palazzo del Podestà«. Dort machte ich eine kurze Rast, um etwas zu trinken. Auf den Treppenstufen im Schatten suchte ich etwas kühlere Luft, die nicht wirklich vorhanden war. Jedoch bildete sich innerhalb von zwei Minuten eine Schülergruppe um mich herum, die in berlinerischem Slang über diverse App-Funktionen, die ihre Handys hätten, diskutierte. »Meine Güte! Sie sitzen im Innenhof eines wunderschönen Platzes in einer sehenswerten italienischen Stadt und haben nichts Besseres zu tun, als sich über doofe Apps zu unterhalten«, dachte ich genervt. Die »Furz«-App (leider kein Witz!) eines Schülers brachte mich dann zum Davonlaufen. Dabei konnte ich noch abfällig das Wort »Germans« in die Runde werfen. Das musste einfach sein! Wahrscheinlich dachten diese aufgrund meines Aussehens, ich wäre ein Skandinavier, für den ich öfter mal gehalten werde.

Danach war ich noch in der Kathedrale San Pietro und verliebte mich sofort in die wunderschönen Arkaden. Selbst wenn es einen ganzen Tag regnen würde, könnte man, denke ich, in Bologna trockenen Fußes bleiben, da sich diese Arkaden oder Laubengänge hier überall befinden, quasi das Markenzeichen der Stadt sind. Eine gute Idee der Baukünstler. Einige schöne Innenhöfe sowie die beiden schiefen Türme konnte ich bei meinem Spaziergang noch entdecken. Für den einen schiefen Turm ist ja eigentlich nur Pisa bekannt. Bologna hat jedoch sogar zwei davon. Diese sind aber nicht ganz so schief und daher nicht so bekannt, wie der »Schiefe Turm von Pisa«.

Es war inzwischen Abend geworden und wie bereits in Mailand hatte ich die Adresse eines Schwimmbades in meinen Notizen. Mein Stadtspaziergang war schon von mir so geplant, dass ich, sofern ich alles geschafft habe, dort in der Nähe ankam. Es war also nicht mehr so weit und ich lief noch ca. zehn Minuten laut Stadtplan in diese Richtung. Der Eingang befand sich um das Hauseck herum und man musste klingeln. Ein Summton öffnete mir die Tür und ich stand an der Kasse. Eine verdutzte Kassiererin blickte mich an, als ich sie fragte, ob sie englisch sprechen könne. Die Antwort war »a little bit«, was mir praktisch schon immer in der Vergangenheit »Tür und Tor geöffnet hatte. Sie teilte mir mit, dass aufgrund der heißen Sommertemperaturen nicht viel los sei und man deshalb die Saunaetage gratis genießen könne. Ich bezahlte somit den regulären Eintritt für das Schwimmbad und konnte, wenn ich wolle die Saunaetage nutzen. Ich kapierte das, wie so oft, nicht direkt, da man von einer ganzen Etage sprach. Im Nachhinein war dies aber richtig. Im Erdgeschoss befanden sich die Umkleidekabinen, Toiletten und Duschen. Dann konnte man wählen, ob man im Keller schwimmen wollte oder in der ersten Etage die Sauna benutzen. Ich entschied mich zunächst für das Schwimmbad, um all den Dreck und Staub von mir zu waschen. Keine drei Meter in einem sehr kleinen Becken geschwommen, schon fühlte ich mich wieder sauber. Ich blieb noch ca. 15 bis 20 Minuten in dem Becken, schaute mich um, schwamm etwas und planschte mehr oder weniger vor mich hin. Ein Schwimmbad ist für mich wie ein Jungbrunnen. Ich fühlte mich sofort wohler, kein vom Schweiß klebriges T-Shirt mehr an mir zu spüren.

Jetzt war es an der Zeit, mir die Sauna anzusehen. Es handelte sich auch nur um eine sehr kleine Sauna, in der ich alleine war. Das Schwitzen in einer Sauna ist auch anders, als wenn man in der Mittagssonne in Klamotten in Bologna schwitzt, ein definitiv angenehmeres Schwitzen, weil man da schwitzen soll und darf. Nach ca. zehn Minuten des Schwitzens ging ich mit einem Badetuch bekleidet zur Terrasse. Dort konnte ich mich bei ca. 25 Grad Außentemperatur nicht wirklich abkühlen und suchte daher die Whirlpools auf, die sich in der Nähe befanden und sehr einladend wirkten. In den Boden waren zwei Whirlpools eingelassen und ein dritter war auf einer kleinen Erhebung angebracht. Da dort noch Platz war, entschied ich mich für den oberen. So saß ich dann mit vier weiteren Personen im »Blubber wasser«, erholte mich und ließ meinen Kopf etwas zurückfallen.

Meine Augen betrachteten einen azurblauen Himmel und leicht links von mir war ein großer Baum zu erkennen, an dem merkwürdige Früchte hingen. Diese hatten die Form wie ein etwas länglicher Pfirsich und waren leicht orangefarben. So eine Frucht hatte ich noch nie gesehen, aber es war ein schöner Baum. Ein Pärchen, rechts von mir, mit dem ich mittlerweile nur noch allein im Whirlpool saß, bemerkte meine Beobachtungen. Meine Frage, ob sie denn wüssten, welche Art von Frucht dieser Baum hervorbringe, konnte leider nicht beantwortet werden. Mir ließ das keine Ruhe und ich fragte die beiden, ob wir die eine Frucht, die in Reichweite war, nicht pflücken wollten. Nicht lange nachdenkend, besprachen sie dies kurz auf Italienisch und sagten, dass sie mir helfen würden. So stiegen wir nackt, wie Gott uns schuf, aus dem Whirlpool und legten uns unsere Badetücher um. Am Balkon oder Brüstungsgeländer stemmten sich der junge Mann und ich ab und Anhand einer Art »Räuberleiter« hielten wir die Füße der jungen Dame in unseren Händen. Kaum hatte sie die Frucht in der Hand, rief sie noch ihrem Freund zu, dass sie, und das konnte ich jetzt nur erahnen, weil ich die italienische Sprache nicht beherrsche, ihr Badetuch gleich verlieren würde. Kaum ausgesprochen, flog auch schon ein lilafarbenes Badetuch vor meinen Augen nach unten und die junge Dame stand splitterfasernackt vor mir. Schließlich hatte ich ja zu jenem Zeitpunkt auch noch ihre Füße in meiner Hand. Und schlimmer geht immer. Auch ich merkte, dass der Knoten im Badetuch um meine Hüfte immer lockerer wurde, obwohl ich mich gar nicht bewegte. Als wir schon grinsender Weise das Geschehen verfolgten, machten sich zu allem Überfluss nun fast gleichzeitig unsere beiden Badetücher selbstständig und fielen schließlich auch noch zu Boden. So standen wir schließlich alle drei nackt da. Aber schließlich nicht ganz nackt, denn die junge Frau hatte ja immerhin noch die Frucht in der Hand. Von Weitem musste es ausgeschaut haben, als ob wir im Paradies gewesen wären: die verbotene Frucht in der Hand haltend, ihr Freund neben ihr; und ich hätte gut die Rolle der Schlange übernehmen können. Warum musste nur mir immer so etwas passieren? Daraufhin bückten wir uns hastig, hoben die Badetücher wieder auf, banden diese um unsere Hüften und lachten alle drei laut. Auch später kicherten wir noch angesichts dieser Situation.

Eigentlich ist es ja auch Brauch und Sitte, in einer Sauna nackt zu sein. Und da ja nicht viele Besucherinnen und Besucher da waren, habe ich mir auch nichts daraus gemacht. Erst jetzt, mit der Sicherheit des Badetuches an der Stelle, wo es hinge-hört, stellten wir uns schließlich vor. Sie gab mir die Frucht, die etwas schwammig war und ich roch erst einmal an dieser und probierte sie dann vorsichtig. Leicht die Mundwinkel verziehend, konnte ich in zwei lachende Gesichter blicken. Beide verneinten auf die Frage, ob sie auch probieren wollten, und ich warf die restliche Frucht über das Balkongeländer in Richtung der kleinen Waldlichtung. Man sollte wirklich nicht von der »verbotenen Frucht« essen. Ich hatte aus der Bi-bel und somit aus der Vergangenheit offenbar nichts gelernt. Nach meinem Hallenbad-/Saunabesuch gönnte ich mir eine kleine Pizza und fuhr dann später mit dem Bus zur Wohnung Sorenos. Auch hier passierte mir noch ein Malheur, aber das ist im Grunde eine Geschichte für sich. In meinem Klapp-bett angelangt, ließ ich den schönen Tag noch einmal Revue passieren und hatte eine gute Nacht.

Am Morgen darauf klingelte mein Wecker und ich wachte auch direkt auf. Erst eine körperliche Überprüfung im Bett machen, um sich selbst zu vergewissern, ob noch alle Gliedmaßen dran waren, was mir noch weitere fünf Minu-ten einbrachte. Dann musste ich aber wirklich aufstehen. Luigi hatte mir am Vorabend noch gezeigt, wo ich Sachen für das Frühstück finden konnte, italienisches Frühstück versteht sich. Die trinken ja nur einen Cappuccino und essen nichts. Das geht natürlich gar nicht. Zumindest waren noch Kekse (Reste vom Zweiten Weltkrieg glaube ich) da und auch noch etwas Müsli konnte ich im Regal finden. Somit war der Start in den Tag gerettet. Und das, wo ich doch heute endlich in eine weitere europäische Hauptstadt reisen durfte. Ich freute mich. San Marino lag vor mir. Ich war gar nicht mehr so weit davon entfernt. Zwei Stunden Bahnfahrt und dann noch eine kurze Busfahrt. San Marino – das klingt sehr schön. San Marino – das zergeht doch auf der Zunge.

Am Kiosk gleich gegenüber von Sorenos Wohnung kaufte ich mir ein Busfahrticket und fuhr zum Bahnhof in Bologna. Dort dauerte es auch nicht lange, bis die Bahn einfuhr. Da dieser Zug schon relativ gut mit Personen besetzt war, fragte ich in einem Vierpersonenabteil, (mit einem kleinen Tischchen in der Mitte), ob ich mich auf den vierten und letzten freien Platz setzen dürfte. Es wurde mir gestattet und war froh, die italienische Landschaft an mir vorbeiziehen lassen zu können. Es wird dort viel Mais und Getreide angebaut. Aber immer wieder waren natürlich auch Weinberge zu sehen – eine schöne Landschaft. Das Wetter meinte es wieder sehr gut mit mir. Die Sonne schien und die ganze Landschaft war wie in einem Traum: der blaue Horizont, die Weinberge davor und die schöne Landschaft der Emilia-Romagna. Wundervoll.

Mir gegenüber saß ein Herr, der ungefähr Mitte 40 war. Neben ihm befand sich seine Frau/Freundin und neben mir direkt am Gang eine ältere Frau, die strickte. Mein Gefühl sagte mir, die Frau neben mir gehörte nicht zu denen, weil sie sich an keinem Gespräch beteiligte, aber auch bereits im Zugabteil gesessen hatte, als ich ankam. So weit, so gut. Ich hatte leichtes Herzklopfen, weil ich nicht wusste, ob mein Plan funktionierte. Schließlich musste ich den Bus in Rimini erwischen, um von dort aus nach San Marino zu gelangen. Von der Deutschen Bahn ist man es ja mittlerweile fast schon gewöhnt, dass es hier zu Verspätungen kommt. Das durfte mir hier nicht passieren. Doch es ging alles gut. Und dann eine weitere Hauptstadt. Juhu – das ist wie eine Droge! Immer noch eine weitere Hauptstadt bereisen. Zuerst vergnügte ich mich noch mit der wundervollen Landschaft und dann informierte ich mich in meinem Reiseführer über San Marino. So lernte ich zum Beispiel, dass San Marino nicht nur eine Republik ist, sondern noch dazu die älteste der Welt. Die Zahlen gehen bis ins Jahr 301 n. Chr. zurück. Als ich das las, musste ich leicht schmunzeln, zumal ich ja bereits am Vorabend bei Adam und Eva im Paradiesgarten gewesen war; und das war dann noch länger her.

Neben unserem Abteil, praktisch gleich gegenüber von uns saß eine Frau, die sehr oft telefonierte. Mich störte das zuerst nicht und ich widmete mich meinem Reiseführer. Ihr Gespräch wurde jedoch immer lauter und ich hatte den Eindruck in diesem Fall, dass Italienerinnen sich anscheinend immer mehr Respekt verschaffen, wenn sie relativ laut telefonieren. Dies schien dem Mann, der mir gegenüber Platz genommen hatte, nicht zu passen. In einem scharfen Tonfall sagte er ihr seine Meinung und ab da flüsterte sie praktisch nur noch. Auch die wilden Gesten, die sie mit ihrer freien Hand vorher in der Luft gemacht hatte, hörten auf. Man musste kein Italienisch können, um dies aus der Ferne mitzubekommen und auch zu verstehen. Die Bahn kam pünktlich in Rimini an und an der Bahnhofsinfo sagte man mir, dass direkt vor dem Gebäude auf dem Bahnhofsvorplatz eine Touristeninformation sei. Die nette Dame dort erkannte an meinem Akzent sofort, dass ich aus Deutschland kam. Obwohl ich das eigentlich immer vermeiden möchte, war ich hier schon froh, dass sie Deutschland sagte und nicht Bayern oder gar noch Franken heraushörte. Der Buchstabe »R« ist einfach zu oft verräterisch. Sie teilte mir mit, dass in nur 200 Metern Entfernung der Bus nach San Marino abfahre und dieser auch in ca. fünf Minuten eintreffen müsse. Somit war mein Timing sehr gut.

Ich überquerte die Straße und stellte mich zu den anderen Passanten. Es dauerte wirklich nur ein paar Sekunden, bis ich den Bus entdeckte. Der Bus war eher klein und die Menge um mich herum war groß. »Ob das mal gut geht?«, grübelte ich nachdenklich. Aber das sollte nicht mein Problem sein! »Wenn du es aber bis hier nach Rimini schon geschafft hast und es praktisch nur noch ein Katzensprung bis nach San Marino ist, musst du unbedingt mit in den Bus!«, versuchte ich mir, Mut zuzusprechen. Obwohl ich schon direkt rechts von der Bustür stand, war es dennoch nicht leicht, hineinzukommen. Immer mehr Leute kamen von links. »Mist, die sind einfach stärker!«, dachte ich genervt. Die Ellenbogentaktik wollte ich nicht anwenden und somit stand ich immer noch vor dem Bus, als der Busfahrer herauskam und natürlich auf Italienisch mit den noch Wartenden und mir sprach. Zwar konnte ich die Aussagen »due Autobus« und »un minuto« verstehen, aber nun kam der Deutsche wieder in mir zum Vorschein. Ich fragte ihn, ob er das Gesagte auch in die englische Sprache übersetzen könne. Ein junger Mann mit seiner Frau und seinem Kind tippte mich an und nickte mir zu. Wie sich später herausstellte, war er Türke und hatte auch nichts verstanden.

Dem Busfahrer war das nicht recht, dass er nun auf Englisch sprechen soll. Das war ihm sofort anzumerken. Komisch ist in solchen Situationen immer, dass er ca. fünf Minuten lang in Italienisch Angaben zum Bus machte und seine Übersetzung ins Englische lediglich aus einem knappen Satz bestand. Zumindest war ich dann beruhigt, als ich hörte, dass in wenigen Minuten ein zweiter Bus komme. Was mich besänftige, störte anscheinend den Busfahrer immer mehr. Sein Gesicht wurde puterrot. Es schaute nicht wirklich gesund aus. Nachdem er sich seinen englischen Satz herausgequält hat, machte er auf dem Absatz kehrt. Er stand noch auf der untersten Stufe des Busses. Es kam schließlich, wie es kommen musste. Er stolperte und fiel über die zweite, dritte und letzte Stufe hin und somit praktisch die Treppe hinauf. Unglücklicherweise war der Busfahrer nicht wirklich schlank und hatte schon so gut geschätzte drei Zentner auf die Waage gebracht. Daher dauerte der »Aufstieg« etwas länger, weil sein dicker Bauch ihm gewaltig im Wege war. Aufgrund des eher langsamen Fallens konnte ich sichergehen, dass ihm nichts Schlimmes passiert war. Im schlimmsten Falle hätte er vielleicht am ehesten einen blauen Fleck, verursacht durch die Kanten der Stufen. Ein Kind in der Gruppe lachte und auch ich konnte mir ein Grinsen nicht verkneifen. Daraufhin ging auch schon eine italienische Litanei an Schimpfwörtern los. Auch wenn ich der italienischen Sprache nicht mächtig bin, konnte ich am Tonfall hören, dass es bestimmt keine Lobeshymne war. Als ob das nicht schon reichte, ging es aber noch weiter. Keinen Meter mehr von seinem Sitzplatz am Steuer entfernt, kam er noch einmal ins Straucheln und fiel tatsächlich noch einmal hin, dieses Mal direkt in eine Art Mittelkonsole, das Gesicht mehr oder weniger in Richtung Pedalraum. Es war so eine Art Bus, wo man das Steuer, also das Lenkrad verschieben konnte. Aufgrund des großen Bauchumfanges des Busfahrers hatte er das Steuer ganz vorne, kurz vor der Windschutzscheibe einrasten lassen. Dies hatte er gemacht, um sich besser vom Platz erheben zu können und der Menschenmenge, die noch draußen wartete, zu erklären, dass ein zweiter Bus bestellt sei. Nun lag er im Pedalraum und kämpfte damit, seinen »Revuekörper« aus dieser »Sardinenbüchse« wieder befreien zu können. Ein schwieriges Unterfangen!

Das Bild erinnerte mich an eine Schildkröte, die rücklings auf ihrem Panzer lag. Ein Stammeln und Stöhnen war aus dieser Ecke zu entnehmen. Man konnte ihm aber auch nicht helfen, weil er erstens sehr eingekeilt dort lag und mit den Beinen zappelte, und es zweitens keinen Platz gab, wo man sich hätte hinstellen können. Von den Insassen, die bereits Platz im Bus gefunden hatten, hätte ja auch jemand helfen können. Endlich aber hatte er den Dreh heraus und entsperrte mit seiner rechten Hand den Hebel des Lenkrades und stellte es noch eine Raste weiter nach vorne. Das verschaffte ihm einige Zentimeter Luft zwischen Sitz und Armaturenbrett und so kam er schließlich wieder ans Tageslicht. Die Gesichtsfarbe war bei einem Ochsenblutrot angelangt und die Schweißperlen flogen nur so um ihn. Er wischte sich den Staub von seinen schwarzen Hosen ab und sagte, dass alles okay sei, soweit ich es verstehen konnte, schloss die Tür, zu der die türkische Familie und ich hineinschauten, nahm Platz und fuhr etwas ruppig davon. Die Reifen quietschten zwar nicht, aber ein etwas divenhafter Abgang war es dennoch, oder nicht?

Es dauerte wirklich nur ein paar Minuten und ein zweiter Kleinbus kam an, in dem wir alle Platz fanden. Es konnte nun losgehen, Richtung San Marino. Ich war froh, einen schönen Sitzplatz im Bus am Fenster gefunden zu haben, und genoss die Fahrt. Wir verließen die Stadt Rimini und fuhren an einem Golfplatz vorbei. Von dort ging es viele Serpentinen hinauf. Die Fahrt dauerte vielleicht noch einmal 20 bis 30 Minuten. San Marino ist eine Republik und als Enklave »nur« von Italien als Nachbar umgeben. Es leben ca. 30.000 Menschen im ganzen Land und es ist daher sehr übersichtlich. Das gültige Zahlungsmittel ist der Euro und das Kürzel auf dem Kfz-Kennzeichen ist RSM.

Die Einwohner heißen San-Marinesen. Vom Busbahnhof aus folgte ich den Stufen in die Altstadt. Entweder war dort alles Altstadt oder alles eine große Burg. Es erschien mir jedenfalls sehr verwinkelt und es existierten dort sehr viel Stufen. Die Hitze machte mir mit meinem Rucksack und den aufsteigenden Stufen etwas zu schaffen, sodass ich erst einmal etwas trinken musste, als ich dachte, oben angekommen zu sein. An der Stadtmauer genoss ich die schöne Aussicht über das ganze Land und wahrscheinlich auch noch bis nach Italien. In nordwestlicher Richtung konnte ich das Meer erkennen, wo sich auch Rimini befinden müsste. Der Ausblick war herrlich. An der gegenüberliegenden Stadtmauer konnte ich auch schon den ersten der drei Türme erkennen. Die drei Türme sind das Wahrzeichen der Stadt und auch auf den Wappen zu erkennen. Es waren sehr viele Touristen dort. Schließlich gelangte ich dann auch zum Regierungspalast. Alle Läden und kleinen Shops waren letztendlich mit Souvenirs vollgestopft. San Marino ist bei den Philatelisten beliebt. An jeder Ecke konnte man Briefmarken, aber auch Schmuck erhalten. Und dann eben noch das Übliche: Tassen, Postkarten, diverse Kleidungsstücke, Utensilien für die Küche, Fingerhüte (?), Abzeichen, Pokale und hässliche Spielsachen.

Es hätte sogar »Hard Rock Café«-T-Shirts gegeben, obwohl dort gar keine Verkaufsstelle war. Nach einigen Besuchen von Souvenirläden suchte ich mir eine schöne Tasse für meine Sammlung aus. Immer wieder musste ich mal Pause machen: erstens, um Flüssigkeit zu mir zu nehmen, und zweitens, um mich einfach zu erholen. Die vielen Treppen, ein ständiges Hinauf und Hinunter schlauchen ganz einfach. Sogar zwei von den drei Türmen habe ich mir angeschaut. Immer wieder genoss ich die schöne Aussicht. Nach einigen Stunden hatte ich die meisten Sehenswürdigkeiten gesehen und bei dem schönen Wetter hatte ich keine Lust, mir Museen anzuschauen. Das wäre das Schlechtwetterprogramm gewesen. Mein Timing war auch hier ganz gut, weil der Bus, der stündlich nach Rimini zurückfährt, nur wenige Minuten später abfuhr und schon bereitstand. Von Rimini fuhr ich mit der Bahn zurück nach Bologna und nahm den Stadtbus, um in die Wohnung von Soreno zu gelangen. Dort lag eine Notiz auf der Küchenzeile, dass ich mich melden solle, sobald ich die Notiz gelesen hätte. Ich schickte ihm eine Nachricht, dass ich um eine weitere Hauptstadt reicher sei und mich hiermit, wie gewünscht, zurückmelden würde. Darauf antwortete er sofort, dass er noch mit Freunden beim Baden sei und sich nun auf den Heimweg mache.

Es dauerte auch nicht lange, bis ich den Schlüssel im Türschloss hörte. Soreno fragte mich, ob ich schon zu Abend gegessen hätte, denn er habe Hunger und wolle sich ein paar Nudeln zubereiten. Sein Angebot, mit ihm das Abendessen zu verspeisen, nahm ich gerne an. Nur kurze Zeit später saßen wir beide auf der Terrasse und aßen Nudeln mit einem vorzüglichen Pesto. Dazu tranken wir Chianti. Die Abendsonne ließ den schönen Tag stilvoll ausklingen. Wir unterhielten uns sehr gut. Vielleicht war es auch die angenehme Atmosphäre, die meinen Aufenthalt in Bologna so schon hatte werden lassen. Es war ja schon mein letzter Abend in Italien. Am nachfolgenden Tag sollte es schon wieder zurück nach Mailand gehen, um von dort aus zurück nach München zu fliegen. Etwas Wehmut kam auf. Wir beide verabschiedeten uns schon am Abend, denn Soreno würde am darauffolgenden Tag bereits am Vormittag einen Termin wahrnehmen, während ich erst kurz vor Mittag am Bahnhof sein musste. Der Abschied war sehr herzlich. Er erklärte mir noch die letzten Details bezüglich der Schlüssel und Sicherungssysteme.

Der Morgen startete wieder mit Milch und einem Keks, was mich aber nicht störte. Schließlich benötige ich nicht viel Luxus. Ich duschte mich ausgiebig und genoss ein Bad in der Sonne auf der Terrasse. Meine wenigen Habseligkeiten packte ich sauber geordnet und sortiert in meinen Rucksack. Es konnte eigentlich losgehen, es war aber auch schön, sich an diesem Tage nicht hetzen zu müssen. Alles in Ruhe und langsam zu erledigen, ist auch mal schön. Seine Regeln befolgte ich alle, schaute vier- bis fünfmal nach, ob ich auch alles eingepackt hatte, kontrollierte alle Zimmer, ob ich nicht irgendetwas vergessen könnte. Ein letzter Kontrollblick aus der Tür zurück mit dem Gedanken im Kopf, dass ich wahrscheinlich nie mehr in meinen Leben hierherkäme. Ein schöner Aufenthalt ist es gewesen. Ein hübsches Fleckchen Erde. Ich kaufte mir ein Busticket am Kiosk gegenüber, wartete ein paar Minuten und schon kam der Bus. Dort wurde ich auch kontrolliert.

Auch am Hauptbahnhof in Bologna (Bologna Centrale) verlief alles so weit reibungslos. Ich hatte bereits am Vortag ein Ticket gekauft. Nicht schon wieder wollte ich mit einem Zug fahren, der praktisch »an jeder Mülltonne« hielt. Ich investierte also einige Euros mehr für das Ticket und durfte erstmalig mit einem »Trenitalia« fahren, quasi dem italienischen Intercity. Die Abfertigung war unterirdisch und in einem ganz anderen Bereich des Bahnhofs. Der »Trenitalia« kam und war auch schon gut besetzt. Die Endstation war Genua und während sich der Zug bereits wieder in Gang setzte, war ich noch auf der Suche nach einem Sitzplatz. Gleich im zweiten Abteil war noch ein einzelner Sitz in einem Viererabteil frei. Die beiden Herren teilten mir höflich mit, dass ich gerne Platz nehmen dürfe. Die beiden saßen am Panoramafenster, aber auch ich war mit meinem Sitzplatz sehr zufrieden. Ich konnte die Aussicht genießen. Mir gegenüber nahm gleichzeitig mit mir eine junge Frau ihren Platz ein, die obendrein noch attraktiv war.

Es dauerte nicht lange, bis sich die beiden Herren wieder unterhielten. In englischer Sprache, was mich aufhorchen ließ. Allerdings ziemlich schnell, sodass ich nicht alles verstand, aber zumindest den Kontext mitbekam. Und dieser war eindeutig und auch lustig. Man unterhielt sich über die Damen, unverkennbar Asiatinnen, die gegenüber von uns im Viererabteil Platz genommen hatten. Nicht die junge Dame, die gleichzeitig mit mir ihren Platz einnahm. Die Damen, die unserem Abteil gegenüber saßen. Der jüngere der beiden Männer fragte sein Gegenüber, ob er wisse, ob die Dame, am gegenüberliegenden Fensterplatz saß, wirklich eine Frau sei: »Are you sure, that this person there really is a woman?« Ich musste lachen. Erstens weil ich es verstand und zweitens, weil man sich selbst in einem Schnellzug in Italien nicht sicher sein konnte, ob jemand Englisch verstand. Und noch dazu die Frage, die aber berechtigt war, weil die Frau irgendetwas merkwürdig aussehen ließ. Natürlich haben die beiden meine Reaktion bemerkt. Ich konnte leider nicht die Contenance wahren und somit war ich jetzt vielen Fragen ausgesetzt. Wir stellten uns vor und hatten ganz viel Spaß auf dieser fast zweistündigen Fahrt. Die beiden mussten übrigens auch in Mailand aussteigen, weil sie dort umsteigen mussten. Die beiden waren Vater und Sohn und aus Australien. Sie waren auf Europatour und kamen damals gerade aus Rom. Der Vater schenkte seinem Sohn diese Reise, weil dieser das Studium in Australien erfolgreich beenden konnte. Die Gesprächsthemen kamen immer wieder zu dieser Asiatin zurück, bis schließlich der Vater sie fragte. Ich war sehr froh, dass er nicht fragte, welchem Geschlecht sie angehöre, sondern »nur«, woher sie eigentlich komme. Sie und ihre Freundinnen stammten aus China, was mich verwunderte. Ich hatte nämlich auf Japan getippt. Beide haben mich nach Australien eingeladen, aber wir haben keine Adressen oder Nummern ausgetauscht. Ich muss jedoch dazu sagen, dass ich das auch gar nicht wollte. Australien steht nicht auf meiner imaginären »to visit«-Liste und wir hatten wunderschöne zwei Stunden in einem Schnellzug Richtung Norditalien, nicht mehr und auch nicht weniger. Die Situation wurde dadurch schon sehr schön und angenehm und auch sehr lustig. Die Zeit verging nämlich fast wie im Fluge, aber stattdessen hatten wir ja den Zug gewählt. In Mailand angekommen, kaufte ich mir ein Ticket für den Bus, mit dem ich zum Flughafen Malpensa fuhr. Von da an erfolgte alles planmäßig und reibungslos. Es ist nichts Merkwürdiges oder Komisches passiert. Schließlich war ja auch in den vorausgegangenen Stunden sehr viel an Kuriosem geschehen. Das Limit an Komik war demnach erreicht.

Am Münchner Flughafen konnte ich kurzfristig leider keine Mitfahrgelegenheit finden, mit der ich gen Norden hätte fahren können. Daher kaufte ich mir ein Bahnticket und fuhr via Freising, Regensburg und Nürnberg nach Bayreuth. Froh war ich, als ich endlich dort aussteigen konnte. Mittlerweile war es spät und auch dunkel geworden. Ich fuhr mit meinem Auto nach Hause, blätterte noch etwas in der Tageszeitung und fiel glücklich in mein Bett. Erst am Folgetag meldete ich mich bei Chloe und Soreno zurück. Beide bedankten sich für meinen Besuch und gaben mir positive Bewertungen.

Liebes Italien, ich danke dir für die schönen Tage und Stunden, die ich in deinem Land verbringen durfte. Definitiv komme ich wieder zurück, werde dann aber bestimmt andere Städte und/oder Regionen besuchen. Darauf freue ich mich heute schon. Über dieses Thema hatte ich mich am Vorabend bei einer Flasche Chianti bereits mit Soreno unterhalten. In vino veritas – im Wein liegt die Wahrheit. Es stimmt also doch … Grazie e ciao, bella Italia!

Dom zu Mailand, Italien

Aussicht von San Marino

Zum Singen nach Riga/Lettland

Aus Fehlern sollte man lernen. Ich habe im Zuge dieser Reise gelernt, dass ich bei Flügen in der Zukunft keinen Abflug mehr am frühen Morgen buchen würde. Trotz Routine war die Nacht vor dem Abflug jedoch keine Erholung. Es war alles geplant, organisiert und durchdacht. Der Koffer war gepackt und das war ja schon ein Luxus. Ich durfte dieses Mal mit Koffer und somit mit Gepäck reisen. Aber nun von vorne: Es war November und ich bekam eine Nachricht per E-Mail, dass die ersten meiner mühsam gesammelten Meilen im März des Folgejahres verfallen würden. »Was mache ich nur?«, grübelte ich. Natürlich wollte ich nicht, dass diese Meilen verfallen würden, und eine Sachprämie wollte ich mir im Rahmen des »Miles & More«-Programms auch nicht aussuchen. Der Meilenstand war jedoch auch leider noch nicht so hoch, als dass ich einen Gratisflug in Erwägung hätte ziehen können.

Somit veränderte ich im Folgenden mein Einkaufs-und Konsumverhalten. Mein Auto wurde nur noch an Tankstellen betankt, wo ich Meilen ernten konnte. Ebenso verlagerte ich meine Besorgungen vom Discounter auf den »normalen« Lebensmittelhandel, somit sämtliche Coupons aktivierend. Zwei bis drei Onlinekäufe im Internet musste ich noch tätigen, bis mein Punktestand rapide nach oben ging. Im Hintergrund hielt ich natürlich buchhalterisch alles fest, sodass mir kein Punkt entging; und dann hatte ich endlich genügend Punkte gesammelt, um diese dann Anfang Dezember in Meilen umwandeln zu lassen. Jetzt hatte ich genügend Meilen, um einen Freiflug buchen zu können. Ein kurzer Blick in den Kalender genügte mir, sodass ich schließlich bei meinem Arbeitgeber den entsprechenden Urlaub einreichen konnte, und ich buchte meinen gewünschten Flug. Ein herrliches Gefühl. Die Vorfreude entwickelte sich bereits nach dem Eintreffen der Bestätigungs-E-Mail.

Ich legte meinen Urlaub auf die Zeit, zu der in vielen Regionen Deutschlands Fasching gefeiert wurde. Mitte Februar nach Riga zu fliegen, ist sicherlich nicht so schön wie im Sommer, aber wenn ich den Flug schon nicht bezahlen musste, konnte ich diesen kleinen Nachteil auch verkraften. Hinzu kam, dass meine Meilen dann ja auch verfallen wären; und mit dieser Buchung konnte ich diese sinnvoll nutzen.

Riga ist übrigens die Hauptstadt Lettlands und die größte Stadt des Baltikums, wenn man von der Bevölkerungszahl ausgeht. Zunächst wollte ich bei der Buchung meiner Freiflüge als Abflugstadt Frankfurt/Main angeben, noch während der Buchung fiel mir dann jedoch ein, dass ich in den frühen Morgenstunden irgendwie nach Frankfurt gelangen müsste, was sich wiederum schwierig gestalten könnte.

Von meiner Heimatstadt Kulmbach oder aber auch Bayreuth mit der Bahn zum Flughafen Frankfurt/Main zu kommen, dauert sehr lange, ist teuer und schied daher aus. Auch der Münchner Flughafen war dank der komplizierten Umsteigeverbindung vom Hauptbahnhof bis zum Flughafen mit 48 Minuten Dauer eher unattraktiv für mich. Da mir aber in der Bildschirmmaske auch der Flughafen Nürnberg angeboten wurde, entschied ich mich schließlich für diesen, da er nicht ganz eine Stunde von mir entfernt liegt und mit der Bahn vom Bayreuther Bahnhof aus stündlich erreichbar ist; das gefiel mir am besten. Die gebuchte Strecke meiner Meilen lautete somit Nürnberg via Frankfurt/Main nach Riga und in umgekehrter Reihenfolge ging es dann auch wieder zurück.

Wenige Tage später entdeckte ich online ein günstiges Hotel und buchte es direkt. Es konnte also losgehen. Der Koffer war gepackt, alle Reiseunterlagen mehrmals von mir kontrolliert, Geld, Reisepass geprüft worden. Ich hätte beruhigt schlafen können, was mir aber nicht gelang. Sehr früh am Abend verabschiedete ich mich von den Daheimgebliebenen, wünschte diesen viel Vergnügen beim heimischen Fasching und ging zu Bett. Ich ging deshalb so früh zu Bett, weil ich dieses um kurz vor 04:00 Uhr am Folgetag schon wieder verlassen musste, um mit meinem Auto nach Bayreuth zu fahren. Sobald ich jedoch den normalen Schlafrhythmus von mir ändere und noch dazu weiß, dass ich einen frühen Flug erreichen muss, macht mein Körper nicht mehr mit. Dies bemerkte ich schon, als ich im Bett lag, etwas Belangloses lesend. Ich konnte mich gar nicht konzentrieren, weil ständig das Kopfzerbrechen losging. »Hast du an alles gedacht? Du darfst nicht verschlafen! Sind alle elektronischen Geräte während deiner Abwesenheit ausgeschaltet bzw. offline? Bist du wirklich alle Dinge beim

Kofferpacken durchgegangen? Was ist, wenn das und das passiert?«, grübelte ich lange vor mich hin. Diese wirklich hässlichen Fragen hörten gar nicht mehr auf. An Schlaf war gar nicht mehr zu denken und selbst das gefühlte 50-malige Hin- und Her wälzen in meinem Bett half mir nicht. Ob ich überhaupt geschlafen habe, weiß ich bis heute nicht. Durchaus möglich, dass mal eine halbe bis eine ganze Stunde Schlaf dabei war, mehr war es aber bestimmt nicht.

Der Wecker klingelte mich aus dem nicht wirklich erfolgten Schlaf und der Körper war sofort auf 100 Prozent Leistung, was sonst bei mir eher nicht der Fall ist. Mehr oder weniger nach dem Frühstück und dem Gang zur Arbeit wache ich normalerweise erst wirklich auf. Das aber war ja heute anders. Ich frühstückte, brauchte länger im Badezimmer als gedacht und erschrak, als ich dann auf die Uhr schaute. Selbst, wenn ich jetzt komplett fertig gewesen wäre, hätte ich es nicht mehr geschafft. So ging alles sehr schnell: Koffer her, den fertig gepackten Rucksack geschnappt und zum Auto transportiert. In zwölf Minuten sollte ich in Bayreuth sein, wohin ich sonst locker ca. 25 Minuten brauche. Das konnte nur schiefgehen. Mein einziger Joker war der Gedanke, dass zu dieser sehr frühen und noch unchristlichen Zeit fast niemand auf der Autobahn war und ich schon relativ schnell unterwegs sein konnte. Dieses Gefühl hasste ich, denn das hätte vermieden werden können.

Die sehr gute Organisation war bereits in der ersten halben Stunde zunichtegemacht worden. Kurz nach dem Autobahnkreuz bekam ich dann auch schon den Anruf. Ich hatte kurzfristig tatsächlich zu dieser frühen Zeit eine

Mitfahrgelegenheit gefunden, die mich von Bayreuth zum Flughafen nach Nürnberg brachte. Das war für mich bequemer, günstiger und natürlich war ich gespannt, wie denn der Fahrer so wäre. Rüdiger S. war bereits am ausgemachten Treffpunkt und rief mich in jenem Moment an. Glücklicherweise hatte ich mein Handy direkt zur Hand, was bei mir sonst nie der Fall ist, und ich konnte ihm mitteilen, dass ich noch ca. fünf Minuten benötigen würde. »Kein Problem«, sagte er, und somit war ich beruhigt und konnte den Rest der Strecke etwas gelassener fahren. Rüdiger S. war sehr hilfsbereit. Sein in die Jahre gekommener Audi war ein Kombi und die Hecktür war bereits geöffnet. Wir reichten einander die Hand, stellten uns vor und schon waren wir auf der Autobahn in Richtung Nürnberg unterwegs.

Die Zeit verging sehr schnell, weil wir uns gut unterhielten. Rüdiger S. war beruflich im Transportwesen tätig. Er bzw. seine Firma erhielt eine Art Notruf von diversen Unternehmen, wenn es bei denen sehr eilig war und ein Ersatzteil angefordert wurde. Dieses holte Rüdiger S. dann ab und brachte es von A nach B. Viele seiner Auftraggeber kamen aus der deutschen Automobilindustrie. Sein Einzugsgebiet war fast halb Europa und eine gepackte Tasche mit Wechselwäsche und Keksen stand immer bereits im Flur neben dem Telefon. Wir unterhielten uns über dieses Thema sehr intensiv, weil es auch für mich sehr interessant war.

Heute am frühen Rosenmontag war er jedoch ausnahmsweise nicht für einen Auftrag im Dienst, sondern er hatte einen Termin in einer Spezialklinik. Dort war er angemeldet und hatte eine Plasmaspende vor sich. Obwohl wir uns kurz in Nürnberg verfahren hatten, kam ich mit genügend Vorlaufzeit am Flughafen in Nürnberg an. Rüdiger S. stieg mit aus und half mir, den Koffer aus dem Kombi heraus zu hieven. Ich bedankte mich bei ihm, gab ihm das vereinbarte Honorar; und schon passierte es, ich wünschte ihm viel Erfolg bei der Spermaspende. »Autsch! Was war denn jetzt los? Hast du das gerade wirklich gesagt? Wie komme ich da wieder heraus?«, dachte ich verzweifelt. Plasma und Sperma sind für mich persönlich sehr wortähnlich, wobei ja nur die Endung gleich ist, aber natürlich weiß ich, dass es hier einen himmelweiten Unterschied gibt. Rüdiger S. blieb cool, er korrigierte mich und sagte nur: »Frank, ich fahre zur Spende von Plasma, nicht von Sperma!« Ich lachte, entschuldigte mich und teilte ihm mit, dass ich nicht viel geschlafen hätte, was ja auch stimmte. Er lachte auch.

Noch mit einem Lächeln im Gesicht betrat ich den Flughafen und von da klappte dann auch alles Weitere. Der Check-in war bereits von zu Hause aus erfolgt und somit konnte ich gleich zur Sicherheitskontrolle laufen. Alles verlief schnell und ohne Komplikationen. Im Wartebereich schaute ich mir vor dem Boarding noch einige Zeitschriften an und zog es dann aber vor, es mir im Sitzbereich bequem zu machen und die Tageszeitung vom Vortag zu lesen. Der Abend zuvor war noch mit diversen persönlichen Erledigungen ausgebucht gewesen, sodass ich keine Zeit mehr gefunden hatte, die Zeitung zu lesen.

Aber jetzt hatte ich ja genügend Zeit und fand auch im Ratgeber einen interessanten Artikel zum Bereich »Gesundheit«. Im Artikel las ich, dass Forscher herausgefunden hätten, dass jeder Mensch seine Gesichtsmuskeln viel zu wenig nutze und auch beanspruche. Nur durch Reden und Lachen würden die Gesichtsmuskeln viel zu wenig beansprucht. Lange Rede – kurzer Sinn: Man wurde hier dazu animiert, die Gesichtsmuskeln mehr zu nutzen. Dies könne durch Stirnrunzeln, aber auch mithilfe komischer Grimassen passieren. Dies bewirke eine bessere Durchblutung des Gesichtes und lasse den dort vorhandenen Muskeln elastischer werden. Nachdem ich den Artikel gelesen hatte, dessen Inhalt ich vertraute, setzte ich das Empfohlene auch direkt in die Tat um.

Noch die Zeitung in der Hand, fing ich an, meine Gesichtsmuskeln tätig werden zu lassen. Ich grinste, runzelte die Stirn, blies die Wangen auf, zwinkerte mit den Augen, öffnete meinen Mund weit und wackelte mit den Nasenflügeln. Alles schien bestens zu funktionieren und ich freute mich über meine aktiven Gesichtsmuskeln, bis ich plötzlich und fast unsanft aus meiner Gesundheitsvorbeugungsmaßnahme herausgerissen wurde. Eine Frau, etwa Mitte 50, beugte sich mit ihrem Oberkörper zu mir herunter und fragte mich, ob es mir gut gehe. Sie habe mich beobachtet, als sie den Kiosk verlassen habe, und gedacht, ich hätte einen Schlaganfall. Im ersten Moment konnte ich gar nicht reagieren. Obwohl ich mit eher gesenktem Kopf meine Übungen machte und auch den Schutz der Zeitung nutzte, musste das für die Öffentlichkeit anscheinend sehr komisch ausgesehen haben. Auf der einen Seite fand ich es gut, dass die Menschen hier nicht weggesehen hatten und direkt helfen wollten. Auf der anderen Seite schämte ich mich natürlich sehr. Die Grimassen müssen wirklich sehr merkwürdig ausgeschaut haben. Ich schwor mir deshalb, in Zukunft meine Gesichtsmuskulatur nur noch in meinen eigenen vier Wänden zu trainieren.

Dieser Fauxpas ließ die Zeit allerdings viel schneller vergehen. Mein Flug wurde aufgerufen und ich durfte an Bord der Lufthansa-Maschine gehen. Diese war nur mäßig besetzt, jeder Passagier hatte deshalb seinen Nebenplatz frei und somit mehr Bewegungsfreiheit. Die kurze Strecke nach Frankfurt/Main verlief auch ohne Schwierigkeiten.

Während es in den frühen Morgenstunden am Nürnberger Flughafen noch sehr leise zugegangen war, verhielt es sich in Frankfurt/Main, dem größten Flughafen Deutschlands, eine Stunde später schon sehr viel anders. Viele Herren in Anzug und Krawatte und Damen, meist im Hosenanzug oder sehr schicken Businessoutfits mit eleganten Schals und Tüchern, waren sehr damit beschäftigt, ihr Gate zu finden. Dabei folgte diesen meist ein Koffer mit vier Rädern, der keine Geräusche machte, und sie hatten auch stets das Smartphone entweder am Ohr oder in der Hand, um noch die letzten Instruktionen zu geben oder nützliche Informationen zu erhalten. Auch am Frankfurter Flughafen hatte ich noch Zeit übrig und beobachtete mein Umfeld. Die Bäckereien und kleinen Imbissstände, die Baguettes und belegte Brötchen oder Sandwiches verkauften, waren gut besucht. Die Maschinen aus dem Westen, meist aus den USA kommend, landeten bereits in den frühen Morgenstunden und viele Passagiere eilten zu den entsprechenden Anschlussflügen. Noch mit dem Reisepass und anderen

Reiseunterlagen suchte man die Toiletten auf, um sich vor einem Fernflug noch zu erleichtern und/oder sich einfach für den nächsten Flug/Aufenthalt oder ein Meeting frisch zu machen. Hektik machte sich breit. Ständige Aufrufe zu diversen Flugsteigen, das Parfüm mancher Geschäftsleute, der Duft von frisch gebackenen Leckereien aus den Bäckereiverkaufsständen ließen auch meinen Puls in die Höhe schnellen und mein Herz schneller schlagen.

Zum gefühlt 20. Mal kontrollierte ich meine Unterlagen, ob ich auch noch alles in meinem Rucksack hatte: Portemonnaie mit Inhalt, Reisepass, Kreditkarte und Smartphone waren noch vorhanden. Warum mich diese Hektik jedes Mal auch nervös werden lässt, kann ich nicht beantworten. Vielleicht ist das nur eine Art von Sicherheitsdenken, aber genau weiß ich das auch nicht. Planmäßig wurde nun auch mein Anschlussflug nach Riga aufgerufen. Ich begab mich zum Flugsteig, der ja nur wenige Meter von mir entfernt lag, um alles beobachten zu können. Das Bodenpersonal hatte bereits zehn Minuten zuvor seinen Platz eingenommen. Die Sicherheitsvorkehrungen wurden getroffen, die Werbung als Stand-by-Bild wurde gelöscht und das Ziel »Riga« mit der Flugnummer und der Abflugzeit leuchtete auf dem Monitor über den beiden Angestellten auf.

Zwei Herren mit Funkgeräten gaben sich sehr wichtig und trugen gelbe Fraport-Warnwesten. Die Damen meldeten sich am Terminalserver an, druckten Listen aus und unterhielten sich die gesamte Zeit. Telefonate wurden geführt und nur kurze Zeit später blinkten die beiden grünen

Punkte, die das Boarding, das eigentliche An-Bord-Gehen, verkündeten. Gleichzeitig wurde über eine Durchsage in deutscher und englischer Sprache darauf hingewiesen, dass die Maschine jetzt zum Einsteigen bereit sei. Sofort war eine kleine Schlange von Passagieren aufgereiht, die darauf warteten, dass entweder der QR-Code auf ihrem Ticket über den Scanner gezogen wurde oder dies eigenhändig via Smartphone erledigen zu können. Ich ging an Bord und war froh, dass es wie bei meinen Vorgängern auch ganz normal piepte, und suchte meinen Platz in der Maschine auf. Bis alle Passagiere ihre Plätze eingenommen hatten, vergingen insgesamt ca. 15 bis 20 Minuten.

Der Platz selbst ist grundsätzlich jedoch eigentlich gar nicht das Problem, vielmehr jedoch, was so mancher Passagier alles mit an Bord nimmt. Kein Wunder, dass die Maschinen immer größer werden, da heutzutage so viel an Handgepäck mitgenommen wird. Mit meinem kleinen Rucksack war ich hier eher die Ausnahme. Ich frage mich immer wieder, warum so viel an Gepäck überhaupt mit an Bord genommen werden darf; und zudem verwundert mich immer wieder, dass überhaupt alles in den Gepäckablagefächern Platz findet. Es muss sich hier somit um ein »Raumwunder« handeln.

Der Kapitän begrüßte seine Passagiere und wies uns auf die Sicherheitsinstruktionen hin. Währenddessen konnte ich verfolgen, wie an den Tragflächen bereits die ersten Tests starteten. Die Metallflächen, die anscheinend eine Art Kühlung für die Turbinen sind, flogen auf und zu und auch das merkwürdige Quietschen, das überall gleich klingt, erfolgte. Die eine Flugbegleiterin kündigte über die Lautsprecher an, dass das Boarding vollendet sei, was wiederum bedeutete, dass jeder gebuchte Passagier sich nun in der Maschine befand. Das Flugzeug rollte rückwärts aus der »Parkbucht«, dann folgten weitere Maßnahmen, die anscheinend zum Sicherheitsstandardprogramm gehörten, und dann bewegten wir uns auf die Startbahn zu. Das kann sich an größeren Flughäfen, wie Frankfurt/Main durchaus bis zu 10-15 Minuten hinziehen. Ich konnte erkennen, dass sich noch mindestens drei Lufthansa-Maschinen vor uns befanden, die bereits am vorderen Ende der Startbahn standen und dort auf ihr »Go« warteten.

Währenddessen gab es vom Flugpersonal die letzten Hinweise zum Flug. Die Turbinen wurden lauter, man wurde in den Sitz gepresst und es war sehr ruhig in der Kabine. Die Hintergrundmusik (wie man sie aus Fahrstühlen oder Bars kennt) wurde abgestellt. Man rollte immer schneller, der Flughafen war bereits in weite Ferne gerückt und man düste mit mittlerweile hoher Geschwindigkeit an diversen Hangars und Hallen, Werkstätten usw. vorbei, wunderte sich über die vielen verschiedenen Autos und all die blinkenden Lichter im Boden oder kurz darüber. An den Scheiben der eigentlichen Maschine flogen die letzten Tautropfen oder Regentropfen nach hinten weg und die Scheibe wurde verhältnismäßig klar.

Vieles wackelte, zitterte und brummte. In den Sitz hineingedrückt, mochte ich zu jenem Zeitpunkt weder essen noch trinken. Ich wartete auf den Moment, in dem das Flugzeug so schnell wurde, dass die vorderen Reifen den Boden verließen. Relativ steil aufsteigend, sah man dann die ersten Dächer, sicherlich schon von den Nachbarsiedlungen oder Stadtteilen, und die Baumwipfel. Der Himmel würde sich erst in etwa einer Stunde aufhellen, aber der Sonnenaufgang war bereits in vollem Gange. Die Lüftungen wurden wieder angestellt, die Beleuchtung in der Kabine hatte einen leichten Blauton wir befanden uns immer noch im Steilflug. Ich hörte vermeintlich – oder zumindest bilde ich mir immer ein, dass ich auch jenes Geräusch wahrnehme, wenn die Reifen im Bauch des Flugzeuges verschwinden – das Einrasten der Räder.

Das künstliche Licht wurde heller und der Pilot meldete sich mit einer freundlich klingenden Stimme und lieferte Details zum Flug, So u. a. die üblichen Angaben zur Ankunftszeit am Ziel, der Flugroute und Details zum Wetter am Abflugs- und Ankunftsort. Obwohl ich stets betone, gerne zu fliegen, entspricht das eigentlich nicht ganz der Wahrheit. Ich glaube zwar auch, dass ein Flugzeug relativ sicher ist, jedoch muss man sich auch eingestehen, dass man beim Betreten des Verkehrsmittels die Kontrolle vollständig aus der Hand gibt und man selbst nicht mehr eingreifen kann. Anders als bei einem Pkw, wo man das Steuer übernehmen oder klare Angaben äußern kann, geht das im Flugzeug nicht. Die komplette Verantwortung wird dem Piloten übertragen. Ich hoffe jedes Mal, dass er oder sie das Handwerk erlernt hat und keine größeren Turbulenzen auftreten. Bisher ist bei mir auch immer alles gut gegangen.

Der Flug nach Riga verlief sehr ruhig und daher auch angenehm. Die Crew verteilte Kaffee und andere Getränke, je nach Wahl, und danach gab es ein Frühstück auf dem nicht ganz zweistündigen Flug gen Nordosten. Aufgrund einer dichten Wolkendecke gab es keine Chance, etwas auf der Erdoberfläche zu erkennen. Erst kurz vor Riga öffnete sich die Wolkendecke kurz und ich konnte Wasser sehen. Es müsste sich dabei um die Ostsee gehandelt haben. Die Landung verlief sanft und ganz nach Zeitplan. Kaum hatte man wieder Boden unter den Füßen, hörte ich bereits das erste Klicken zum Öffnen der Anschnallgurte. Auch die ersten Smartphones konnten durch diverse Eröffnungs- und Startmelodien wieder vernommen werden.

Der Rollvorgang zum Andocken am Zielflughafen dauerte sehr lang. Und auch das Verlassen der Maschine zog sich endlos hin. Bis hier jeder Passagier seine riesigen Koffer, die als Handgepäck deklariert wurden, aus den Verladeluken herausgehoben hatte und überall noch einmal nachsah, ob man nichts vergessen hatte, waren hier schnell einige Mi-nuten vergangen. Hier müsste ich mich immer noch mehr in Geduld üben. In der Regel ginge es ja auch schneller, wenn die Passkontrolle umgangen werden könnte, was natürlich immer vom Zielland abhängt. Aufgrund der je-weiligen Sicherheitssituation und auch teilweise den po-litischen Verhältnissen bestimmter Länder, werden diese jedoch in naher Zukunft bestimmt nicht entfallen. Auch hier bildete sich schnell eine Schlange an Menschen, die sich aber schnell wieder auflöste.

Ein zweiter Schalter öffnete und die Passkontrolle ging schneller, als ich zunächst dachte. Auch im eigentlichen Flughafengebäude verlief alles sehr zügig. Ich hielt nach meinem Koffer zwischen dem gesamten Reisegepäck Ausschau, der auch sehr schnell aus dem Flugzeug auf das Gepäckband des Flughafens befördert wurde. Dann verließ ich den Flughafen und suchte die Touristeninfo auf. Dort kaufte ich mir mein Busticket und nahm noch einen kostenlosen Stadtplan mit.

Generell verlasse ich den jeweiligen Flughafen meistens etwas unsicher, denn ich befinde mich ja in einer fremden Stadt. Fremde Kultur, fremde Sprache und ich weiß nicht, wie dort im Vergleich zu dem Gewohnten in Deutschland alles so abläuft. Daher erscheint es mir sinnvoll, zunächst immer etwas zu beobachten, wie sich die anderen Leute verhalten, dann kann eigentlich gar nichts schiefgehen. Ich war froh, die Bushaltestelle zu erkennen, die mir die Dame von der Touristeninfo erklärt hatte. Mit dem Busticket in der Hand, wartete ich einige Minuten; und ich war nicht allein. Es wurden immer mehr Personen, die der Flughafen hier »ausspuckte« und die mit dem öffentlichen Bus in die Stadt fahren wollten.

Es dauerte auch gar nicht lange, bis ein großer grüner Bus langsam anrollte. Ein paar Leute stiegen aus und warteten pflichtbewusst in einer Reihe, sodass es zu keinen Rangeleien kam. Der erste Test war somit schon bestanden. Ich zeigte dem Busfahrer mein Ticket und machte es meinen Vorgängern nach, die das Ticket im Bus mittels der entsprechenden Vorrichtung selbst entwerteten. Keine fünf Minuten später fuhren wir los. Doch bereits an der zweiten oder dritten Kreuzung passierte es dann schon: An der roten Ampel hielt der Bus an und ich konnte erkennen, dass auf der Gegenfahrbahn, der Straße, die praktisch zum Flughafen führte, ein kleiner Transporter an der linken Seite gegen eine Straßenlaterne knallte. Es scheppterte, krachte und klirrte. Kleine Metallteile von der Laterne flogen zu Boden, am linken Kotflügel des Kleintransporters war eine Delle zu erkennen und der Steg zwischen den beiden Straßen war mit Trümmern übersät. Ein großer und hager gewachsener Mann stieg aus dem Gefährt aus, taumelte einmal um dieses herum und legte sich dann neben die Laterne. Mmh – komische Situation. Sofort startete ein Hupkonzert der Fahrzeuge bzw. der Kolonne von Verkehrsmitteln, die sich hinter dem Transporter angestaut hatten. Ich gehe davon aus, dass dieser betrunken war, weil er unsicher lief und einen verwirrten Eindruck auf mich warf. Das war also mein Einstand in und mein erster Eindruck von Riga.

Ich fuhr nicht ganz bis zum Busbahnhof, sondern stieg bereits eine Station früher aus. Dort musste ich mich erst einmal orientieren. Der Fluss, den wir kurz zuvor überquert hatten, half mir dabei und die Straßennamen waren alle sehr westlich orientiert. Auch diese fand ich in meinem Plan gleich wieder. Mit dem Koffer und meinem Rucksack polterte ich dann auf dem Kopfsteinpflaster los. Die ersten Eindrücke der Stadt waren positive. Es war verkehrsberuhigt. Nur wenige Autos, wahrscheinlich Anlieger oder Zulieferer mit besonderem Ausweis fuhren durch die engen Gassen. Die Häuser waren alle saniert und machten einen ordentlichen Eindruck. Einmal um die Ecke herum und ich war in der »Richard Wagner Strada« – und somit hatte ich meine Verbindung nach Hause, da Bayreuth als »Richard Wagner Stadt« bekannt ist. Hier noch ein paar Meter entlang und noch einige Abzweigungen, dann konnte ich auch schon mein Hotel erkennen. Zum Glück hatte ich mir wenige Tage vor dem Abflug das Hotel schon einmal auf Bildern angesehen und konnte den Eingang deshalb sofort wiedererkennen.

An der Rezeption gab mir eine freundliche junge Dame meinen Zimmerschlüssel, wies mich auf die Frühstückszeiten und auch auf den Aufzug hin. In der dritten Etage angelangt, drehte ich mich noch einmal um 90 Grad und lief noch einige Meter den Flur entlang, bis ich meine Zimmernummer an der Tür erkennen konnte. Gleich neben der Tür war links das Bad zu erkennen. Dahinter war dann das Bett und neben diesem stand ein großer Schreibtisch. Gegenüber vom Bett war zwischen den beiden Fenstern zum Hof hin ein Flachbildschirm auf einer Kommode und so ein Gestell angebracht, das zur Aufbewahrung des Koffers diente. Das Zimmer war insgesamt einfach und zweckmäßig eingerichtet, sauber und auch völlig okay für mich. Ich freute mich letztlich sehr, dass ich das Hotel und auch mein Zimmer so schnell gefunden hatte.

Kurz etwas frisch gemacht, den Koffer geöffnet, einige Dinge aus dem Rucksack herausgeholt, diesen wieder neu gepackt, so ging es dann los. Schließlich wollte ich ja viel von Riga sehen und mich nicht im Hotel aufhalten. Mit einer Flasche Wasser, Keksen und dem, was man sonst noch so gebrauchen könnte, im Rucksack und dem Stadtplan in der Hand ging es dann los – zuerst Richtung Marktplatz. Alles war interessant: die Leute, die Schaufenster, die Architektur, die Natur und die Gebäude. »Es gibt viele Kirchen in Riga«, dachte ich mir. Ein Gebäude entpuppte sich sogar als Schloss, das andere war ein Kloster.

An einem großen Platz angekommen, gönnte ich mir erst einmal eine heiße Schokolade. Diese war sehr gut und ich bestellte diese in der »to go« Version, also zum Mitnehmen. Mit dem Becher in der Hand spazierte ich dann durch Riga und machte dort meine ersten Meter. Unweit von diesem kleinen Zwischenstopp sah ich direkt einen kleinen Markt mit Buden und Zelten, der nun mein Ziel war. Neben den üblichen Verkaufsbuden, die Süßwaren oder aber auch Artikel für den Haushalt anboten, waren viele Händler dort, die Bernstein veräußerten: entweder als kleinen Stein für eine Vitrine, als Talisman oder die meisten in Form von Schmuckstücken für Halsketten. Da sich die Ostsee praktisch unmittelbar vor der Rigaer Bucht befindet, wurde dort bereits in der Vergangenheit viel mit Bernstein gehandelt.

Schönen nostalgischen Gassen und kleinen Straßen folgte ich an diesem späten Nachmittag. Die Atmosphäre dort war einfach schön. In Lettland sind viele junge Leute – und noch dazu sehr höfliche und nette – anzutreffen. Da es mir bereits im Februar, einem typischen Wintermonat, so gut dort gefiel, müsste es im Sommer erst so richtig bezaubernd sein, wenn das Klima wärmer wäre, die Bäume in ihrer Blüte stünden und die Tage nicht enden wollten.

In einem kleinen Restaurant habe ich dann etwas gegessen und mit dem letzten Bissen folgte die Müdigkeit. Um ins Hotel zu gehen, war es jedoch noch zu früh, und für Sightseeing in der Stadt war ich damals zu müde und zu träge. »Vielleicht wäre der ideale Zeitpunkt erreicht, um auf meinem Stadtplan nachzuschauen, wo sich das städtische Hallenbad befindet, das ich mir zu Hause notiert habe«, dachte ich erschöpft. Ich hatte, wie so oft im Leben, Glück, denn dieses lag nur ein paar Straßen weiter, wo ich ohne Weiteres hinlaufen konnte, ohne zuvor auf öffentliche Verkehrsmittel zurückgreifen zu müssen. »Toll!«, dachte ich mir, bezahlte und machte mich auf den Weg.

Die Straße, in der das Hallenbad sein sollte, wirkte sehr dunkel und eher weniger einladend. Ich fand die Hausnummer und erst dann merkte ich, dass ich zunächst durch einen Torbogen würde gehen müssen, um den eigentlichen Eingang zu finden.

Der Besucherandrang hielt sich in Grenzen und ich fand mich schnell zurecht. Letztendlich sind alle öffentlichen Bäder ähnlich ausgerichtet und somit hatte ich keine Probleme. Ich hatte schon bessere Hallenbäder gesehen, aber auch sehr viele deutlich schlechtere. Zumindest war ich durch das Laufen und die frische Luft wieder munterer und wollte nur etwas planschen und mich ausruhen, wozu es auch völlig ausreichend war. Es gab noch ein kleines Dampfbad, sogar einen Whirlpool und eine kleine Sauna dort; und somit war für Abwechslung gesorgt. Ich planschte etwas herum, schwitzte in der Sauna, erholte mich im Dampfbad und als Bonus gab es dann noch ein Sitzbad im Whirlpool. Wieder in der Umkleidekabine zurück, musste ich feststellen, dass ich doch 90 Minuten dort gewesen war.

Auf dem Nachhauseweg zu meinem Hotel war ich etwas erschöpft und müde. Viel größer als die Müdigkeit war jedoch mein Durst. Nur zwei Straßenzüge vom Hallenbad entfernt, waren einige Lokale zu finden. Ohne mich großartig umzuschauen, steuerte ich direkt das erste Lokal an. Hinter einem dicken Vorhang kam ein verhältnismäßig großer Raum zum Vorschein. An der Bar saßen einige Leute, aber auch im hinteren Bereich waren jüngere Personen vertreten. Den Barhocker noch in der Hand haltend, wurde ich bereits vom Barkeeper/Kellner begrüßt. Ich sagte lediglich »Hey«, damit nicht unmittelbar auffiel, dass ich ein Tourist war.

Keine Minute später, ich hatte gerade erst Platz auf dem Barhocker genommen und hielt die Getränkekarte in der Hand, wurde ich bereits von meinen Nachbarn angesprochen. Ich war etwas irritiert, aber vielleicht ist in Riga gerade das der lettische »Way of life«. Wir stellten uns einander vor. Die beiden Typen, die mich angequatscht hatten, waren mir von Anfang an sehr sympathisch. Ihre lustige Art gefiel mir. Sie lachten viel, was bei mir immer direkt positiv ankam.

Sergej hieß der Mann, der direkt rechts neben mir saß, und sein jüngerer Kumpel stellte sich als Olaf vor. Sergej war Seemann oder hatte beruflich zumindest auf Schiffen zu tun. Er stammte aus Russland und verbrachte damals gerade zwei Tage in Riga. Olaf arbeitete am Hafen von Riga und beide kannten sich wohl schon einige Zeit, sofern ich das alles richtig verstand.

Die beiden gaben mir noch den Rat, ein bestimmtes Rigaer Bier zu trinken, da es einfach besser sei, als das andere, das in diesem Lokal zusätzlich zur Auswahl angeboten werde. Für diesen Tipp war ich ihnen sehr dankbar. Wir unterhielten uns gut und kurze Zeit später verrieten sie mir, dass sie noch auf den Auftritt warten würden. Ich verstand nicht, was die beiden genau mit »Auftritt« meinten, und fragte noch einmal gezielt nach.

Sie fragten mich, ob ich denn nicht wisse, dass an diesem bestimmten Wochentag hier immer Karaoke stattfinde und dieses Lokal dann immer brechend voll sei. In der Tat war mir schon aufgefallen, dass in den vergangenen Minuten sehr viele Leute das Lokal betreten hatten. Ich konnte schließlich jedes Mal die Bewegung des Vorhangs am Eingang beobachten. Als ich in den Raum zurückblickte, war dieser in der Tat bereits gut gefüllt. Zwei junge Kerle steckten bereits die entsprechenden Kabel zusammen und auch das Mikrofon konnte ich schon sehen.

Na ja, das berührte mich jetzt nicht so, aber das sollte sich schlagartig ändern. Nach einer kurzen offiziellen Begrüßung in Lettisch gaben auch schon die ersten Sängerinnen und Sänger ihr Debüt auf einer kleinen Bühne im hinteren Bereich des Raumes.

Toll fand ich, dass man die Lautstärke nicht auf volle Power gestellt hatte, wie so oft, sondern dass man sich auch noch unterhalten konnte. Meine neuen Freunde und ich tranken noch ein zweites Bier und auch noch ein drittes. Schließlich war ich durstig und wahrscheinlich trank ich es auch etwas zu schnell, weil es so gut schmeckte und mir der Abend insgesamt gefiel.

Es war sehr lustig, da manche Lieder wirklich oft schräg gesungen wurden. Während die jungen Damen mehr Balladen und Volkslieder sangen, bedienten sich die jungen Herren mehr der Popmusik und trällerten Lieder der damals aktuellen Charts. Die Stimmung war gut, das Lokal mittlerweile voll. Es wurde getanzt, gesungen, gelacht – und es war einfach schön, mittendrin zu sein und mit meinem Platz, immer noch an der Bar, hatte ich einen guten Blick in jeden Winkel des Lokals und konnte somit auch alles gut beobachten.

Olaf meinte schließlich, wir müssten auch singen, was ich sofort verneinte. Schließlich war ich hier völlig neu und fremd, sprach eine fremde Sprache und wollte mich nicht blamieren. Olaf hingegen sagte, dass dies genau die richtigen Argumente seien, um auf die Bühne zu gehen. Und so kam es, wie es kommen musste. Die beiden kamen mir sogar entgegen und meinten, ich solle ein Lied für sie aussuchen; dasselbe machten sie dann umgedreht für mich. Wie ich es auch versuchte, ich kam aus dieser Nummer nicht mehr heraus.

Olaf und Sergej standen auf der Bühne und sangen schließlich »Waterloo« von Abba, das ich für die beiden ausgesucht hatte: ein schönes Lied und durchaus gut gesungen. Jedes Lied wurde niemals ganz gesungen, sondern immer nur Passagen daraus, um den Rahmen nicht zu sprengen. Ich war nun der Nächste.

Während die beiden auf ihre Barhocker zurückkehrten, klopften sie mir noch auf die Schulter und ich ging in

Richtung Bühne. Ich war gespannt, was nun auf mich zukommen würde. Natürlich wusste ich zum damaligen Zeitpunkt noch nicht, welcher Song für mich aufgelegt werden würde. Von einem jungen Kerl wurde mir schließlich das Mikrofon in die Hand gedrückt, ein Monitor stand vor mir und ich sollte mich zunächst kurz vorstellen, wer ich sei, wo ich herkäme usw. Diesem Prozedere konnte ich noch gut folgen, dem, was dann folgte, leider nicht mehr.

Das Lied, das Sergej und Olaf für mich ausgesucht hatten, war in Russisch. Nun, ich beherrschte weder damals noch beherrsche ich inzwischen die russische Sprache, konnte diese weder lesen noch verstehen, aber die Melodie war eingängig und der junge Mann, der mir das Mikrofon in die Hand drückte, merkte das sofort. Daraufhin wurde die Musik lauter und ich konnte nur »lala, lala […]« mitsingen, eine Folge, die im Refrain häufiger vorkam. Es musste sich um einen russischen Hit gehandelt haben, denn das gesamte Lokal bebte. Anscheinend waren sehr viele Russen oder zumindest russischsprachige Leute hier, denn nahezu jeder kannte diesen Song.

Eine Perücke mit fast weißen Haaren kam aus dem Hintergrund angeflogen und vom Bier angeheitert, setzte ich diese auch noch auf. Ich muss wie ein Wischmopp ausgeschaut haben. Es war richtig lustig, schön und ich habe die wenigen Minuten dort sehr genossen. Ich weiß nicht, was der junge Mann in seiner Funktion als Moderator damals noch so geäußert hat, aber die Stimmung war einfach genial. Jeder klatschte, sprang vom Stuhl bzw. dem Sesseln auf und tanzte mit, d. h. neben und vor mir waren Leute, die sich umarmten, und ich befand mich mittendrin, mit einem Lied, das ich nicht kannte und welches zu allem Überfluss auch noch ein russisches war. Das ist Riga bzw. das ist Lettland.

Nachdem ich wieder auf meinem Barhocker Platz genommen hatte, ging der Song Contest bzw. die Karaoke Darbietung mit anderen Teilnehmerinnen und Teilnehmern munter weiter. Es gab jetzt keine Sitzplätze mehr, aber trotzdem flatterte der Vorhang noch immer beim Eintreten von Gästen, die zumindest einen Stehplatz ergattern wollten. Mein bzw. unser Auftritt war vorbei, wir lachten noch oft und unterhielten uns und genossen vor allem die kostenlose, aber sehr schöne Show.

Ich musste mich stark konzentrieren, um nicht direkt einzuschlafen, als ich endlich in meinem Bett im Hotel lag. Ich wollte den Tag noch einmal Revue passieren lassen. Es war so viel passiert und definitiv war dieser Tag kein normaler gewesen, sondern, wie schon so oft, etwas ganz Außergewöhnliches und sehr schön. So ist also Riga – zu diesem Entschluss kam ich und schlief ein; vermutlich mit einem Lächeln im Gesicht.

Das Frühstück am folgenden Tag war fabelhaft. Der Frühstücksraum war im Vergleich zum Hotel sehr klein und zudem in einem Nebengebäude untergebracht. So ging ich mit meinen Hausschlappen die wenigen Meter zum Nachbarhaus und begab mich in den Frühstücksraum. Im Flur war ein langes Buffet angerichtet, wo es verschiedene Säfte, Wasser, Kaffee, Tee, Cornflakes, Müsli, an die vier bis fünf verschiedene Marmeladen, Nussnougatcreme, Honig, Käse, Wurst, Obst, Gemüse, Würstchen, Eier und dazu Kuchen, kleines Gebäck und verschiedene Brotsorten gab; und links davon befand sich dann der eigentliche Raum zum Essen und Trinken, alles ganz traumhaft – der Tag war jetzt schon gerettet.

Wahrscheinlich gab es hier sogar noch weitere Räume, die man bei voller Hotelauslastung zusätzlich geöffnet hätte.

Nach dem Frühstück lief ich zurück in mein Zimmer, packte meinen Rucksack und machte mich abmarschbereit; dann konnte es losgehen.

Dank meines Reiseführers ging es zunächst zu den Markthallen. Es war noch ein Stück zu laufen, aber das war nicht schlimm. Auf dem Weg dorthin genoss ich die frische Luft und auch die Sonnenstrahlen. Die Luft war kühl, aber von der Ostsee, die unweit von Riga lag, wehte eine erfrischende Brise in die Gassen der Stadt. Während meines Laufes durfte ich bereits die ersten Jugendstilvillen und Häuser bewundern. Die Stadt Riga wurde 1997 auch aufgrund der zahlreichen Häuser im Jugendstil in die Liste der UNESCO- Weltkulturerbestätten aufgenommen. Hier hatten deutsche Architekten einen prägenden Einfluss, was sich entscheidend im Wohn- und Baustil niederschlägt. So durfte ich immer wieder die beeindruckenden dekorativen Linien und typisch floralen Ornamente der Jugendstilhäuser bewundern. Jugendstil wird oft auch als Art noveau bezeichnet und ist eine kunstgeschichtliche Epoche an der Wende vom 19. zum 20. Jahrhundert.

An den Markthallen angekommen, durfte ich erst einmal deren Ausmaße abschätzen. Der Zentralmarkt, wie er eigentlich richtig heißt, ist nämlich der größte Lebensmittelmarkt ganz Lettlands. Meinem Reiseführer konnte ich zusätzlich noch entnehmen, dass dieser sogar in den 1930er-Jahren der größte und auch der modernste Markt ganz Europas war. Die ehemaligen Luftschiffhallen wurden dann von der Regierung gekauft und für den Zentralmarkt umfunktioniert. Mittlerweile waren die Hallen zweckmäßig und nach Produkten aufgeteilt, aber alle miteinander verbunden. So konnte man in einer Halle nur Milch, Käse und milchverarbeitende Produkte finden. Dafür gab es dann in der nächsten Halle alles, was mit Fleisch und Wurst zu tun hatte. In einer weiteren Halle fand man Fisch- und Meeresfrüchte. Brot, Obst und Gemüse wurden hingegen wiederum in einer anderen Halle untergebracht. Nicht ganz sechs Hektar beträgt allein die Fläche des gesamten Marktes, was schon eine ordentliche Größe ist. So richtete ich mein Augenmerk nicht nur auf die dort ausgestellten Produkte, sondern betrachtete auch immer mal wieder und sehr intensiv die Decken- bzw. Hallenkonstruktion, die einfach gigantisch auf mich wirkte. Wahnsinn, so etwas zu planen und zu bauen, was ja damals eigentlich zunächst mal für Flugzeuge angedacht war.

Weil ich schon bei den Markthallen war, lief ich dann auch noch etwas weiter zur Universität. Dort ist u. a. ein Turm, von dem aus ich eine tolle Aussicht auf die Stadt erhaschen konnte. Riga lag mir somit zu Füßen. Ich erkannte die Düna, einen Strom, der hinter der Stadt in die Ostsee mündete, einen großen Fernsehturm, den ich bereits vom

Flugzeug aus gesehen hatte, eine hübsche Altstadt mit vielen Kirchen. Ich konnte mich noch erinnern, dass ich in einem Internetbeitrag gelesen hatte, dass der Stadt im Jahr 2016 der Ehrentitel »Reformationsstadt Europas« vonseiten der »Gemeinschaft evangelischer Kirchen in Europa« verliehen werden sollte.

Um 12:00 Uhr war ich dann am Treffpunkt an der Kirche angekommen, wo die »Free Walking Tour« starten sollte. Es waren schon einige Leute dort. Kurz nach 12:00 Uhr stellte sich Julian als unser Stadtreiseführer vor. Die Tour werde insgesamt zweieinhalb Stunden dauern und er erzähle uns alles Interessante über Riga.

Die erste halbe Stunde war noch interessant für mich, aber dann musste ich feststellen, dass Julian genau die Tour ablief, die ich bereits am Anreisetag absolviert hatte. Ich fragte ihn deshalb im Anschluss direkt, wie seine Tour verlaufe und was er für Pläne habe, und leider stellte sich heraus, dass seine Route und die Sehenswürdigkeiten genau identisch mit meiner Tour vom Vortag wären. Somit verabschiedete ich mich und ließ die Gruppe vorüberziehen. Wir waren mittlerweile an den Markthallen angekommen.

Auf dem Weg in Richtung Stadtzentrum war die Nationaloper nur eine Parallelstraße entfernt. Diese schaute ich mir nun an. Sie war bereits geöffnet und es befanden sich auch einige Personen im Foyer. Glücklich war ich, als ich dort schließlich eine Toilette fand, und öffnete die Tür. Ein großer Vorraum, ähnlich wie in einem US-amerikanischen Hotel mit Teppich und Palmen, befand sich unmittelbar hinter der Tür. Von dort aus ging es dann links zu einem zweiten Vorraum, mittlerweile gefliest, wo die Waschbecken angebracht waren. Im dritten Bereich waren die Urinale angebracht; weiter wollte ich gar nicht laufen, dort wären dann wahrscheinlich die eigentlichen Toiletten gewesen.

Mit dem Pinkeln fertig, hörte ich, dass noch ein Mann hereinkam und in Richtung Toiletten ging. Die Tür wurde geschlossen und ich konnte hören, wie er sich seines Gürtels entledigte, als ich an dem Urinal, vor dem ich mich befand, die Spültaste betätigte. Anscheinend hatte ich beim Betätigen der Spülung jedoch zu viel Kraft an den Tag gelegt, denn die Spülung funktionierte sofort, doch leider sprudelte unmittelbar auch von allen Seiten das Wasser in die Mitte; es hörte jedoch gar nicht mehr auf. Der Wasserstand im Urinal stieg und stieg immer höher und es ging immer noch munter weiter, obwohl meine Hinterlassenschaft an Urin schon komplett weggespült war. Alle normalen Urinale hatten bislang immer innerhalb weniger Sekunden den Urin weggespült, doch hier stand ich plötzlich vor einem nicht enden wollenden Wasserfall. Es kam, wie es kommen musste. Der Pegel stieg und brachte das Urinal schließlich zum Überlaufen. Ich musste sogar einen Schritt zurückweichen, um nicht selbst weggespült zu werden.

Verblüfft zusehend, wie sich das Rinnsal in Richtung der Toilettenkabinen bewegte, versuchte ich krampfhaft, die Spülbetätigungstaste wieder in die normale Ausgangsstellung zurückzubringen, aber keine Chance. Noch immer Wasser fließend gab es hier kein Aufhören mehr. Es war keine Zeit, an das in der siebten Klasse auswendig gelernte Gedicht »Der Zauberlehrling« zu denken, der ein ähnliches Problem mit überquellendem Wasser hatte. Es blieb nur noch eine Chance und das war die Flucht.

Schnell war ich am Waschbecken, wusch und trocknete meine Hände eilig ab und schaute mich noch einmal um. Das Wasser ergoss sich in Strömen und ich hoffte, dass der kleine Bach nicht die Kabine fluten würde, in welcher der fremde Mann noch immer saß. Ruck, zuck hatte ich die Tür in der Hand, die mich wieder ins Foyer der Nationaloper führte. Den Rucksack in der Hand, lief ich schnellen Schrittes zum Ausgang, obwohl ich mich gerne noch etwas umgeschaut hätte. Ich möchte nur mal wissen, was hier eigentlich kaputt gegangen war und was dann mit dem Mann passierte: Würde er nasse Füße bekommen, mich im Geiste verfluchen, ausrutschen und sich ein Bein brechen? All das hoffte ich natürlich nicht; und auch nicht, dass es einen Wasserschaden zur Folge hätte. Sollte ich mal wieder nach Riga reisen, würde ich aber definitiv einen großen Bogen um die Nationaloper machen.

Die restliche Zeit in Riga verlief glücklicherweise ohne weitere Peinlichkeiten. Ich genoss Lettlands Hauptstadt sehr, zumal ich am Ende schon gar nicht mehr auf den Stadtplan schauen musste, um zu wissen, wo ich mich befand und welchen Weg ich zu meinem nächsten Ziel einschlagen müsste.

So konnte ich noch viele Fotos bei Nacht machen, wenn die Jugendstilgebäude mit künstlichem Licht illuminiert waren. Auch viele Kirchen und/oder Gotteshäuser sah ich mir noch an. Verwundert war ich, als ich am Eingang eines Vorplatzes schließlich die »Bremer Stadtmusikanten« entdeckte. Erst später konnte ich meinem Reiseführer entnehmen, dass die Hansestadt Bremen eine Partnerstadt Rigas ist und die Skulptur somit ein Geschenk war. Überhaupt ist vieles hier Deutschland sehr ähnlich: nicht nur die Straßennamen, auch die Anordnung der Handels- und Kaufmannshäuser lassen erahnen, dass hier in früheren Zeiten ein reger Austausch beider Völker stattgefunden hatte.

Der Online-Check-in verlief ohne technische Schwierigkeiten. Ich suchte mir virtuell einen Platz am Fenster in der Nähe der Tragflächen aus. Nur einen Tag später saß ich dann an Bord der Maschine, die mich wieder nach Frankfurt/Main brachte. Am Flughafen selbst kannte ich mich ganz gut aus, da ich vor einigen Jahren schon einmal in Riga umsteigen durfte, um von dort aus weiter nach Vilnius (Litauen) zu reisen. Tatsächlich konnte ich mich noch an die Holztreppen erinnern und die lange Glasfront zu den Gates, von wo aus ich schon damals den Blick auf das Vorfeld genossen hatte.

Schon kurze Zeit nach dem Abheben der Maschine konnte ich einen Blick auf die sog. »Kurische Nehrung« erhaschen. Die »kurische Nehrung« ist eine Sandbank in der Ostsee gelegen. Genauer gesagt handelt es sich dabei um langgezogene, aber sehr schmale Halbinsel und gehört geographisch zu den Ländern Russlands und Litauens und ist u. a. noch UNESCO Weltkulturerbe. Leider waren es nur einige Sekunden, bevor die Dichte der Wolken zunahm. Der

Durchsage vom Kapitän konnte ich entnehmen, dass die Maschine in Richtung Klaipėda und Danzig an der polnischen Ostsee entlang gesteuert werden sollte. Weiter ginge es dann etwas leicht nördlich von Stettin an Berlin und Magdeburg vorbei, direkt nach Frankfurt. Da die Wolkendecke immer dichter wurde, musste ich mich darauf verlassen. Zwei Stunden später setzte die Maschine pünktlich auf der Landebahn in Frankfurt/Main auf.

Riga ist eine wunderschöne Stadt! Ich hoffe, noch einmal dorthin zu reisen. Mir hat es im Winter schon so gut gefallen und im Sommer ist es dort mit Sicherheit traumhaft. Darauf freue ich mich schon.

Altstadt von Riga, Lettland

Jugendstil in Riga, Lettland

KKK – Köln, Kiew, Kischinau (Cologne, Kiew, Chişinău)

Zwei Hauptstädte fehlten in meiner Liste noch, um Europa vollständig bereist zu haben: Kiew, die Hauptstadt der Ukraine, und Kischinau, die Hauptstadt Moldawiens. Die Entscheidung, auch nur eine der beiden zu besuchen, verursachte mir jedoch Bauchschmerzen. Der Gedanke, alleine nach Osteuropa zu reisen, gefiel mir gar nicht, aber ich wollte auch in den darauffolgenden Tagen und Wochen eine Entscheidung fällen; nicht nur, wegen der ansteigenden Ticketpreise, sondern auch, um klarzustellen, ob ich das nun durchziehen oder gleich im Keim ersticken würde. Allein der Gedanke daran wäre nur reine Zeitverschwendung, sollte ich es gar nicht erst in Erwägung ziehen, diese Reisen anzutreten.

Ich informierte mich im Internet und auch die Texte, Blogs und Einträge von Wikipedia überzeugten mich nicht. Auf den Internetseiten des Auswärtigen Amtes bekommt man es auch gleich immer mit der Angst zu tun, da hier von Überland- und Nachtfahrten abgeraten wird. Osteuropa oder eigentlich Osteuropäer sind bei jeder »Aktenzeichen XY« Sendung mit dabei. Ganz klar, dass ich hier niemand angreifen möchte. Jedoch keine Zukunftsperspektiven im eigenen Land, hohe Arbeitslosigkeit, wenig Ausbildungen – da lockt der »goldene Westen« schon manchmal. Mmh …schwierig. Eine Entscheidung musste her.

Eine Nacht darüber schlafen, noch einmal intensiv darüber nachdenken – diese Gedanken ließen mich nicht mehr los. Ich habe alle europäischen Hauptstädte besucht, warum auch nicht diese beiden. Was spricht dagegen? Schließlich bin ich nicht der erste Tourist in diesen Ländern. Es wird Hotels geben und es wird auch Leute geben, die Englisch sprechen und verstehen. Hier spricht nichts dagegen. Je mehr ich darüber nachdachte, desto mehr wusste ich, was dagegensprach: Es war meine Altersgruppe, meine Generation und auch die vorherige. Ich meine hier die Altersgruppe 40+.

Hier muss ich erwähnen, dass ich in Westdeutschland geboren wurde. Die Grenze zur damaligen DDR war nur ca. 50 km. weit weg. Oberfranken erhielt Wirtschafsförderung, da praktisch nur Wege gen Westen, Süden und Norden frei waren. Der Osten war nicht da. Existent waren Wachtürme, ein streng bewachter Zaun, kein oder nur wenig Kontakt zu damaligen Verwandten. Dies betrifft nicht nur die DDR, sondern von der Sichtweise aus, ganz Osteuropa. Wer und wo war Polen und damals die Tschecheslowakei. Diese Länder waren nur auf Landkarten bekannt und wurden nur hinter vorgehaltener Hand erwähnt. Der »eiserne Vorhang« ist bei meiner Generation noch immer vorhanden, aber hoffentlich nur noch in Gedanken an frühere Zeiten.

Selbst 26 Jahre nach der Wende schien der sog. »Eiserne Vorhang« auch im Jahr 2016 immer noch präsent. Dieser existierte noch in den Köpfen. Osteuropa konnte sich anstrengen, wie es wollte, diese Barriere werden wir, oder vielleicht auch nur ich, nicht mehr so schnell überwinden können. Westeuropa hingegen glänzte in Hochglanzmagazinen mit schönen Stränden, warmem Wetter und einem hohen Maß an Sicherheit. Doch die Letztere ist ja in den heutigen Zeiten im Grunde nirgendwo mehr garantiert. Nun wusste ich endlich, was oder wer der Störfaktor bei mir war. Ich konnte den »Eisernen Vorhang«, zumindest bei mir selbst, beiseiteschieben. Schließlich war ich nicht zum ersten Mal in Osteuropa. Beim Wort »Osteuropa« runzeln jedoch zunächst viele erst einmal die Stirn, eben aufgrund des besagten »Eisernen Vorhangs«. Ich musste mich diesen Blockaden in meinem Kopf unbedingt stellen.

Nach und nach wurde ich sicherer und auch selbstbewusster. Warum nicht? Ist dieser Gedanke erst einmal so weit gereift, gibt es praktisch kein Zurück mehr. Ich konnte zum angenehmen Teil übergehen. Dieser bestand darin, dass ich mich informierte, welche Fluggesellschaften mich dorthin befördern könnten, wie viel Zeit ich vor Ort benötigen würde, was es zu besichtigen gäbe … Das alles ist mittlerweile ein Kinderspiel für mich geworden. Augen und Ohren auf – das Internet hilft mir hier enorm. Je mehr ich las, umso interessierter wurde ich. Kiew – ich möchte dich kennenlernen! Hurra, ein Entschluss war gefasst! Ich freute mich!

Meine Lieblingsfluggesellschaft »Lufthansa« flog nach Kiew, aber der Preis gefiel mir nicht. Noch ein halbes Jahr

Zeit, aber dennoch wären die Tickets zu teuer gewesen; und ich wusste, dass diese, je näher ich an das Abflugdatum heranrücken würde, immer teurer würden. Somit durfte ich mich in Gedanken schon von dieser Stadt verabschieden. Schade!

Aber es gab ja schließlich noch genügend andere Fluggesellschaften, die auch ihre Dienste anboten. Ich war nicht auf die eine angewiesen und somit startete ich erneut eine Art »Suchlauf« bezüglich günstiger Flüge. Ich wurde fündig und das Ergebnis gefiel mir. »Wizz Air« – die bereits erwähnte ungarische Low-Cost-Fluggesellschaft, mit der ich bereits mehrmals gute Erfahrungen gemacht hatte, flog von Köln aus nach Kiew. Die Abflugzeit, die Dauer, der Preis und auch der Zielflughafen – das Gesamtpaket stimmte hier einfach.

Abflugzeit: Sobald der Flug, wie so oft bei mir, früh startet, fällt die Nachtruhe aus. Wegen der Aufregung kommt dann kein Schlaf zustande, das Kopf Kino geht los, sobald ich mein müdes Haupt auf das Kissen lege. Nichts vergessen, nicht verschlafen! Hast du an alles gedacht? Auf all das hatte ich keine Lust. Ich merkte, dass ich anspruchsvoller geworden war, was das anbelangte. Der Abflug vom Flughafen Köln/Bonn ging um die Mittagszeit. Wenn ich von hier aus losführe, würde es stressig werden und wie sollte ich nach Köln kommen? Der Gedanke, einen Tag zuvor in aller Ruhe nach Köln zu reisen, um mir die Stadt anzuschauen, gefiel mir.

Dauer: war bei meiner Recherche nicht ausschlaggebend, da sich die Flüge von Frankfurt/Main und/oder Köln diesbezüglich nicht groß unterschieden.

Preis: Hier gibt es ganz zentrale Unterschiede. Die »großen« und »berühmten« Fluggesellschaften lassen sich ihren guten Namen auch bezahlen. Die »Billigfluggesellschaften« liegen hier schon eher in meinem Budget, jedoch ist auch hier Vorsicht geboten: unbedingt das Kleingedruckte lesen! Selbst die Buchung ist nicht immer einfach. Oft bucht man hier gerne Versicherungen mit, die man gar nicht benötigt und die den Flug einfach nur teurer machen. Häufig, so auch bei meinem Angebot, war im Ticketpreis nur Handgepäck enthalten. Die Maße, die das Handgepäck nicht überschreiten darf, sollte man auf der Seite der entsprechenden Fluggesellschaft vor der Reise entsprechend unbedingt noch einmal recherchieren, um nachher keine böse Überraschung zu erleben. Unbedingt aufpassen!

Zielflughafen: Bei einigen größeren Städten und überhaupt auch bei Hauptstädten ist es nicht unüblich, dass es hier mehrere Flughäfen gibt. Berlin z. B. hat im Moment auch zwei Flughäfen, Mailand, um eine Stadt zu nennen, die keine Hauptstadt ist, hat sogar drei. Paris in Frankreich kann vier Flughäfen aufwarten. Kiew hat zwei Flughäfen und der eine, der auch von der »Wizz Air« angeflogen wird, ist sogar der Stadtflughafen; dieser liegt somit zentral und näher an der Innenstadt. Dies kam auch mir gelegen, da ich somit wiederum Zeit und Kosten sparen könnte.

All das gefiel mir, jedoch war ich immer noch nicht so weit, dass ich den Flug buchte. Ich hatte zwar einen Hinflug nach Kiew, aber noch keinen Rückflug. »Wizz Air« bot zwar auch einen Rückflug an, dieser wäre aber direkt am Vormittag des darauffolgenden Tages oder erst wieder eine Woche später gewesen. Beides passte mir nicht, beim einem wäre ich praktisch nur wenige Stunden und eine Nacht in der Hauptstadt der Ukraine gewesen und beim anderen Rückflug hätte ich wieder zu viel Zeit dort verbringen müssen/ dürfen. Eine Lösung musste also her!

Da mir jedoch auch noch Kischinau, die Hauptstadt Moldawiens, auf meiner Liste fehlte, schaute ich mich noch einmal im Atlas um. »Wenn ich schon mal in dieser Gegend war, warum sollte ich nicht noch eine weitere Stadt ins Programm nehmen?« Der Gedanke gefiel mir immer besser. Die Stadt war mit ca. 500 Kilometern Entfernung fast zu weit, für eine Auto-/Busfahrt, aber auch hier half mir das Internet weiter. Nach einer intensiven Recherche stand mein Programm nun fest. Dies schaute folgendermaßen aus:

»Plan KKK«: Köln – Flug – Kiew mit Aufenthalt und zwei Übernachtungen, Weiterflug nach Kischinau – Aufenthalt mit zwei Übernachtungen, Rückflug nach Frankfurt/Main (Deutschland).

Nach einer zweiten und dritten Kontrolle der Preise und auch der Verbindungen zu den entsprechenden Tages- und

Nachtzeiten gab es jetzt kein Hindernis mehr. Ich stand kurz vor der Buchung, als in meinen Gedanken noch einmal der »Eiserne Vorhang« zurückkam. Dieser hatte jedoch keine große Chance, mich von dieser Reise abzuhalten. Ich sah dies eher als meine persönliche »Ich habe dich aber gewarnt!«-Stimme. So ähnlich, als wenn man bei dunkelgelber Farbe noch über die Ampel führe, setzte ich meine Buchung schließlich fort. Die Buchung an sich ist aber selbst für mich nicht so einfach. Mehrfache Kontrollen und die wiederholte Überprüfung, ob man sich nicht vertippt hatte, erforderten viel Konzentration und duldeten keine Ablenkmanöver.

Mit dem Satz »Vielen Dank für Ihre Buchung – Wir wünschen Ihnen eine angenehme Reise« war die Buchung als solche nun abgeschlossen. Wenige Minuten später füllte sich das E-Mail-Postfach mit den entsprechenden Buchungsbestätigungen und Hinweisen zum Kleingedruckten. Die Vorfreude wuchs, aber ich sagte es noch niemandem. Das Geheimnis für mich zu behalten, fiel mir schwer, aber es ist letztendlich eine Übungssache und ich kenne auch den Grund. Sobald ich jemandem erzählt hätte, dass ich einen Flug oder in meinem Fall mehrere Flüge gebucht hatte, würde das Gegenüber wissen wollen, wohin mich die Reise führen würde. Mit den Antworten Kiew und Kischinau und/oder mit der Benennung der jeweiligen Länder Ukraine und Moldawien hätte ich nur Stirnrunzeln gesehen; und genau das wollte ich vermeiden. Daher habe ich es zunächst und eine gewisse Weile für mich behalten, freute mich aber sehr!

Mit den Bestätigungen in meinem E-Mail-Postfach konnte ich dann relaxter an die weitere Vorgehensweise herangehen. Schließlich ist der Flug oder sind die Flüge das Erste, was man haben sollte. Als Nächstes kümmerte ich mich dann um die Unterkunft und studierte die Informationen des Auswärtigen Amtes, um zu erfahren, was es hier noch alles zu beachten gäbe. Eins nach dem anderen …

Die Zeit verging sehr schnell. Mittlerweile waren es nur noch zwei Wochen bis zum Abflug. Es war alles ausgedruckt, ein ICE-Ticket konnte auch noch günstig erwerben. Hotels hatte ich gefunden und gebucht, der Urlaub im Büro war eingereicht, ich hatte mich ausgiebig informiert, sofern es mir möglich gewesen war; es konnte also losgehen!

An dem entsprechenden Samstagmorgen stand ich dann schon früh auf. Den vorsichtshalber gestellten Wecker benötigte ich nicht. Der Rucksack war bereits am Vorabend endgültig gepackt worden. Nachdem der Wetterbericht für die geplanten Städte von mir geprüft worden war, flogen langärmlige Sachen wieder aus dem Koffer. Auch die Turnschuhe wurden wieder ausgepackt. Die Sandalen mussten ausreichen! Meine Hemmschwelle den Dingen und Klamotten gegenüber, die ich als unbedingt notwendig für die Reise erachtete und bereits eingepackt hatte, löste sich immer deutlicher auf. Sofern etwas fehlen würde, müsste ich es mir halt entweder kaufen oder improvisieren. Und in Letzterem wurde ich immer besser.

Gefühlte 30-mal habe ich geprüft, ob die wichtigsten Dinge mit an Bord waren: Smartphone, Reisepass, Geld und Kreditkarten. Auch die ausgedruckten Dokumente waren in der entsprechenden Reihenfolge in einer Klarsichtfolie mit dabei. Bordkarte, Ausdruck, wie ich von A nach B käme, Kopien vom Reisepass und allen anderen Karten, die man so in der Brieftasche aufbewahrt.

Jeweils ein Salami- und Käsebrot wurden von mir noch vor- und zubereitet und zwei kleine Tomaten und ein Stück Gurke wanderten noch zusätzlich zu meinem Reiseproviant. Ich bekomme bei Zugfahrten grundsätzlich häufig Appetit und wollte diesem Bedürfnis somit vorbeugen.

Das Auto wurde am Parkplatz in der Nähe des Bahnhofs in Bayreuth abgestellt. Dies ist immer ein unglücklicher Moment, denn man weiß ja nicht, ob man dieses wieder so vorfindet, wenn man zurückkommt. Na ja, wird schon gut gehen! Schließlich ist hier noch nie etwas passiert.

Auf dem Display am Bahnhof Bayreuth konnte ich bereits den Regionalzug, der mich nach Nürnberg bringen sollte, an erster Stelle angeschlagen sehen. Bei der Bemerkung im hinteren Bereich stand bereits die Mitteilung, dass sich dieser um wenige Minuten verspäten würde. Auch das war von mir einkalkuliert worden. Leider ist hier die Deutsche Bahn in den letzten Jahren aus meiner Perspektive nicht mehr sehr zuverlässig gewesen. Schade, eigentlich. Als Laie denke ich immer, dass dies doch relativ einfach zu planen und zu steuern sein müsste. »Soll nicht mein Problem sein!«, dachte ich mir. In Nürnberg als Umsteigebahnhof hätte ich ohnehin 25 Minuten Zeit, um meinen Anschlusszug zu finden, der mich nach Köln bringen sollte.

Es waren auch wirklich nur wenige Minuten, bis der Regionalzug in Bayreuth einfuhr. Die Fahrt nach Nürnberg verlief reibungslos und ich war ausreichend damit beschäftigt, im Magazin der Bahn alle Berichte, die mich interessierten, durchzulesen. Die Zeit reichte nicht mal aus, als bereits die Durchsage kam, dass in wenigen Minuten der Hauptbahnhof Nürnberg erreicht werden würde. Dies war gleichzeitig auch die Endstation des Zuges.

Die Unterführung bis zum Bahnhof selbst war eine Baustelle. Die Breite von ca. fünf Metern war mit einem Bauzaun auf die Hälfte begrenzt. Man musste aufpassen, damit man nicht überrannt wurde. Schließlich wollten viele andere Passagiere auch ihre entsprechenden Züge erreichen. Es war somit bereits am frühen Vormittag viel los am Bahnhof in Nürnberg.

Mein erster Weg führte mich schnurstracks zu einer bekannten Parfümerie und Drogerie, die sich im Inneren des Bahnhofs auf der Ecke befindet. Wie bereits bei früheren Reisen erlebt, suchte ich mir eines der teuersten Parfümflakons aus und besprühte mich mittels des Testers damit. Danach ging es zur Bahnhofsbuchhandlung, um in den aktuellsten Reiseberichten zu schmökern.

Immer einen Blick auf die Bahnhofsuhr und zur Kontrolle noch auf meine Armbanduhr gerichtet, ging es dann auch schon weiter und ich suchte mein Gleis auf, an dem der ICE nur wenige Minuten später einfuhr. Endlich mal wieder, seit Jahren mit einem ICE fahren. Ich freute mich.

Gleich im ersten Waggon des Zweite-Klasse-Abteils fand ich einen Sitzplatz. Überrascht war ich, dass die Sitzplatzwahl bereits ziemlich begrenzt war. Der Einstieg und auch die Wahl des Sitzplatzes neben einer Dame mittleren Alters verliefen sehr schnell. Noch nicht wirklich sitzend, fing der ICE auch schon wieder leise das Rollen an. Die Frau bevorzugte den Gangplatz, was mir gut passte, da ich mir ja ohnehin die Landschaft ansehen wollte. Über der Glastür, die sich ganz leise öffnete und schloss, war ein Display, das immer wieder die gesamte Reiseroute anzeigte.

Die Fahrt verlief über Würzburg, Aschaffenburg, Frankfurt/Main Hauptbahnhof, Frankfurt/Main Flughafen bis nach Siegburg/Bonn. Eine Woche vor der Abreise war ich per E-Mail darüber informiert worden, dass der ICE nicht direkt bis nach Köln/Hauptbahnhof bringen könne, obwohl dies von mir so gewünscht war. Aber es werden ja selten Wünsche wahr! Deshalb war dann in Siegburg/Bonn mit dem ICE Endstation für mich. Von dort aus musste ich dann nach zehn Minuten mit einem Regionalzug bis nach Köln Hauptbahnhof weiterfahren. Das war soweit mein Plan …

In der Regionalbahn saß ich am Fenster, links von mir eine Dame, die eine Wochenendausgabe der FAZ (Frankfurter Allgemeine Zeitung) las. Die Ausgaben dieser Zeitungen sind im Format bekanntermaßen so groß, dass der jeweilige Nachbar bestimmte Artikel ohne Weiteres mitlesen konnte.

Ich machte es mir trotz der relativ kurzen Fahrzeit gemütlich. Der Rucksack wanderte in den Fußraum zwischen meine Beine, das Magazin noch vom Regionalzug hatte ich im Netz vor mir verstaut. Ich rückte mir mein T-Shirt zurecht, mein Vorgänger hatte den Sitz bequem eingestellt, ich hatte ein Panoramafenster neben mir, die Klimaanlage war nicht zu kühl und in diesem Fall sehr angenehm eingestellt. Alles in allem war ich sehr zufrieden. Toll!

Während wir durch Fürth fuhren und somit noch in Mittelfranken waren, kam ein leichtes Hungergefühl bei mir auf. Warum sollte ich auch die belegten Brote bis nach Köln aufheben? Schnell war die Brotzeit aus dem Rucksack hervorgeholt und begann zu essen. Das mit Käse belegte Brot schmeckte sehr lecker. Nach zwei Bissen holte ich die Tomate dazu hervor, damit es nicht zu trocken war. Es waren keine Cocktailtomaten, sondern eher klein geraten »normale« Tomaten aus dem eigenen Gewächshaus. Mit viel Appetit und wahrscheinlich etwas zu gierig biss ich in die Tomate. Mit nur einem gefühlten Bruchteil der Tomate im Mundraum konnte ich gerade noch erkennen, wie das Mark der Tomate auf den Feuilletonteil der FAZ meiner Sitznachbarin landete. Gefühlt, eine Tausendstelsekunde später griff ich bereits zu meiner eingepackten Serviette und wischte es mit einem fränkischen »Hoppla« von der Zeitung ab. Das gelang mir sehr gut. Ich entschuldigte mich, wollte es ungeschehen machen, was mir jedoch leider nicht gelang. Die Dame verzog keine Miene und ich weiß im Nachhinein nicht mehr, wem dieser Fauxpas peinlicher war.

Fast denke ich, ihr war es peinlich, weil es sich auf ihrer Zeitung abspielte. Da dies aber alles in wirklich kurzer Zeit geschah, obwohl hier die Zeit ja keine entscheidender Faktor ist, es niemand gesehen haben dürfte und es auch keine Restspuren mehr gab, da die Serviette anscheinend über eine hohe Saugkraft verfügte, hatte ich das auch schnell wieder verdrängt. »Kann ja mal passieren«, dachte ich.

Trotzdem würde ich, falls es in der Volkshochschule oder in einer IHK mal einen Kurs gäbe, wie man in öffentlichen Verkehrsmitteln richtig Tomaten isst, mitmachen. Das war ich meiner Nachbarin in der Bahn und mir selbst schuldig. Da ich ja aus Fehlern immer lerne, habe ich die zweite mitgebrachte Tomate im Ganzen gegessen. Und ich kann nur berichten, dass auch das nicht einfach war. Auf eine ähnliche Erfahrung aus Kindertagen um die Weihnachtszeit herum, als ich nämlich meinem Schwager beweisen wollte, dass ich eine ganze Apfelsine, natürlich abgeschält, auf einmal essen könnte, blickte ich in jenem Moment nachdenklich zurück.

Mit der Apfelsine hatte ich dies damals zwar nicht geschafft, aber mit der Tomate im Mund war es damals auch kein Spaß. Das Mark spritzte im gesamten Mundraum nur so herum und ich musste den Mund ordentlich zusammenpressen, sonst hätte es einen Vulkan gegeben und der Vordermann wäre bestimmt auch nicht begeistert gewesen, warmes Tomatenwasser auf den Kopf zu bekommen. Im Übrigen ist es sehr viel einfacher, unterwegs eine Gurke zu essen. Diese kann man nämlich auch besser abbeißen.

Am Bahnhof Siegburg/Bonn angekommen, verabschiedete ich mich höflich von der Dame. Es fand jedoch keine weitere Kommunikation mehr statt. Sie stand dann später noch zweimal auf, um weiter vorn zu telefonieren, was ich als sehr angenehm empfunden hatte. Überhaupt war die Atmosphäre im ICE sehr angenehm gewesen. Die Passagiere verhielten sich alle sehr ruhig und sprachen, wenn überhaupt, nur leise miteinander. Die Ansagen kamen vom Band und waren mit einer professionellen Stimme besprochen. Man hörte kein Rattern der Gleise und die höchste Geschwindigkeit, die ich vom Display ablesen konnte, betrug dann nach Frankfurt/Main Flughafen auch stolze 298 km/h. Dies mag physikalisch erklärbar sein, aber trotzdem staune ich über diese Art von Geschwindigkeit.

Die Weiterfahrt in einem Regionalzug von Siegburg/Bonn nach Köln Hauptbahnhof verging dann aber sehr schnell. Bereits auf der Hohenzollernbrücke über den Rhein konnte ich einige imposante Gebäude erkennen. Es muss sich dabei um das Rathaus, Groß St. Martin und oder St. Andreas handeln und last, but not least auch den Kölner Dom. Wirklich beeindruckend! – schon allein durch immense Ausmaße.

In Köln angekommen, sah ich mir zunächst den Bahnhofsvorplatz genauer an. Dieser hatte ja seit dem Jahreswechsel negative Schlagzeilen gemacht, da dort in der Silvesternacht viele junge Frauen und Mädchen sexuell belästigt worden waren. In den Nachrichten am Fernseher kam mir dieser sehr viel größer vor.

Wirklich nur einen Katzensprung vom Bahnhof entfernt befindet sich der Kölner Dom. Ich konnte gar nicht so weit zurücktreten, um diesen komplett mit meiner Kamera einfangen zu können, so gigantisch ist dieses Bauwerk. Mit der fast schwarzen Fassade wirkt er nicht nur düster, sondern auch zum Teil bedrohlich, aber irgendwie auch beeindruckend.

Die Grundsteinlegung erfolgte hier bereits im Mittelalter, genauer 1248, nachdem der Erzbischof von Dassel zuvor die Reliquien der Heiligen Drei Könige 1164 nach Köln gebracht hatte und dieser zu einem Wallfahrtsort wurde; 1880 erfolgte die Vollendung

Sehr überrascht war ich dann, als ich das Innere des Doms betrat. Der Dom war voller Leute. Man hätte getrost noch einen Sitzplatz in einer der zahlreichen Bänke gefunden, aber in den Gängen und Plätzen vor dem Altar und direkt in der Nähe des Eingangs war fast kein Durchkommen mehr. Es war ein Nachmittag an einem Samstag im Spätsommer bei bestem Wetter. Nicht nur viele Einheimische waren dort, sondern auch richtig viele Touristen aus dem Ausland. Ich hörte niederländische, französische, spanische und Reisegruppen aus Japan oder zumindest aus fernöstlichen Gegenden. Der Kölner Dom ist somit ein echtes Highlight und das Wahrzeichen Kölns, das jedes Jahr Massen an Menschen und zahlreiche ausländische Touristen anzieht.

Kunstschätze und Besonderheiten im Dom sind u. das Richter-Fenster und der Dreikönigen Schrein. Mit 158 Metern Höhe gehört dieser zu den zweithöchsten Kirchengebäuden Europas und zum dritthöchsten der Welt.

Der gotische Baustil ist durchaus sehenswert, wobei zu berücksichtigen ist, dass zu Beginn des Baus gotisch gebaut wurde, beim Ende jedoch zur Neugotik übergegangen war.

Ursprünglich war mein Plan, dass ich noch die tolle Aussicht vom Kölner Dom genießen und all die vielen Stufen erklimmen wollte. Da sich die Schlange an Menschen aber bereits mehrere Meter vor der Kasse befand

und ich noch weitere Punkte meiner Liste abzuhaken hatte, verwarf ich diesen Wunsch wieder. Erst am Abend später wurde mir mitgeteilt, dass dies ein Fehler war, da die Aussicht von oben unbeschreiblich schön sein soll.

Nur die Fußgängerzone entlang und ich müsste das »Hard Rock Café« entdecken, das jetzt mein nächstes Ziel war. Dieser Stopp dort diente jedoch nur dem Souvenirkauf. Ein Teil der Fußgängerzone war länger, als ich gedacht hatte, und von den Gebäuden her erschreckend simpel und unansehnlich. Die Stadt Köln war im Zweiten Weltkrieg leider stark bombardiert und somit ihre Bausubstanz stark in Mitleidenschaft gezogen worden. Wie leider in vielen anderen deutschen Städten (Hanau, Siegen, Paderborn, Würzburg, Berlin) auch festzustellen, hatte man dann in der Nachkriegszeit, weder viel Geld noch gutes Material und auch Ideen gehabt, um diese wieder angemessen auf bauen zu können; und deshalb wurde zur damaligen Zeit überwiegend schnell, gut und billig gebaut. Zu den damaligen Zeiten musste man ja froh gewesen sein, dass überhaupt ein Wiederaufbau geleistet werden konnte. Einigen Häuserzeilen sieht man diesen Teil unserer Geschichte sehr deutlich an – leider betrifft das auch Köln.

Der T-Shirt-Kauf für eine Arbeitskollegin und Freundin gestaltete sich schwieriger, als ich dachte. Bis ich erst einmal am »Hard Rock Café« ankam, hatte ich fast einen

Spießrutenlauf absolvieren müssen. Die Stadt brach im metaphorischen Sinne fast »aus allen Nähten«. Die vielen Touristen und Leute, die auf Einkaufstour waren, brachten die Stadt an ihre Grenzen. Diesen Effekt konnte ich bereits zum wiederholten Male beobachten. Für die Städte und deren Wirtschaft musste es sehr positiv sein – Deutschland boomt. Für mich als Individualtourist war dies jedoch eher anstrengend.

Ich erschrak, als ich auf meine Armbanduhr schaute. Es war schon kurz vor 15:30 Uhr und zu jenem Zeitpunkt sollte im Schokoladenmuseum eine geführte Tour starten, die ich gerne mitmachen wollte. Glücklicherweise war auch dieses Museum nicht weit von meinem aktuellen Aufenthaltsort entfernt und ich konnte am Rhein entlang bis zum Museum laufen.

Mit nur einer Minute Verspätung betrat ich das Museum, wo zum damaligen Zeitpunkt auch viel los war. Ich gab schnell meinen Rucksack und sämtlichen Ballast an der Garderobe ab, zahlte den Eintritt an der Kasse und war der letzte Gast, der noch an der geführten Runde teilnehmen durfte. Glück gehabt! Der Tourguide war eine stämmige Frau mit wasserstoffblonden Haaren und einem leichten Kölner Dialekt. Dieser war aber nicht so prägnant, sodass ich ihren Erzählungen leicht folgen konnte.

An dieser Stelle muss ich den Ratschlag erteilen, dass, wer mal in Köln ist, sich dieses Museum unbedingt anschauen sollte. Es ist nicht so ein »trockenes« Museum, wo eine Glasvitrine neben der anderen steht, sondern der Aufbau ist hier sehr viel interessanter. Natürlich gibt es hier viele Schautafeln, wie das auch in anderen Museen der Fall ist. Gut gelungen sind meiner Meinung nach vor allem die Objekte, die berühr- und somit fühlbar sind. Das ganze Museum erstreckt sich über mehrere Etagen und liegt praktisch auf einer Art Halbinsel im Rhein. Man kann hinter zwei Schleusen echte Kakaobäume sehen kann, die mithilfe von Wärmestrahlern und sehr viel Licht die Bedingungen ihrer ursprünglichen Region in den tropischen Gefilden simulieren. Immer wieder sind kleine Monitore und Schaltkästen angebracht, wo man sich bestimmte Vorgänge noch einmal veranschaulichen lassen kann. Die Führung selbst dauerte ungefähr 70 Minuten und war keine Minute langweilig. Am Schluss kam man noch an einem Schokoladenbrunnen vorbei und jeder Gast bekam eine Art Waffel mit einem Klecks Schokolade darauf, die zuvor erst ganz frisch in den Brunnen eingetunkt worden war. Lecker!

Daneben lief die normale Schokoladenproduktion weiter. Man sah große Maschinen, absolut eingehaltene Hygienestandards und Schokolade in vielen Formen zu jeglichen Anlässen. Ein tolles Museum und ein absolutes Muss für diejenigen, die irgendwann einmal zu Besuch in Köln sein sollten.

Nun wurde es jedoch Zeit, dass ich meine Gastfamilie aufsuchte. Ich teilte dieser via WhatsApp mit, dass ich mich jetzt auf dem Weg befände und erst einmal die nächste U-Bahn aufsuchen müsste. Diese befand sich auch direkt in der Nähe des Doms quasi unterhalb des Bahnhofsgebäudes.

Unglücklicherweise hatte ich kein Kleingeld mehr und somit musste ich noch einmal den U-Bahnhof verlassen, um mir dann an der sich darüber befindenden Touristeninformation Geld wechseln zu lassen. Bei dieser Gelegenheit fragte ich den jungen Herren gleich noch einmal, ob ich die Verbindung so richtig verstanden hatte. Er schaute in seinen Stadtplan, den er vor sich auf den Schreibtisch hatte, und bestätigte mir mein Vorhaben.

Mit nur einem Umstieg war ich dann in der richtigen U-Bahn und durfte an der Station »Florastraße« wieder aussteigen. Die Beschreibung meiner Gastfamilie war wirklich punktgenau. Alle beschriebenen Details erkannte ich, ohne lange danach suchen zu müssen. Lediglich mit der Hausnummer tat ich mich schwer, aber auch diese fand ich dann schließlich noch.

Bertram öffnete mir die Tür im dritten Stock einer Altbauwohnung. Die Begrüßung war herzlich und aufgrund der vorangegangen WhatsApp-Historie verstanden wir uns gleich sehr gut. Die Stimmung war gelöst, als ob wir uns schon seit vielen Jahren kennen würden. Er zeigte mir seine Wohnung und teilte mir unmittelbar mit, dass ich in der Wohnung die Nacht über alleine wäre. Er habe noch eine Einladung wahrzunehmen, die auch eine Übernachtung vorsehe. Daher fragte ich ihn dann auch direkt im Anschluss, welche Details ich noch wissen müsste. Vor allem bezüglich der Sicherheitskriterien bin ich hier ein alter Angsthase. Er ging auf alle Fragen ein und erklärte mir alles Wissenswerte, was aber nicht sehr kompliziert war. Praktisch alles, was sich im Kühlschrank befinde, könne ich auch zum Frühstück essen.

Bertram gab mir noch einen Tipp bezüglich eines Hallenbades, was gar nicht so weit von seiner Wohnung entfernt
liegen sollte. Jedoch solle ich trotzdem lieber die U-Bahn
benutzen, weil es einfach schneller gehe, so Bertram. Aufgrund des nur langsamen Vorankommens in der Fußgängerzone, dem ständigen Hin und Her im Dom, der langen
Warterei im »Hard Rock Café« und der Tour im Schokoladenmuseum waren meine Beine etwas lahm und sie fühlten
sich einfach schwer an. »Entweder ein längerer Spaziergang
oder ein Hallenbad und/oder eine Sauna wären jetzt genau
das Richtige«, dachte ich.

Das Hallenbad befand sich im Stadtteil »Nippes« und
machte bereits von außen nicht mehr den besten Eindruck.
Mit dem System des Kassenautomaten kam ich jedoch bestens zurecht und war schnell im Bereich der Umkleidekabinen angelangt. Ich zog meine Klamotten aus und meine
Badehose an. Auch die Duschen waren einfach zu finden.
Ich duschte mich ausgiebig und begab mich nun in die Ba-
dehalle. In der Halle gab es ein 25 Meter langes Becken;
leider existierten nur eine Becken- und keine Unterwas-
serbeleuchtung und am hinteren Ende sprudelte es. Aufgrund der weiten Entfernung konnte ich es nur erahnen,
aber wahrscheinlich handelte es sich um einige Whirlpools
auf einem Podest. Ganz nett bis hierher.

Ich schaute mich noch etwas um, als mir plötzlich eine
junge Frau im Bikini entgegenkam, mich von oben bis unten
mit ihren Augen musterte und nach hinten schrie: »Barry,
Barry – come on, immediately!« (»Barry, Barry, – komme
schnell, sofort!«) Sie fuchtelte mit ihrem Armen und hatte

eine Art Schnappatmung. Ich wusste gar nicht, was los war bzw. was sie von mir wollte. Daher fragte ich, was denn passiert sei.

Barry kam nun aus dem Hintergrund und dann wusste ich, was los war. Barry schaute genauso aus wie ich. Man hätte denken können, eine Art Spiegel käme mir entgegengelaufen. Die Haare waren lediglich etwas kürzer, aber ansonsten war er von der Statur her quasi eine Eins-zu-eins Kopie von mir.

Auch Barry hatte ganz große Augen und wir unterhielten uns. Doreen, die junge Frau teilte mir mit, dass Barry ihr Ehemann und der deutschen Sprache nicht mächtig sei. Daher unterhielten wir uns in englischer Sprache. Barry war in Polen geboren wurden und hatte dann in Kanada Medizin studiert. Doreen war halb deutscher und halb irischer Abstammung und lebte in Köln. Wir unterhielten uns lange und waren bereits in die Whirlpools eingestiegen. Im Sprudelbad hatten wir eine angeregte Unterhaltung. Schließlich war ich ja praktisch meinem Bruder begegnet. Da hat man sich viel zu erzählen. Wir unterhielten uns lange und lachten viel: zum Teil in englischer Sprache, wenn ich mit Barry sprach, und natürlich auf Deutsch, wenn ich mit Doreen kommunizierte. Hinzu kam, dass ich Doreen immer wieder Fachbegriffe fragen musste, die ich einfach in englischer Sprache nicht wusste. So gut ist dann mein Englischvokabular dann doch nicht. Als das Hallenbad relativ früh geschlossen wurde, wir aber mit unseren Themen noch lange nicht am Ende waren, beschlossen wir, uns danach noch einmal zu treffen.

Noch über die Umkleidetrennwände hinweg setzten wir unser Gelächter fort und Doreen erklärte mir, dass wir uns in der »ALL BAR ONE« Bar treffen könnten. Gesagt getan – und ein schöner Abend endete noch schöner.

In meiner fremden und für diese Nacht nur in meiner Wohnung legte ich mich nach dem Waschen gleich in mein Bett und schlief auch direkt ein. Auch wenn Köln an sich ein sehr hässliches Stadtbild abgab, so hatte mir die Stadt dennoch gefallen. Mit den Zugfahrten hatte alles geklappt, eine lustige Truppe im Schokoladenmuseum und die Begegnung mit zwei wildfremden jungen Leuten, wovon einer mein Bruder hätte sein können, rundeten meinen Köln Besuch , der mir in sehr positiver Erinnerung geblieben ist, ab. Und in wenigen Stunden ging es schon weiter nach Kiew. Gute Nacht, Köln!

Ich wachte auf. Wo war ich? Ein fremdes Schlafzimmer, ein fremdes Bett, lediglich mein Rucksack neben mir gab mir erste Sicherheit. »Frank! du wolltest es so! Ein Hotel war dir zu teuer und du bist in der Wohnung von Bertram. Er hat dir alles erklärt«, dachte ich. Mein Erinnerungsvermögen kam langsam zurück. Die Wände und die Einrichtung kamen mir wieder bekannt vor und anscheinend war jetzt mein Gehirn auch wieder besser durchblutet. Der Blick auf den Wecker gab mir das Gefühl, dass ich noch genügend Zeit hätte. Das ist früh am Morgen immer entspannter, als später hektisch zu werden und ständig auf die Uhr schauen zu müssen.

Bertrams Worte vom Vorabend waren »Alles, was im Kühlschrank ist«, kann gegessen werden und er zeigte dann noch auf die Ablage, wo Kuchen verpackt war. Ich torkelte in Richtung Küche, öffnete den Kühlschrank und fand genügend Sachen, die ich mochte, und frühstückte in aller Ruhe; dabei schaute ich mir die Küche genauer an. Und dabei wollte ich nicht meine Neugierde in den Vordergrund stellen, sondern einfach erfahren, wie fremde Menschen ihre Wohnung so einrichteten. Schließlich musste ich keine Schubladen und Türen der Kücheneinrichtung öffnen, da bereits von Bertram alles parat gelegt worden war. Es war nur einfach interessant, sich zu fragen, ob man sich die Küche selbst auch so einrichten würde; Ich beendete das gut schmeckende Frühstück, wusch mich, zog mich anständig an und sortierte meinen Rucksack neu.

Die Dokumente für den Check-in wanderten in meiner Schutzhülle, die den Namen »Projekt Ukraine und Moldawien« trug, weiter nach vorne. Auch den Notizzettel, den ich noch zu Hause geschrieben hatte und der mir verriet, wann mich welche Bahn zum Flughafen Köln/Bonn bringen würde, studierte ich erneut und sortierte diesen anschließend innerhalb meiner Unterlagen weiter vorne ein.

Alle Klamotten wurden erneut sorgfältig zusammengelegt, sodass diese möglichst wenig knittern würden, wenn diese schon im Rucksack transportiert werden müssten. Es konnte losgehen. Mit dem Schlüssel der Wohnung, den Rucksack auf dem Rücken, schloss ich die Tür ab, wie Bertram es mir am Vorabend gezeigt hatte. Den Schlüssel warf ich in Bertrams Briefkasten im Erdgeschoss. Ein letztes Mal umgedreht, sagte zu mir selbst: »Hier hast du also auch schon geschlafen.«

Mit der U-Bahn fuhr ich von der Station »Florastraße« zum Hauptbahnhof, suchte das entsprechende Gleis und es dauerte nur wenige Minuten, bis die Bahn einfuhr. Die ganze Fahrt dauerte nur ungefähr 20 bis 25 Minuten, bis ich das Schild »Flughafen Köln/Bonn« lesen konnte. Mein erster Flug, der mich fast 20 Jahre zuvor von Leipzig via Köln/ Bonn nach Puerto Plata in die Dominikanische Republik gebracht hatte, wurde mir wieder in Erinnerung gerufen. Vielleicht könnte ich mich noch genauer an Details erinnern, was aber nicht der Fall war. Schließlich brauchte ich damals das Flugzeug nicht verlassen, war übernächtigt und hatte auch mit meinen damaligen Mitreisenden Alkohol getrunken, was bestimmt auch der Auslöser dafür war, dass ich in jener Situation nichts Bekanntes mehr erkennen konnte. Schon komisch, dass man sich immer wieder an Altbekanntes erinnern möchte. Mehr Sicherheit verlieh mir das auch nicht.

Der Flughafen Köln/Bonn war völlig neues Terrain für mich. Es ging aber dank Rolltreppen bequem viele Etagen nach oben. Mit der Bahn war ich praktisch im Keller angekommen, im Erdgeschoss standen dann viele Taxen und Hinweisschilder für Busse usw. Die Ankunftsebene lag dann eine Etage höher und die Abflugebene noch eine weitere Etage weiter oben. Ich hatte das Gefühl, dass sehr viel los war. Ich konnte u. a. viele Rucksäcke und Koffer erkennen. Die Hektik der Passagiere, die ihre entsprechenden Tickets und Pässe im Handgepäck suchten. Das ständige Rollgeräusch der Koffer, meistens vom Quietschen eines nicht mehr ganz einwandfrei funktionierenden Kofferrades begleitet, die starren Blicke auf Monitore und ständige

Durchsagen mit neuen Hinweisen – das beschreibt ungefähr das Gefühl, das ich am Flughafen hatte.

Auf der großen Monitorwand konnte ich meinen Flug zunächst nicht erkennen. Panik machte sich breit. »Hatte ich mich etwa im Datum geirrt, was passte nicht, war ich im richtigen Terminal?« All diese Fragen schwirrten in meinem Kopf herum und dann …plötzlich waren dann doch alle Informationen da. Merkwürdig – wurde mein Flug gerade erst jetzt »eingeschoben«? Bestimmt war es meine Aufregung, in der ich die richtige Zeile nur nicht gefunden hatte.

Der Gang durch die Sicherheitskontrolle verlief ebenso reibungslos wie das Auffinden meines Abflug-Gates. »Jetzt hast du es nicht mehr in der Hand«, dachte ich mir. Ich war schon froh, dass es eine Gangway am Flughafen gab und ich nicht via Bus zum Flugzeug kutschiert werden musste. Nun konnte ich meine Mitreisenden beobachten, aber es gab nichts zu berichten. Es verlief alles relativ ruhig und geplant. Lediglich kurz vor dem Öffnen des Schalters gab es eine Gate-Änderung. Diese war aber auch nicht schlimm, da dieses nur zwei Gates entfernt lag. Warum es diese Änderung in letzter Minute gab, werde ich wohl nie erfahren.

Laut Google Maps müsste die Route vom Flughafen Köln/Bonn südlich an Kassel, aber nördlich an Erfurt vorbeiführen und genau über Leipzig und Hoyerswerda bis hin zur Grenze Polens verlaufen. Fast genau in der Mitte Polens sollte die Strecke dann von West nach Ost gehen. Für diese Entfernung sollte man ungefähr zwei Stunden und 40

Minuten einplanen. An der Grenze von Polen zur Ukraine waren es dann noch gute 40 Minuten bis zur Landung. Die Landung verlief zwar etwas hart, aber noch okay. Ja, ich hatte schon weichere oder sanftere Landungen erlebt und war mir somit sicher, dass es hier einen erheblichen Reifenabrieb gegeben haben musste.

Ich verließ das Flugzeug über eine Treppe und durfte zum ersten Mal in meinen Leben ukrainischen Boden betreten. Viel Zeit, über diese Situation nachzudenken, hatte ich jedoch nicht, da ich praktisch in der Menge völlig unterging und einfach »mitgelaufen« bin bzw. irgendwie durch die Massen geschleust wurde. Schließlich wollte ich auch nicht als Letzter das Flugzeug verlassen, zudem wusste ich nicht, wie lange die Schlangen bei der Zollabfertigung wären. Ich lief dann eher noch etwas schneller. Schließlich wusste man ja nie genau, wie man empfangen wird und was noch alles auf einen zukommt.

Es waren sechs Schalter für die Passkontrolle geöffnet. Entweder es liegt an meiner persönlichen Aufregung oder alle Grenzbeamten schauen grundsätzlich immer sehr grimmig. Selbst mit einem etwas melodischen »Hello« konnte ich die Gesichtszüge des Grenzbeamten nicht aufheitern. Er schaute sich meinen Reisepass an, stempelte diesen ab und gab ihn mir kommentarlos und emotionslos wieder zurück. An seiner Stelle würde ich hier alle Touristen freudig begrüßen. Schließlich ist die Ukraine kein typisches Urlaubsland und als Tourist bringe ich Geld mit ins Land. Na ja, meine Fantasie ging wohl etwas mit mir durch und ich war eigentlich ganz froh, seinen Job nicht machen zu müssen. Vielleicht ginge der Reiz verloren, wenn man jahrelang diese Art von Arbeit machen müsste.

Der Zoll war passiert, es hatte keine Probleme gegeben und ich befand mich nun in der Ukraine. Wenn ich mich doch nur freuen könnte! Die Aufregung ließ hier jedoch keine Freude zu. Erst musste das Hotel gefunden werden und bis es dazu kam, müssten erst noch einige Schritte absolviert werden.

Der verhältnismäßig kleine Flughafen war sehr übersichtlich, was mir »in die Karten spielte«. Nicht weit weg war ein Schalter, an dem ich mein Geld umtauschen konnte. Es stand niemand in der Schlange an und daher bewegte ich mich zielstrebig auf diesen zu. Das Umtauschen von Euro in Hrywnja (gesprochen: Riwinnja) verlief ohne Worte. Wie traurig! Dabei gäbe es doch so viele Dinge zu bereden. Gerne hätte ich gefragt, was er jetzt denke und ob er nicht wissen wolle, woher ich komme und was ich mache, aber dem war nicht so. Die Ukrainer haben anscheinend alle ein Poker-Face, das man gut auf einem Pokerturnier gut gebrauchen könnte; man kann ihren Gesichtern somit keinerlei Regung entnehmen.

Die Geldscheine, die ich in Empfang nehmen durfte, waren hässlich, alt und ohne daran gerochen zu haben, wusste ich, dass diese auch stinken würden. Dabei heißt es doch eigentlich: »Geld stinkt nicht«. Ich nahm das Geld, steckte es in meinen Geldbeutel, verstaute diesen gut und schaute mich um, ob mich zwischenzeitlich auch niemand beobachtet hatte.

Am Ende des Terminals konnte ich das Wort »Exit« erkennen. Ich war gespannt, wie es nun »da draußen« ausschauen würde. Bereits bei der Landung konnte ich ein »Gesicht« von Kiew erkennen. Der Flughafen Kiew Zhulyany ist ein Stadtflughafen und somit ein etwas kleinerer Flughafen. Dieser befindet sich nur ca. acht Kilometer von der Stadt entfernt, was sehr günstig für mich war. Den anderen Flughafen, Kiew Borispol, würde ich erst zwei Tage später kennenlernen. Dieser ist der eigentliche Hauptstadtflughafen und hat viel mehr Passagiere und auch Flugverkehr.

Es war sonnig, warm und für mein Empfinden nicht allzu viel los auf dem Platz vor dem Flughafen. Gegenüber war eine Art Kiosk mit einigen jüngeren Leuten davor, von denen ich mir eine Antwort auf die Frage erhoffte, wo ich denn hier den Busbahnhof finden könnte. Bereits vorab hatte ich mich im Internet darüber informiert, wie ich vom Flughafen am besten in die Innenstadt Kiews käme. Es gab keine U-/S-Bahn oder einen Regionalbahnhof und lediglich Taxis und Kleinbusse in Form von Trolleybussen übernahmen diesen Pendelverkehr, was für mich völlig in Ordnung war.

»In der Tat war wohl meine erste Kontaktaufnahme mit den Einheimischen auf Englisch sicherlich nichts Alltägliches und somit etwas exotisch für sie«, dachte ich mir, wenn ich hier die Mimik der jungen Leute einordnen und beschreiben müsste. Endlich gab es auch mal Menschen mit Mimik. Man nickte mir zu, sie unterbrachen sogar ihre Unterhaltung, besprachen anscheinend kurz mein Problem und schon bekam ich fast flüsternd in Englisch eine

Antwort. Aber auch die entsprechenden Armbewegungen deuteten an, dass ich nur noch kurz über einen kleinen bepflanzten Hügel in der entsprechenden Richtung weiterlaufen müsste, dort kämen immer wieder Busse an.

Kaum angekommen, konnte ich tatsächlich schon die Nummer oberhalb der Windschutzscheibe eines kleinen gelben Busses erkennen, der mich in die Innenstadt bringen sollte. Es stiegen noch weitere Leute ein und ich konnte bereits erkennen, dass dieser relativ gut belegt war. Ich rannte die letzten Meter zum Bus und war froh, diesen noch erreicht zu haben; ich wählte schließlich den hinteren Einstieg. Gerade letzte Stufe war noch frei, sodass ich mich dort platzieren konnte, und ich hoffte, dass der Busfahrer endlich die Türen schließen würde. Aber mein Wunsch erfüllte sich leider nicht. Von weitem kam noch ein jüngerer Kerl angerannt und ich musste die Leute vor mir noch etwas in den Innenraum drängen, sodass der junge Mann schließlich auf der untersten Stufe etwas Platz fand, viel war es nicht.

Niemand hätte hier mehr umfallen können, denn wir standen wirklich sehr dicht gedrängt, was ich eigentlich überhaupt nicht mag. Meinen Rucksack hatte ich auf dem Boden zwischen meinen Beinen stehen. Somit hatte ich hier immer noch die Kontrolle, sodass sich niemand daran bedienen könnte. Es war ein Kleinbus, in dem eigentlich ungefähr zehn bis 15 Leute mitfahren dürften. Da aber auch auf dem Gang sehr viele Leute standen, waren insgesamt bestimmt mehr als 20, eher noch 25 Passagiere an Bord gewesen.

Über der Ausbuchtung vom Kotflügel lagen alte Decken und es roch nach einer Mischung aus Diesel, billigem Deo und Schweiß. Es war sehr heiß im Bus und ich musste mich erst einmal orientieren und nachsehen, ob es hier überhaupt einen Hinweis gab, wo der Bus jetzt genau hinfahren würde. Das ist bei Bussen oft sehr schwierig oder aber nur ich habe hiermit Schwierigkeiten. Ich wusste weder die Himmelsrichtung, in die der Bus fahren sollte, noch wie die einzelnen Stationen hießen, zumal hier auch wieder die Gefahr bestand, dass ich diese gar nicht lesen könnte, weil alles in Kyrillisch geschrieben stand.

Natürlich gab es keine Hinweise im Bus: weder digitale Angaben auf einem Monitor noch einen ausgedruckten Plan oder eine Route – beides nicht. Das war auch wieder mal klar – was sollte ich bei diesem alten Bus auch erwarten? Auch der Busfahrer hatte die Route leider vor Fahrtantritt nicht erörtert. Somit blieb mir nichts anderes übrig, als mich in mein Schicksal zu fügen, was ich grundsätzlich nur sehr ungern mache. Vielleicht liegt es an meinem Beruf oder auch grundsätzlich an der Mentalität der Deutschen, immer gern die Kontrolle zu übernehmen oder diese zumindest nicht aufgeben zu wollen und sehr wissbegierig zu sein. Viel Zeit, missmutig zu sein, blieb mir jedoch nicht.

Einer der Passagiere drückte den Knopf und wollte aussteigen. Der Bus war noch im Fahrmodus und es machte sich bereits Hektik breit. Leute standen auf, kramten Taschen und Gepäck hervor, unterhielten sich relativ laut, um die Musik aus dem Radio zu übertönen, und fuchtelten mit Armen und Beinen herum, weil es ja eh schon so eng war.

Der Bus hielt schließlich an, ich konnte draußen ein Halte-häuschen erkennen und die Hydraulik der Türen war zu hören. Während sich die beiden Türen am vorderen Teil des Busses, d. h. auf der Höhe des Busfahrers ordnungs-gemäß öffneten, funktionierte dies bei mir am hinteren Ein-/Ausgang nicht. Die Hydraulik war immer noch zu vernehmen, ein lautes Zischgeräusch, und nach wenigen Sekunden öffnete sich lediglich eine der beiden Türen. Der junge Mann, der noch nach dem Flughafen den Bus be-treten hatte, war mit seinem rechten Schuh in der Nische, in die sich eigentlich die Tür während des Öffnens ziehen sollte, geraten. Somit war nur die eine Tür geöffnet worden und diese war wiederum zu eng, als dass er hätte aussteigen können, zumal er ja mit beiden Schuhen auf dem untersten Tritt stand und ein Fuß eingequetscht war. Er fuchtelte im-mer mehr mit seinen Armen und versuchte sich auf diese Art und Weise, mehr Platz zu verschaffen, sodass er mehr Beinfreiheit bekäme und seinen rechten Schuh aus seiner eingeklemmten Position befreien könnte. Es war ja quasi ein Spiel »Schuh gegen Tür oder andersherum«, obgleich auch ein sehr ernstes.

Ich nahm schnell meinen Rucksack in die Hand, quetschte mich durch die anderen Passagiere zu ihm herunter und wollte den Bus verlassen. Die bereits geöffnete Tür war wirklich nur einen Spalt geöffnet und, sofern ich über-haupt durchkäme, müsste ich mich quer vorbeimanövrie-ren. Ich bin mir nicht sicher, welchen Gesichtsausdruck ich hatte, aber ich weiß auf jeden Fall, dass sich meine Nase irgendwie verbog, als ich an der Gummilippe der Tür vorbeischrammte.

Selbst von außen konnte ich die Tür mittels meiner Kraft nicht weiter öffnen. Der Schuh des jungen Mannes war einfach im Weg. Er bekam diesen aber auch nicht mehr herausgezogen. Ich streckte meinen Oberkörper wieder in den Bus, während ich mit den Beinen bereits draußen auf der Bordsteinkante stand. Mit beiden Händen durfte oder musste ich jetzt an seinen behaarten Beinen zerren, sodass dieser jetzt endlich sein Bein zumindest etwas nach oben herausziehen konnte. Es dürfte nicht lange gedauert haben, aber die Zeit war mir dennoch wie eine kleine Ewigkeit vorgekommen; und schließlich hatten wir den ersehnten Erfolg. Erst nachdem er sein Gewicht auf seinen linken Fuß oder Schuh verlagert hatte, konnten wir beide seinen rechten Schuh aus dieser Einklemmung befreien. Wir beiden atmeten tief durch. Der Stopp an dieser Haltestelle dauerte nicht mehr lange und die Tour konnte weitergehen. An allen weiteren Haltestellen konnten dann auch alle Türen ordnungsgemäß geöffnet und wieder geschlossen werden.

Dieser Vorfall nutzte mir aber auch. Nicht nur, dass ich danach sofort einen Sitzplatz ergattern, sondern auch, dass mir weitergeholfen werden konnte. Ein älterer Herr hatte diese Situation beobachtet und gab mir zu verstehen, dass er meine Hilfsbereitschaft sehr schätze. Da ich ihm weder in russischer noch in ukrainischer Sprache antworten konnte, bat ich ihn, mit mir auf Englisch zu sprechen; und tatsächlich konnte er einige Sätze formulieren. Ich freute mich und fragte ihn, ob er wisse, wann meine Haltstelle komme. Ich zeigte ihm selbige bzw. deren Namen in meinen Notizen und er sagte mir, dass er dort auch aussteigen werde. Sie war wohl eine Art Endstation für diesen Bus. Es dauerte auch nicht mehr lange, bis er mir mitteilte, dass wir jetzt bei der nächsten Haltestelle aussteigen müssten. Auch alle anderen Passagiere stiegen dort aus.

Von dort aus musste ich nun die U-Bahn nehmen. Die Stadt Kiew hat fünf Routen mit einem meiner Meinung nach großen oder komplizierten Fehler. An Stellen, wo sich mehrere oder zumindest zwei Linien überschneiden, gibt es nicht, wie bei uns üblich, nur einen Bahnhof, sondern zwei. Dies ist und war für mich sehr komplex, da ich nicht wusste, wie man diesen dann wechseln konnte. Genau an so einem Punkt stand ich auch damals.

Glücklicherweise führte mich der Mann zum richtigen Eingang. Allein hätte ich das niemals gefunden! Vorbei an einem Basar und sehr engen Gassen musste ich den einen U-Bahnhof verlassen, an dem der Bus gehalten hatte, und dann noch ca. 200 Meter weiterlaufen, um den nächsten U-Bahnhof zu finden. Der Mann sagte mir, dass ich dort am Eingang erst noch Wertmarken kaufen müsse. Von da an war ich dann wieder alleine und auf mich gestellt, da der Mann dann einen anderen Weg einschlagen musste. Ich bedankte mich bei ihm und fand es natürlich toll und sehr hilfsbereit, dass er mir hier durch diesen Wirrwarr geholfen hatte.

Für umgerechnet 13 Cent bekam ich dann so eine blaue Plastikwertmarke für die Metro, konnte damit das Drehkreuz betätigen und von dort mithilfe einer Rolltreppe in den Untergrund fahren. Kiew hat die tiefste U-Bahnstation der Welt. 105 Meter unter der Oberfläche befand sich nun mein Ziel. Es existierten zwei Rolltreppen und von beiden aus konnte man das Ende nicht erkennen. Während der Fahrt auf der Rolltreppe durfte ich mir zwischen den beiden die Werbung bzw. die Werbebanner näher ansehen. Das Gewölbe an der Decke war in Weiß gestrichen, es gab keine Graffitis oder sonstige Schmierereien. Es wirkte hier alles sehr solide und war auch ruhig, kein Geschrei; und das bei den vielen Leuten, die die Rolltreppe ständig nutzten.

Die U-Bahn fuhr ein, nachdem ich ca. fünf bis sieben Minuten auf der Rolltreppe »in den Keller« verbracht hatte, um diese erreichen zu können. Mit einem »Ich benutze mal schnell die U-Bahn« kam man in Kiew also nicht weit, weil die Wege einfach so lang waren und alles dementsprechend eine gewisse Zeit in Anspruch nahm. Ich stieg ein und bemerkte, wie schnell die U-Bahn beschleunigte. »So schnell fahren die deutschen Bahnen aber nicht«, dachte ich überrascht. An der ersten Station, ich hatte insgesamt fünf vor mir, geriet ich kurz in Panik. Die Haltestellen waren nur in kyrillischer Schrift zu lesen und diese beherrschte ich leider nicht. Meine Augen suchten und suchten nach lateinischer Schrift, aber schon fuhr der Zug weiter. Dasselbe passierte an der zweiten Haltestelle.

Nach der vierten Haltestelle fragte ich dann einfach eine junge Frau, die neben mir stand, ob die nächste Haltestelle die war, die ich brauchte, und zeigte ihr meine Aufzeichnungen. Sie nickte und ich war froh, gefragt zu haben. Nun durfte ich aussteigen und folgte den Leuten, die mit mir ausgestiegen waren, zum Ausgang. Die Rolltreppe war zwar dieses Mal nicht ganz so lang, aber ein paar Minuten dauerte es dennoch, bis ich wieder das Licht der Sonne erblickte. Auf dem Vorplatz dieses Bahnhofes mit dem Namen »Arsenalna« war verhältnismäßig viel los: Kinder tobten herum, Blumen wurden verkauft, in einem Kiosk konnte ich Spielwaren erkennen und das Hauptgeschäft machte offensichtlich ein junger Mann, der Getränke verkaufte. Ich drehte mich um, um mir das Gebäude einzuprägen. Ein grünes »M« stand für Metro und das Gebäude hatte eine Kuppel. Ein- und Ausgang befanden sich auf der linken Seite und ganz rechts am Gebäude und in der Mitte wechselten sich Glasbausteine in der Anmutung von Backsteinen und Werbebanner ab.

Der Vorplatz wurde von einem Sockel, auf dem ein Bombenwurfgerät stand, von der Straße abgetrennt. Mit meinem Stadtplan kam ich zum damaligen Zeitpunkt nicht zurecht und fragte einen jungen Mann, der am Kiosk des Getränkeverkäufers stand, nach dem Weg. Er zeigte mir diesen mit seinen beiden Händen und widmete sich wieder seiner Bestellung.

Ich lief dann die Straße an einem Park entlang. Gegenüber dem Parks konnte ich zwei Straßeneinfahrten und auch größere Häuser erkennen. Von einem der Häuser hoffte ich, dass es mein gebuchtes Hotel wäre. Mein Wunsch wurde anscheinend erhört und selbst als ich vor dem Hotel stand, war ich mir noch immer unsicher. Die kyrillische Schreibweise war und ist mir nicht bekannt, aber die Aufmachung des grauen Bunkers war nicht gerade einladend. Im Nachhinein wurde mir dann auch klar, dass ich das Hotel über einen Seiteneingang betreten hatte. Es sah deshalb zunächst keine Rezeption, jedoch war klassische Musik zu hören. An einer langen Garderobe lief ich vorbei auf einem braunen Teppich, vorbei an vielen Stühlen, die wahrscheinlich zu einem Saal gehörten. Bauarbeiter trennten an der Außenfassade von einem zum Hotel gehörenden Restaurant etwas ab und ich entdeckte nach einigen Ecken und Winkeln schließlich die große Lobby und die Rezeption.

Der Herr an der Rezeption telefonierte noch und ich wartete höflich mit etwas Abstand an der Theke. Im Hintergrund konnte ich einige Uhren erkennen. Der Herr war alleine und hatte sehr viel zu tun, da nach mir noch weitere Damen und Herren vom Hotel kamen und Wünsche/Fragen hatten. Der Herr sprach mich in Ukrainisch an und meine Gegenfrage war, ob er denn Englisch spreche. Er nickte und fragte mich auf Englisch, ob ich ein Zimmer gebucht hätte. Ich nickte und kramte bereits in meinem Rucksack nach den Papieren und auch dem Ausweis. Sein Computer bestätigte ihm diese Angaben und nach kurzer Zeit hatte ich meinen Zimmerschlüssel und meine Unterlagen zurück und konnte nun offiziell einchecken.

Auf dem Weg zum Aufzug freute ich mich. Bisher hatte alles geklappt und nun war ich im Hotel und hatte somit eine sichere Zuflucht gefunden. Mein Zimmer lag in der 14. Etage des Hotels, in dem es, glaube ich, insgesamt 19 gab. Der Fahrstuhl wurde langsamer, die Zahl 14 blinkte hell an der Tür. Die bereits einsetzende Dämmerung wurde mir bewusst, als ich auf der Suche nach Hinweisschildern zu meinem Zimmer war, denn besonders hell war es in dem Foyer nicht mehr. Schließlich konnte ich doch noch das Hinweisschild erkennen, bog links ab und kam in einen dunklen Flur. Links und rechts waren Zimmer, aber dort gab es weder natürliches noch künstliches Licht. Ich lief auf dem Flur auf und ab, in der Hoffnung, dass ein Bewegungsmelder mich eventuell erkennen würde und dann das Licht anginge, aber dem war leider nicht so. Das bisschen Sonne, das von der Dämmerung vom Fenster des Foyers noch hereinkam, reichte nicht mehr aus, die Zimmernummern für mein Augenlicht erkennbar werden zu lassen.

Kurz vor dem Ziel, endlich mein Zimmer betreten zu können, musste ich tatsächlich noch einmal in meinem Rucksack nach meinem Handy kramen, um die Taschenlampenfunktion zu nutzen. Das Handy hochgefahren, schaltete ich die Taschenlampe ein und stellte fest, dass ich bereits vor der richtigen Tür, am Ende des langen Ganges auf der rechten Seite, stand. Mit dem Schlüssel in der Hand erkannte ich noch, dass neben der Türklinke an der Wand auch ein Lichtschalter angebracht war.

»Warum habe ich diesen nur vorhin nicht gesehen?«, fragte ich mich. Ich betätigte den Schalter – ein bisschen zu schnell und ich konnte ein paar kleine Funken sprühen sehen. Ich war mir nun selbst nicht sicher, ob das ein Kurzschluss gewesen war, aber es war ja schon vorher im Korridor dunkel und jetzt immer noch. Aus den umliegenden Zimmern konnte ich lediglich ein Raunen vernehmen. Anscheinend war doch der Stromkreis unterbrochen worden. Ich war nur froh, keinen elektrischen Schlag bekommen zu haben.

Schnell drehte ich den Zimmerschlüssel um und durfte nun mein Hotelzimmer betreten. Endlich konnte ich den

Rucksack auf mein Bett werfen, der nun doch etwas auf den Schultern drückte. Die Vorhänge waren zugezogen und ich öffnete diese. Die Fenster waren riesengroß. Im Zuge der Dämmerung fiel doch noch etwas Licht in mein Zimmer.

Auch in meinem Zimmer funktionierte kein Strom. Daher beeilte ich mich mit meiner Taschenlampenfunktion, kramte ein anderes T-Shirt und eine Hose aus dem Rucksack, zog mich, mehr oder weniger im dunklen Raum, um und verließ das Zimmer. Komischerweise funktionierte der Fahrstuhl reibungslos und ich ging durch die Lobby schnurstracks zur Rezeption. Der Mann, bei dem ich kurz vorher eingecheckt hatte, war noch dort und ich teilte ihm mit, dass es Stromprobleme in meiner Etage gebe. Dies wisse er bereits und der hausinterne Elektroservice sei bereits informiert worden und unterwegs, so seine Antwort.

Zurück in der zweiten Etage, auf der sich u. a. ein weiteres Restaurant des Hotels befand, war ich nicht mehr alleine. Ein Herr, etwas Mitte 50, lief mit mir um die Ecke, wo sich das Restaurant befand. Die Tür stand offen und wir beide schritten wortlos in den Raum. Hohe Decken sowie Goldverzierungen an den Säulen und Fenstern verliehen dem Raum etwas von einem Ballsaal. Zum damaligen Zeitpunkt waren wir die einzigen Gäste. Es war weder Geräusche zu hören noch Personal oder andere Gäste zu sehen. Neben der Bar war Plastikobst dekoriert und wir kamen uns sehr verloren in dem großen Saal vor. »Hier bekommst du nichts zu essen!«, dachte ich verzweifelt. Zeitgleich sprach mich der Herr in Englisch an, ob ich auch hungrig sei. Ich bejahte seine Frage und wir verließen gleichzeitig das Hotel in Richtung Innenstadt.

Während ich mich auf den Weg konzentrierte, um auch wieder nach Hause zu finden, war es für mich schwierig, mich gleichzeitig auch in Englisch zu unterhalten. Multitasking ist bei mir einfach ausgeschlossen. Bereits nach wenigen Minuten wurde mir klar, dass ich das nicht aushalten würde. Ich wusste, dass der Mann geschäftlich in Kiew zu tun hatte und auch schon öfter dort gewesen war, aber es war einfach zu schwierig für mich. Die Hintergrundkulisse der vorbeifahrenden Autos auf dem sehr stark beschädigten Asphalt war so laut, dass ich den sehr leise redenden Mann nur schlecht bzw. kaum verstehen konnte. Hinzu kam die Schwierigkeit, dass ich mit Englisch-Muttersprachlern stets Probleme habe. Hier fielen Vokabeln, die ich gar nicht kannte, und vor allem mit der Schnelligkeit des Sprechens konnte ich seinen Ausführungen gar nicht folgen.

Als wir schließlich an einer großen Kreuzung ankamen, handelte ich in weiser Voraussicht wie eine falsche Schlange, indem ich dem Mann mitteilte, dass ich nach links abbiegen wolle, um mir dort etwas zu essen zu suchen. Mein Plan ging auf, denn der Herr ging via Unterführung durch die Straße auf die andere Seite. Ich sah diesen Herrn übrigens nie mehr wieder.

Kurz vor dem Majdan-Platz wurde ich dann auch fündig. Dieser geschichtsträchtige Platz nennt sich eigentlich »Majdan Nesaleschnosti«. Die Kurzform jedoch ist Majdan bzw. Majdan-Platz. Eine andere Bezeichnung wäre auch Unabhängigkeitsplatz. Dieser Platz ist riesig und es gehen quasi sternförmig zahlreiche Straßen von diesem ab. Erst am darauffolgenden Tag im Hellen bemerkte ich, dass dieser Platz, wie sehr viele andere zu Sowjetzeiten, auch ein unterirdisches Einkaufzentrum enthielt. Die Ukraine gehörte nach dem zweiten Weltkrieg zu der Sowjetunion, wie damals viele andere osteuropäischen Länder auch. Das gesamte Baltikum, Weißrussland, Länder des Kaukasus (Armenien, Georgien, Aserbaidschan).

Bekannt wurde der Majdan-Platz durch die sog. »Orange Revolution« im Jahr 2004. Damals protestierte das Volk gegen den Wahlbetrug bei den ukrainischen Präsidentschaftswahlen. Nicht zu übersehen ist auf diesem gigantischen Platz das Unabhängigkeitsdenkmal der Ukraine. Auf einer Säule steht eine aus Bronze gegossene Frauenstatue, die einen Zweig in der Hand hält. Dieser Zweig steht ebenfalls als ein Symbol für das Land.

Rund um die Säulen auf dem Majdan-Platz gab es eine große Auswahl an Restaurants, Snackbars, kleinen Läden, aber auch westlich orientierter Franchisebetriebe. Ich nahm auf einer kleinen Terrasse Platz und war froh, dass die junge Frau, die dort bediente, mich beraten konnte, zumal die Speisekarte in Kyrillisch geschrieben war und ich diese somit nicht lesen konnte. Ein traumhaft schöner Ausblick rundete meinen Anreisetag somit positiv ab. Das Essen schmeckte gut, es war immer noch sehr warm in der Stadt, ich hatte eine gute Anreise gehabt und für jenen Abend wusste ich, dass ich mein Hotel ganz sicher fände. Auf dem Nachhauseweg freute ich mich bereits auf den nachfolgenden Tag. »Wie wäre wohl das Frühstück und hoffentlich fände ich den Treffpunkt für meinen Stadtrundgang zu Fuß«, grübelte ich. Für die verbleibenden Stunden hieß es dann erst einmal: »Gute Nacht, Kiew!«

Nach einer ruhigen Nacht ging es nach dem interessanten Frühstück gleich wieder in die Stadt. Das Frühstück war interessant, weil nur sehr wenige Leute im Frühstücksraum gesessen hatten und es pro Person auch nur eine Tasse Kaffee gab. Sobald jemand Nachschub wollte, wurde er nach der Zimmernummer oder nach der Kreditkarte gefragt. Man wurde satt, der Flüssigkeitshaushalt wurde anstelle von Kaffee mit Wasser und Orangensaft aufgefüllt. Es konnte losgehen! Für diesen Tag hatte ich nur zwei Pläne: zum einen, dass ich die Stadtführung zu Fuß mitmachen wollte und dafür hoffentlich den Treffpunkt fände, und zum anderen, in einem typisch ukrainischen Restaurant zu essen.

Die Sonne strahlte bereits und es war angenehm warm. Mit meinem Reiseführer in der Hand und meinem Rucksack verließ ich das Hotel und war bereits nach wenigen Metern angekommen. Das erste Ziel für den Vormittag hatte ich erreicht, den Marienpalast, in dem auch unserer ehemaliger Bundeskanzler Gerhard Schröder bereits zu Gast eingeladen gewesen war: ein barocker Palast mit großen Plätzen und Gärten drum herum. Einige Bauarbeiter reparierten gerade den Zaun und blickten mich irritiert an, als ich meine Digitalkamera aus dem Rucksack zog. Dies war auch gleich der Grund für einen herbeieilenden Mitarbeiter des Security-Unternehmens, der mir signalisierte, dass ich weiterlaufen sollte. Das machte ich auch, aber ich ging dann noch einmal zurück und machte mein Foto.

Dieser Marienpalast wird vom Marienpark fortgeführt und das alles findet man auf dem hohen Dnjepr-Ufer. Erst später schloss sich der Kreis für mich, als ich schließlich erkannte, dass ich bereits am Vorabend mit dem besagten Engländer an diesem Gebäude vorbeigelaufen war. Entweder war ich am Vorabend zu konzentriert auf das sehr monoton verlaufende Gespräch gewesen oder es war nicht angestrahlt worden, sodass es mir deshalb nicht aufgefallen war.

Wie ich meinem Reiseführer entnehmen konnte, ist der Marienpalast die offizielle Residenz des ukrainischen Präsidenten. Nur noch wenige Meter und ich durfte den Ausblick auf den Dnjepr genießen. Dieser gilt als drittlängster Fluss Europas und ich hatte von einer Art Terrasse einen wunderbaren Blick auf selbigen.

Entlang kleiner Gehwege zwischen dem Marienpark und dem Dnjepr kam ich schließlich zum Walerij Lobanowskyj-Stadion. Dieses Stadion war früher die Heimstätte des Vereins »Arsenal Kiew« gewesen und im Zweiten Weltkrieg sehr stark zerstört worden; von weitem könnte man denken, es wäre ein Schwimmbad, da die Bestuhlung dort in azurblau vorzufinden ist.

Die »Brücke der Liebenden« konnte ich sofort erkennen, da dort viele Schlösser mit Namen angebracht waren. Weiter ging es durch einen Park zum größten Stahlbogen Europas. Dort traf ich Toni, einen jungen Mann aus Bad Tölz in Oberbayern. Und das erlebte ich auch nur, weil ich ihn fragte, ob er ein Foto von mir machen könne. Zwei junge Deutsche in einer fremden Stadt – das verbindet natürlich; und wir unterhielten uns bestimmt noch eine gute Weile darüber, warum wir uns ausgerechnet in Kiew aufhielten und was jeder hier noch so vorhatte bzw. schon erlebt hatte.

Ich schaute dann den mutigen jungen Leuten zu, die sich auf der »Trolley-Station« trauten, auf einer Art Seilbahn über den Dnjepr hinweg bis zum anderen Ufer zu fahren. Es war schön, ihnen einfach nur zuzuschauen.

Ich besichtigte dann zunächst u. a. noch die Nationalphil-harmonie, das Kongresszentrum, die Alexanderkirche, den St. Michaelsdom, bis ich mich dann schließlich erneut auf den Majdan-Platz zu bewegte. An jenem Tag durfte ich diesen dann auch noch einmal bei Tageslicht bewundern.

12:00 Uhr war die vereinbarte Zeit für meine Stadtbesichti-gungstour. Der Treffpunkt befand sich an der Post vor dem Globus. In der Tat fand ich diesen direkt und war sogar der Erste, der sich dort einfand. Es dauerte nicht lange, bis eine junge Dame auftauchte, und ich meldete mich schließlich an. Wir waren dann insgesamt ca. zehn junge Damen und Herren und für die darauffolgenden zweieinhalb Stunden bildeten wir gewissermaßen eine soziale Gruppe. Für mich ist dabei immer interessant, woher all die Leute kommen, und auch hier war nicht nur Europa gut vertreten, auch Personen aus den USA, Kanada und Südamerika (Bolivien) waren dabei. Toll!

Kalinka, so hieß unsere Reiseleiterin, war eine hübsche junge Frau, die uns in perfektem Englisch erzählte, was es denn Sehenswertes in Kiew gab. Und das war eine ganze Menge …Monumente, Kirchen, Klöster, Straßen, Plätze, Tore, Gebäude; gepaart mit viel Historie, Anekdoten und einfach interessanten Fakten ging die Zeit viel zu schnell um. Am Ende befanden wir uns in einem Park und wer wollte, konnte ihr folgen, denn sie zeigte uns noch ein typisch ukrainisches Restaurant. Das durfte ich mir keinesfalls entgehen lassen!

Das Restaurant lag gar nicht weit entfernt vom Ausgangsplatz der Besichtigung und von außen konnte man nicht erahnen, dass sich in dessen Keller eine Art Kantine befände. Ich merkte mir diesen Platz, da ich zum damaligen Zeitpunkt, es war erst Nachmittag, noch nichts essen wollte. »Das hebe ich mir für den Abend auf«, dachte ich vergnügt.

Somit konnte ich den Nachmittag noch nutzen, mir, mittlerweile auf eigene Gefahr, Kiew anzuschauen. Ich war Kalinka auch sehr dankbar, dass ich von ihr erfahren durfte, dass fast der gesamte Majdan-Platz ein unterirdisches Shoppingcenter beherbergt. Nach der langen Zeit in der Sonne suchte ich dieses schließlich auf und fand dort auch einige Souvenirs.

Am Abend ging ich dann in das besagte Restaurant. Es war mehr eine Mischung aus Studentenmensa und Kantine. Es gab immer wieder Bereiche, in denen gekocht und Essen zubereitet wurde, und da stellte man sich an. Die Großmutter, die mich fragte, was ich gerne hätte, verstand kein Englisch; und es war auch niemand anderes da, der uns hätte weiterhelfen können, aber es ging auch so. Ich zeigte mit meinem Finger auf die Sachen oder direkt in die Töpfe, um ihr mitzuteilen, was mir genehm wäre. Auch das Wort »Borschtsch« öffnete mir redensartlich »Tür und Tor«. Borschtsch ist eine Suppe, angereichert mit Roter Bete, Zwiebeln, Weißkohl und/oder Karotten und Kartoffeln. Ja nach Belieben und was der Garten hervorbringt. Das Gericht ist in Ost- und Ostmitteleuropa sehr verbreitet und auch beliebt. Sie wiederholte das Wort, lächelte dabei und holte einen Suppenteller hervor. Auf meinem Tablett stand nun der Suppenteller voll mit besagtem Borschtsch, einem Weißbrot, einem Teller mit Krautsalat, einem Glas Bier und einem Glas Apfelsaft. Ich bezahlte umgerechnet ca. 3,50 Euro für alles. Das Essen war ein Gedicht. Auf dem Borschtsch befand sich noch ein Klecks Sauerrahm und es schmeckte mir fantastisch.

In der restlichen Zeit meines Ukraineaufenthaltes passierte nichts besonders Nennenswertes mehr. Nach dem Essen ging ich zum Hotel und schlug am darauffolgenden Tag eine andere Route ein. Ich besuchte das Wahrzeichen von Kiew mit dem schönen Namen »Mutter Heimat« und auf dem Weg dorthin schaute ich mir zahlreiche Klöster an. Diese waren, so die Stadtführung, alle in jüngster Vergangenheit renoviert und restauriert worden. Die Kuppeln der Klöster leuchteten mir bereits von weitem golden entgegen.

An und innerhalb der Klosteranlagen, die allesamt auch tolle Klostergärten hatten und allem Anschein nach auch ein reges Miteinander pflegten, verbrachte ich fast einen gesamten Tag. Erst am späten Nachmittag durfte ich mir die Mutter-Heimat-Statue genauer ansehen. Diese sieht sehr wuchtig aus und befindet sich auf einem Podest. Diese Figur soll Stärke und Mut ausstrahlen und wurde zum Gedenken an den Sieg der sowjetischen Streitkräfte im Großen Vaterländischen Krieg errichtet. Allein der Sockel ist mit 40 Meter schon sehr hoch. Darauf steht die sogenannte Kolossalstatue mit weiteren 62 Metern. Das Gewicht beträgt 500 Tonnen. Die Statue trägt in einer Hand ein Schwert, in der anderen ein Schild, auf dem das Wappen der Sowjetunion zu erkennen ist.

Am Abend besuchte ich nochmals das Restaurant vom Vortag und freute mich bereits auf den Tag danach, an dem es nach Kischinau (Chişinău) gehen sollte.

Ich verabschiedete mich vom Hotelpersonal und lief zurück zur Metrostation. Dort kaufte ich mir einen Plastikchip, um genau die fünf Stationen zurückzufahren, die ich bei meiner Ankunft schon abgeklappert hatte. Erneut tat ich mich damit schwer, die Stationen zu lesen, und zählte daher mit.

An der fünften Station stieg ich aus und fuhr minutenlang die Rolltreppe hinauf ans Tageslicht. Dort schaute ich mich dann erst einmal in alle Himmelsrichtungen um, wo hier wohl ein Busbahnhof sein könnte. Ich konnte jedoch weit und breit keinen solchen erkennen.

Ein junger Student verkaufte blaue/gelbe Bändchen für das Handgelenk und bemerkte wohl meinen fragenden Blick.

Er war froh, endlich mal auf Englisch sprechen zu können, und fragte mich, wonach ich suchen würde. Das Gespräch mit ihm war sehr hilfreich, zumal es doch noch um einige Ecken und Gebäude herumging, bis ich in der Ferne einen Busbahnhof erkennen konnte. Er ließ nicht locker und somit kaufte ich ihm für umgerechnet 20 Cent ein Bändchen ab, was ich als ein weiteres Souvenir betrachtete, eines mit einer netten Erinnerung an die Hilfsbereitschaft der jungen Ukrainer.

Ein sehr langer Bus stand bereits dort, ich fragte den Busfahrer, ob dieser Bus zum Flughafen Kiew fahre, und er nickte. Daraufhin kaufte ich mein Ticket bei ihm und suchte mir einen Platz aus. Bis zur Abfahrt waren noch gute 25 Minuten Zeit und somit konnte ich noch etwas dem Treiben der Menschen außerhalb des Busses folgen und zahlreichen Abschiedsszenen beiwohnen.

Viele Taschen und Koffer wurden in den Gepäckfächern im Bus verstaut, bis es dann mal losging. Der »große« Flughafen lag relativ weit außerhalb der Stadt Kiews und wir fuhren bestimmt an die 50 Minuten, bis wir diesen schließlich erreichten.

Dort angekommen, prüfte ich anhand meiner Flugnummer, ob dieser schon auf den Monitoren angeschlagen wurde, was auch der Fall war. Somit hielt ich mich nicht länger auf. Ich tauschte mein Geld in Euro zurück und freute mich, hier die vergangenen Tage so günstig gelebt zu haben.

Daraufhin passierte ich die Zollkontrolle, suchte mein Gate und kurze Zeit später durfte ich das Flugzeug besteigen. Der Flug war gut gebucht und ich erkannte, dass nur wenige einzelne Sitzplätze nicht besetzt waren. Für diesen Flugabschnitt saß ich auf der linken Seite vor den Tragflächen und konnte die Landschaft der Ukraine und einen Teil Moldawiens von oben betrachten.

Zu Recht darf sich die Ukraine als Kornkammer Europas bezeichnen. Die Landwirte waren noch nicht fertig mit der Ernte, aber es fehlte auch nicht mehr viel Korn, das noch gedroschen werden musste. Die Landschaft war hier eher eben und doch an manchen Stellen auch leicht hügelig.

Es dämmerte und selbst für den kurzen Flug von nur einer Stunde war es in Chişinău bereits dunkel, als die Maschine landete. Aufregung machte sich breit. Hoffentlich würde alles funktionieren! Mein erstes Ziel war das Hotel.

Das Flugzeug fand seine Parkposition und befand sich meiner Meinung nach mitten auf der Start- und Landebahn, aber auch das sollte mir dann egal sein. Vielleicht war das auch die letzte Maschine für den damaligen, weil es ja mittlerweile Abend und auch bereits dunkel war.

Der Flughafen war sehr klein und übersichtlich. Ich passierte die Zollkontrolle und war froh, wieder ein kleines Häuschen zu sehen, in dem ich bei einem jungen Mann Geld tauschen konnte. Nun erhielt ich Geld in der Währung »Moldauischer Leu«.

Ich verließ den Flughafen und kaum war ich im Außenbereich konnte ich auch schon den Minibus erkennen, der mich hoffentlich in die Stadt bringen würde. Die Stadt Chişinău war ungefähr 14 Kilometer vom Flughafen entfernt und via Buspendelverkehr erreichbar. Einige junge Leute standen bereits vor dem Bus und ich fragte noch einmal, um sicherzugehen, ob dieser auch in die Stadt fahre.

Viele nickten und ein junger Mann bestätigte dies auf Englisch. Somit war ich beruhigt. Es kamen noch mehr junge Leute dazu und ich war mir schon fast sicher, dass der Platz im Bus für die Anzahl an Passagieren wieder nicht reichen würde. Na ja, wenn man sich etwas quetschte, würde es schon funktionieren.

Wir warteten und warteten und es war bestimmt schon eine halbe Stunde vergangen. Es tat sich nichts. Ich schätzte, dass ich der Älteste von den anwesenden Passagieren war, was mich aber nicht abschreckte. Sie unterhielten sich auf Rumänisch und ich hielt lediglich Ausschau nach dem Busfahrer.

Tatsächlich kam ein dicker Mann, gefolgt von einer noch dickeren Frau schnurstracks zum Bus gelaufen. Die jungen Leute, die meiner Meinung nach Studentinnen und Studenten waren, stellten sich mehr oder weniger in Reih und Glied vor dem Bus auf. Jeder wartete darauf, in den Minibus zu gelangen. Der dicke Mann öffnete schließlich seine Fahrertür und die dicke Frau verschwand aus meinem Blickfeld, da ich ja auf der anderen Seite darauf wartete, endlich in den Bus einsteigen zu können. Der Minibus wackelte und wenige Sekunden später wurde der Motor gestartet. Der Bus fuhr gefühlt einen Meter nach vorne und hielt dann erneut an. Einer der Studenten klopfte mit der Hand an die Tür, um den Busfahrer doch endlich zum Öffnen selbiger bewegen zu können. Doch vergebens!

Eine junge Dame flitzte nach vorne, verschwand an der Seite, wo der Busfahrer saß, und ich hörte plötzlich ein lautes Wortgefecht. Allein der Stimmlage nach zu urteilen, konnte ich zuordnen, dass gerade ein Streit im Gange war. »Was ist denn jetzt los?«, dachte ich beunruhigt. Eine zweite Person lief schließlich nach vorne, aber dann hörte ich auch schon ein Klatschgeräusch. Die beiden Personen kamen wieder zurück und die junge Frau hatte ein knallrotes Gesicht. Ich ging davon aus, dass sie sich tatsächlich geschlagen hatten. Der Motor heulte auf und der Minibus fuhr in schnellem Tempo davon.

Alle Wartenden schauten hinterher. Unsere Gelegenheit, mit dem obligatorischen Minibus in die Stadt zu gelangen, war somit verstrichen. Man musste jetzt also zu Plan B greifen. Nachdem alle ihre Sachen und Taschen packten und sich entfernten, fragte ich den jungen Mann, der mir schon bestätigt hatte, dass dies der richtige Bus gewesen wäre, was denn los sei.

Er meinte, dass in nächster Zeit wohl noch ein Linienbus fahre, wir müssten nur die Schnellstraße überqueren, die sich unweit vom Flughafen befand. Ich solle ihm folgen. Ohne mit der Wimper zu zucken, hob ich meinen Rucksack vom Boden auf und folgte ihm und allen anderen. Es ging

durch eine Hecke und verdorrtes Gras auf einer Wiese entlang. Nach kurzer Zeit konnte ich bereits die Schnellstraße
erkennen. Es gab keine Ampeln, die vierspurige Straße war
frei und wir eilten in Grüppchen auf die andere Straßenseite.

Nein, ich machte mir keine Gedanken, wo ich gerade war
und was ich machte! Ich folgte einfach allen anderen. Es
machte sich Hektik breit. Ich hörte Lachen, aber auch
das Geräusch, wie jemand nach Luft schnappte. Ich half
schließlich einer jungen Frau mit Gitarre, die etwas verloren hatte, und hob es ihr auf. Sie bedankte sich mit einem
Nicken. Schon war der Bus da, dieses Mal ein großer und
richtiger mit genügend Sitzplätzen. Ich hatte schon einen
Gelschein in der Hand, doch man schob mich am Busfahrer vorbei.

Der junge Mann kümmerte sich gut um mich. Er sagte mir,
dass ich hier nicht beim Fahrer bezahlen müsse. Es komme
im Laufe der Fahrt jemand auf mich zu, der dann das Geld
verlange. Das war alles sehr komisch für mich. »Wo bin
ich und wo darf ich aussteigen und wohin genau fährt der
Bus?«, diese Fragen stellte ich mir sehr angespannt.

Die Schwierigkeit lag jetzt darin, an der richtigen Station
auszusteigen. Man fragte mich, wo sich meine Unterkunft
befinde. Mein Englisch wurde auf Rumänisch übersetzt
und der junge Mann sprach sich mit einigen anderen ab.
Genau das hatte ich im Vorfeld vermeiden wollen. Somit
wusste nun jeder, dass ich Tourist war, und auch, welches
Hotel ich gebucht hatte. Mein Kopf Kino begann und ich

erwartete, dass man bereits via Handy Diebesbanden informieren würde und dass innerhalb der nachfolgenden halben Stunde ein junger Mann mit blonden Haaren und einem beobachtenden »Kennerblick« nach meinem Hotel Ausschau halten würde. Ich wäre eine sehr leichte Beute. Die Angst war aber letztendlich völlig unbegründet.

Mir wurden alle Informationen gegeben, die ich benötigte. Der Bus fuhr hier täglich seine bestimmte Route und man wusste jetzt auch, wo ich aussteigen müsste. Alle anderen hatten schon vor mir den Bus verlassen und nun kam auch eine ältere Dame mit Schürze auf mich zu und zeigte mir ihren Ausweis, um zu beweisen, dass sie nun das Geld für das Ticket verlangen durfte. Ich händigte ihr dieses aus und sie gab mir einen abgerissenen Zettel als Fahrschein; dann erklärte sie mir auch noch, wo ich auszusteigen hätte. Das Hotel lag nur noch 50 Meter entfernt und ich war froh, dieses endlich sehen und den Bus verlassen zu können. Ich hatte mein Ziel erreicht!

Das Hotelpersonal hatte mich bereits erwartet, der Check-in verlief ohne Probleme und ich durfte schließlich mein Zimmer beziehen. Dieses war vom Einrichtungsstil her nicht unbedingt mehr Retro, sondern das Inventar stammte wohl eher aus noch früheren Zeiten: groß gemusterte Tapeten, ein Hochflorteppich, die Überdecke mit einem hässlichen Muster versehen und auf dem Nachttischschränkchen stand noch ein Telefon mit Wählscheibe. Das Ganze glich einer Zeitreise, die ich gerade erlebte. Schnell mal in der Zeit um drei Jahrzehnte zurückversetzt, so kam ich mir hier vor. Die 80er Jahre ließen grüßen. Ich konnte sogar an der Tapete eine Ähnlichkeit erkennen, die wir als Kind mal hatten.

Ein leichtes Hungergefühl machte sich in meinen Magen breit. Ich verließ auf die Schnelle mein Zimmer im Retrostyle und eilte aus dem Hotel. Links um die Ecke waren viele Werbetafeln angebracht und ich erhoffte mir, dass ich dort auch ein Lokal finden könnte. Von dem Plateau aus, auf dem das Hotel errichtet worden war, hatte ich einen guten Blick auf die beiden Straßen, die sich dort kreuzten und auch auf den Platz davor. Erst jetzt fiel mir auf, dass fast alles beleuchtet war. Ich kam mir vor, als wäre ich in Las Vegas gelandet: Schriftzüge, Neonröhren, Leuchtreklame und Hinweisschilder, mal flackernd und mal einfarbig beleuchtet – ich wusste gar nicht, wo ich zuerst hinschauen sollte. Das war also Chişinău! Kaum angekommen, fühlte ich mich auch schon wie in einer großen Disco.

Unglücklicherweise bekam ich nichts zu essen an diesem Abend. Gleich mehrmals hatte ich mein Glück versucht: In einer der Kneipen hatte man kein Bier mehr gehabt, die andere verkaufte es nur in Kombination mit einem Essen, das mich jedoch nicht ansprach, und die dritte Lokalität erschien mir etwas dubios. Da schauten die Leute schon so ernst, man war noch mit Vorbereitungen beschäftigt und niemand vom Personal machte Anstalten, mir etwas anbieten zu wollen. Somit ergriff ich schnell wieder die Flucht, lief zurück zum Hotel und aß dort meinen letzten Schokoriegel. Es war nun mittlerweile sehr spät, ich war müde und wollte schlafen. Es fiel mir schwer. Gegenüber war eine Disco, die anscheinend gerade einen Soundcheck machte. Das laute Getöse des Basses ließ mich nur schlecht oder erst sehr spät einschlafen. Die Balkontür konnte ich nicht schließen, weil ich sonst erstickt wäre. Irgendwann übermannte mich jedoch die Müdigkeit und ich schlief letztendlich erschöpft ein.

Am Morgen darauf erwachte ich so gegen 08:30 Uhr, wusch mich und suchte den Frühstücksraum auf. Die Dame an der Rezeption schickte mich eine Treppe hoch, dann um die Ecke nach rechts, den Gang entlang und dann wieder links, vorbei an einer Collage, bestehend aus vielen Fernsehgeräten aus den 70er-Jahren, fand ich dann schließlich auch den Saal.

Gleich neben mir saßen sogar Deutsche, aber ich sprach sie nicht an. Ich wollte meine Ruhe haben und mich dem osteuropäischen Flair des Hauses hingeben. Die gesamte Einrichtung war in den vergangenen 30 Jahren, so nahm ich zumindest an, nicht ausgetauscht worden. Es war einfach alles alt, was wiederum eine Art Nostalgie aufkommen ließ. Die breite Fensterfront brachte viel Helligkeit in den Raum. Die Stühle waren alt, ebenso die weiteren Möbel und die Geräte zur Zubereitung für das Frühstück. Doch es war schon wieder irgendwie interessant, all dies zu betrachten.

Aber ich wurde satt und nur das zählte. Es gab Kuchen, Weißbrot, Obst, Cornflakes sowie Saft und Kaffee. Aufgrund des fehlenden Abendessens hatte ich einen großen Appetit und bediente mich deshalb reichlich. Danach verließ ich gestärkt das Hotel, nachdem ich zuvor in meinem Zimmer noch meinen Rucksack mit den Sachen gefüllt hatte, die ich benötigen würde. Dann konnte es endlich losgehen!

Ein Stadtplan vom Hotel verriet mir, dass ich nach rechts abbiegen musste, um die wenigen Sehenswürdigkeiten, die die Hauptstadt Moldawiens aufzubieten hat, besichtigen zu können. Der Weg dorthin gestaltete sich jedoch nicht so einfach, wie ich mir diesen vorgestellt hatte.

Im Gegenteil, ich musste ständig aufpassen, wo ich hintrat. Der Gehsteig war zum Teil zertrümmert, mal mit Pflastersteinen ausgebessert, mal fehlten sogar ganze asphaltierte Abschnitte, dann ging dieser in Sand und Schotter über und immer wieder gab es viele Schlaglöcher. Einige Meter lief ich auf der Straße, dann konnte man wieder für wenige Meter auf einem Gehsteig vorankommen, bis dieser erneut beschädigt war und schließlich ganz endete.

Vielleicht war es auch Absicht, dass man hier den Blick nach unten richtete. Der Blick nach vorne und/oder nach oben wäre nicht viel besser gewesen. Ringsherum waren Plattenbauten mit viel Reklame. Die Fassaden verrieten mir, dass auch hier viele, viele Jahre keine Renovierung stattgefunden hatte. Manche Glasscheiben waren zertrümmert und einfach mit Brettern oder Plastikfolie zugeklebt oder verbarrikadiert. Weder Blumenschmuck noch Hecken oder bepflanzte Areale an der Straße entlang oder zumindest an den Hauseingängen – nichts. Geröll, Schutt, alte Autos, Blech, Eisen, Müll, Holzteile, Plastik prägten das Bild, das sich mir hier darbot. Bestimmt gab es auch schöne Ecken zu bewundern. Ergänzen möchte ich hier auch, dass arme Länder, wo Moldawien schlicht und ergreifend dazugehört eben oftmals nicht die Möglichkeit haben, für Tausende und Millionen Sanierungen durchzuführen.

Um eine Straße zu überqueren, nutzte ich die Unterführung, innerhalb derer, wie so oft in Osteuropa gesehen, einige kleine Geschäfte untergebracht waren. Jedes dritte Geschäft wiederholte sich. Auch hier wurden, wie bei uns auch, viele Geschäfte von Mobilfunkanbietern betrieben. Ich war froh, hier letztlich auch eine Art Haushaltswarenladen zu entdecken, und kaufte dort direkt auf Anhieb meine obligatorische Tasse als Souvenir.

An der Treppe spielte ein Mann auf einem Akkordeon und hatte einen Zettel neben sich liegen. Dieser war vermutlich auf Rumänisch geschrieben. Ein anderer Mann mit Gitarre war auf dem Weg zu ihm. Die Musik war schön und das war eigentlich auch schon das Einzige, das mir gefallen hat. »Wie kann eine Stadt nur so hässlich sein?«, fragte ich mich.

Laut Plan war ich nun nicht mehr weit weg vom Markt, der hier täglich abgehalten wurde. Tatsächlich nahmen die Menschenmenge und der Trubel auch immer mehr zu. Die Schritte der Leute beschleunigten sich und ich konnte eine Art künstlicher Hektik wahrnehmen. Nahezu jeder hatte hier ein Smartphone in der Hand oder am Ohr. Die Kleidung der meisten Menschen hier war sommerlich.

Oft fiel mir jedoch auf, dass die Zahnhygiene hier keinen hohen Stellenwert einzunehmen schien und so sah ich häufig Zahnlücken, schwarze Flecken oder manchmal auch Menschen, die nur noch einen Zahn im Mund hatten.

Am Markt angekommen, realisierte ich, dass einige gar keine Schuhe trugen. Dem Trott folgend, weil es nur eine Einbahnregelung auf dem Markt gab, bemerkte ich dies, als ich die schwarzen Fußsohlen für Schuhe hielt. Erst beim genauen Hinsehen bemerkte ich, dass hier gar kein Schuhwerk vorhanden war. Traurig!

Der Markt war interessant. So einen großen Markt hatte ich bis dato noch nie in meinem Leben gesehen. Es gab alles: Bücher, Schürzen, Gewürze, Obst und Gemüse, Metallwaren, Spirituosen, Frischfleisch und Fisch. Die Gänge waren eng. Es war hier also angesagt, auf Tuchfühlung zu gehen. Bauern, Händler, Arbeiter buhlten hier letztlich um die Gunst der Käuferinnen und Käufer.

An einem Obststand hielt ich an und schaute mir die Weintrauben an. Diese schauten lecker aus. Der Verkäufer, ein Mann um die 60 Jahre mit gegerbtem Gesicht, braunem Teint und einem weißen Feinripp-unterhemd, kam auf mich zu. Ich hielt einen Strang Weintrauben hoch und gab ihm diesen zum Wiegen. Nachdem er bemerkte, dass ich ihn in seiner rumänischen Sprache nicht verstehen konnte, unterhielt er sich während des kompletten Verkaufsvorgangs mit seinem Nachbarn. Man gab mir das Gefühl, dass er mit meinem Kauf nicht einverstanden sei. Ich hatte ihm bereits das Geld gegeben und er zeigte mit seiner Hand auf einen ganzen Eimer voller Weintrauben, den ich nun anscheinend kaufen sollte. Nun, ich bin Tourist, trage einen kleinen Rucksack mit mir herum und wollte dann später am Tag noch etwas essen. »Mein lieber Bauer!«, dachte ich. »Ich kaufe jetzt bestimmt nicht einen ganzen Eimer voller

Weintrauben!« Er fuchtelte mit seinen Armen herum und ich konnte das Wort Europa heraushören. Das konnte aber echt nicht mein Problem sein! Anstatt dankbar zu sein dass ich ihm zumindest einige Weintrauben abgekauft hatte, erschien der Bauer jedoch sehr unhöflich. Das ärgerte mich fast etwas. Die Trauben selbst jedoch schmeckten sehr gut und waren damals genau das Richtige.

Eine der wenigen Sehenswürdigkeiten war dann der Triumphbogen, der mit einer Höhe von 13 Metern nicht sonderlich hoch wirkte. Gleich daneben befand sich eine Kirche, umgeben von einem Park. Hier genoss ich meine Weintrauben und ruhte mich etwas aus.

Das Präsidentenpalais war eingezäunt und ich konnte nicht wirklich schöne oder repräsentative Häuser erkennen. Ein relativ großes Gebäude, das einen gepflegten Eindruck machte, war das der russischen Botschaft.

Im Goethe-Institut sah ich mich um, unterhielt mich mit ein paar Leuten, die Deutsch als Fremdsprache lernten. Diese waren letztendlich begeistert, sich mit mir auf Deutsch unterhalten zu können.

Chişinău kam und kommt in meinem Ranking der europäischen Hauptstädte jedoch insgesamt leider nicht gut weg. Die Armut ist erschreckend, aber auch das Stadtbild wirkt trostlos und hässlich.

Lediglich der sehr gute Borschtsch in unmittelbarer Nachbarschaft zur Universität konnte meine Stimmung wieder etwas aufhellen. Am Nachmittag schaute ich mir noch einmal den Markt und ein Kloster an, doch beide Ziele stellten sich als eher unspektakulär heraus. Gegenüber vom Hotel befand sich ein Hochhaus, aus dem die Discomusik vom Vorabend gekommen sein musste. Ein Aufzug brachte mich bis fast zum Penthouse des Gebäudes und von einem Fenster aus konnte ich konnte ich die Stadt von oben betrachten. Der Zugang zur eigentlichen Dachterrasse war verschlossen.

Am darauffolgenden Tag ging es früh los. Daher ging ich zeitig zu Bett, hatte an der Rezeption den sog. »wake-up call« bestellt, sodass ich nicht verschlafen konnte. Aufgrund meiner zeitigen Abreise gab es auch noch kein Frühstück und ich bestellte stattdessen ein Lunchpaket. Auch wenn mir Chişinău letztendlich nicht gefiel, so hatte ich dort trotzdem ein gutes Gefühl. Schließlich war es die letzte Hauptstadt, die ich damals bereisen durfte, und ich musste mir diese einfach noch ansehen, um mein Ziel zu erreichen. Kein Hochglanzmagazin oder Buch könnte mir die Erlebnisse nahebringen, die ich vor Ort selbst mit meinen Augen und allen Sinnen machen durfte. Dafür war und bin ich noch heute sehr dankbar!

Das Handy klingelte, das Wählscheibentelefon auch. Es funktionierte tatsächlich noch. Ich wusch mich, meinen Rucksack hatte ich bereits am Vorabend gepackt, sodass nur noch meine wenigen Habseligkeiten aus dem Bad verstaut werden mussten.

Das Taxi sei bereits auf dem Weg und es könne sich nur noch um Sekunden handeln, so die Auskunft der Dame an der Rezeption. Es war 5:00 Uhr am Morgen. Die Rechnung hatte ich ebenfalls schon am Vortag bezahlt. Die Rezeptionistin wünschte mir schließlich noch eine gute Reise und bedankte sich herzlich.

Ungefähr 20 Minuten später befand ich mich schon am Flughafen. Die Fahrt mit dem Taxi verlief ganz ohne Worte. Der Taxifahrer erhielt seinen Auftrag mit dem Fahrtziel Flughafen vom Hotel und somit musste nichts mehr besprochen werden.

Am Flughafen trank ich noch schnell mein Wasser leer, das noch im Lunchpaket war, und checkte am Schalter ein. Der Flug wurde planmäßig aufgerufen und schon saß ich in der Maschine.

Kurze Zeit später durfte ich bereits während des Fluges den wunderschönen Sonnenaufgang genießen. Dies waren an jenem Tag die ersten Sonnenstrahlen, die sich auf Moldawien hinabsenkten, und ich durfte miterleben, wie sich das Land im Zuge des Sonnenlichtes aufhellte. Ich konnte eine sehr hügelige Landschaft sehen und nahm viel Weinanbau wahr. Kleine Felder und Anhöhen und auch einen relativ großen Fluss. Chişinău lag nun hinter mir, Kiew und einen Rückflug nach Deutschland hatte ich noch vor mir. Ich freute mich, auch wenn ich an jenem Tag viel Zeit an Flughäfen mit Warten verbrachte, aber die Vorfreude auf mein Zuhause setzte bereits ein.

50 Minuten später landete ich in Kiew. Nach den Einreiseformalitäten durfte ich jetzt nicht zum Ausgang gehen,

sondern eilte direkt zu meinem Anschlussflug. Ich musste dann noch einmal einchecken und begab mich dann zum Wartebereich, das Gate im Blickfeld. Dort verspeiste ich den Inhalt meines Lunchpakets und man meinte es sehr gut mit mir. Es war reichhaltig und gut und genau das Richtige im damaligen Moment. Die Atmosphäre war sehr ruhig, manche Geschäfte hatten noch gar nicht geöffnet.

Circa zwei Stunden später wurde dann auch mein Flug nach Frankfurt/Main aufgerufen. Bezüglich der Flugzeit hieß es, dass wir wahrscheinlich zweieinhalb Stunden benötigen würden. Leider war die Sicht durch Wolken verhangen und so konnte ich nur wenig oder gar nichts von den Ländern Polen und Tschechien, die wir überflogen, erkennen.

Als ich aufgebrochen war, hatte ich viel Angst im Gepäck gehabt. Davon war zu jenem Zeitpunkt schon nichts mehr übrig und ich hätte auch gar keine haben müssen. Das wusste man jedoch immer erst dann, wenn ein Projekt abgeschlossen war. Kiew war toll und sehr schön. Es hatte mir dort sehr gut gefallen. Chişinău war interessant. Ich bin sehr froh, dass ich schon so viel von der Welt sehen durfte. Leute, schaut euch die Welt an! Ihr seht viel und lernt euch dabei immer besser kennen, allein schon das ist das viele Reisen unbedingt wert!

Klosteranlagen in Kiew, Ukraine

Markt in Kischinau, Moldawien

Sauna und Mittelalter –
Metropolen am Finnischen Meerbusen

Obwohl ich gerade erst weg gewesen war, hielt ich es zu Hause nicht lange aus. Das lag jedoch nicht an meiner Heimat, sondern eher an meinem Reisefieber, das anscheinend nie richtig auskuriert werden konnte. Um ehrlich zu sein, bekam ich letztlich ein Flugangebot, das ich nicht ausschlagen konnte. Via Newsletter wurde ich darüber informiert und aufgrund meiner Erfahrungen wusste ich, dass auch hier das Sprichwort »Der frühe Vogel fängt den Wurm« zählte. Urlaubstage waren noch zahlreich vorhanden und das wenige Geld, das ich für meine Reisen in der Vergangenheit benötigt hatte, war auch aufzutreiben; und somit hielt mich nichts mehr von einer weiteren Reise ab.

Das finnische Helsinki sollte mein nächstes Ziel werden. Ich überlegte nicht lange und buchte das Angebot schließlich. So kurze Zeit hatte ich noch nie gebraucht. Eigentlich war sogar meistens das Gegenteil der Fall gewesen. »Lieber noch einmal überlegen und sich noch mehr Gedanken machen, noch einmal darüber schlafen. Meinst du nicht, dass …«, lauteten stets die Gedanken, die mir vor einer Reise durch den Kopf gingen. Doch dieses Mal waren plötzlich Spontaneität und Flexibilität angesagt. Das war etwas Neues!

Keine drei Wochen später war es dann auch schon so weit. Da ich mit Europas größter Fluggesellschaft verreisen sollte, wurde mir dieses Mal sogar der Luxus zuteil, einen Koffer mitnehmen zu dürfen. Das war schon lange nicht mehr der Fall gewesen und während ich mir am Tag vor meiner Abreise den Kopf darüber zerbrach, was ich denn noch alles in den Koffer packen musste, kam mir der Gedanke, dass ich dies überhaupt nicht mochte. Wie viele Vorteile für Kurzstrecken innerhalb Europas und noch dazu für nur wenige Tage doch ein Rucksack bzw. Handgepäck hatte, indem ich alle Sachen packen hätte können. »Na ja, lieber etwas mehr eingepackt, von dem ich dann zehren könnte«, grübelte ich.

Schnell daheim verabschiedet und schon konnte es losgehen. Einen Reiseführer hatte ich mir in der Woche zuvor noch zugelegt, der Koffer war gepackt und ich machte mich somit auf die Fahrt nach Bayreuth, wo sich meine Mitfahrgelegenheit mit mir treffen wollte.

Wir kamen schließlich fast zeitgleich dort an. Als ich die letzten Meter, die ich zu Fuß zurücklegte, absolviert hatte, sah ich auch schon den offensichtlich bereits in die Jahre gekommenen Alfa Romeo mit Düsseldorfer-Kennzeichen heranfahren. »Perfektes Timing!«, dachte ich erleichtert.

Michael hieß der Fahrer, der mit mir in gebrochenem Deutsch sprach. Michael war seinen Angaben im Internet zufolge einige Jahre jünger als ich und ich überspielte meine Erschrockenheit, dass ich ihn um Jahre älter geschätzt hätte. Er war farbig, womit ich absolut keine Probleme hatte. Wir schüttelten uns zur Begrüßung die Hände und

Michael teilte mir mit, dass wir noch auf jemanden warten müssten, bevor wir losfahren könnten.

Die Beifahrertür öffnete sich und entweder seine Freundin oder Frau oder auch nur Bekannte stieg aus und gesellte sich zu uns auf die Fahrerseite. Wir standen neben einem Taxistand am Bahnhofsplatz und ich fragte meinen Fahrer, ob ich meinen Rucksack bei ihm ins Auto in den Kofferraum legen dürfe, damit wir auf der Rückbank etwas mehr Platz hätten. Ich bin mir nie sicher, ob ausländische Fahrer mich hier immer richtig verstehen. Entweder rede ich grundsätzlich sehr undeutlich oder ich drücke mich stets mit den falschen Worten und somit unklar aus. Ich erhielt nämlich dieses Mal gar keine Antwort und deshalb wiederholte ich meine Frage. »It's okay« war seine Antwort, was mir schon weiterhalf, da ich mein Vorhaben nun erledigen konnte; aber mit seiner Antwort gab er mir gleichzeitig zu verstehen, dass er eventuell auch nur schlecht Deutsch sprechen konnte. Na ja, es sollte mir letztlich egal sein, Hauptsache ich käme irgendwie nach Frankfurt.

Nur kurze Zeit später kam ein zierliches junges Mädchen mit langen dunklen Haaren auf uns zu. Ihr fragender Blick und ihre offensichtliche Suche nach dem richtigen Kennzeichen gaben uns zu verstehen, dass es sich bei ihr wahrscheinlich um eine weitere Mitfahrerin handelte; so war es auch. Sie stellte sich als Leila vor.

»Zumindest dem Namen nach gibt es solche Personen doch nur in Film und Fernsehen«, dachte ich amüsiert. Michael, Leila und Michaels Freundin hieß Cindy. Wir verstauten

Leilas Gepäck ebenfalls im Kofferraum und setzten uns auf die Rückbank.

Die Fahrt verlief äußerst untypisch im Vergleich mit den Fahrten, die ich bisher miterlebt hatte. Während ich Leila ausquetschte, woher sie denn komme, was sie in Frankfurt plane u. v. a. mehr, unterhielten sich unser Fahrer und seine Freundin (ich nehme an, dass sie das war) zuerst sehr gut, lachten auch hin und wieder mal, bevor sie schließlich begannen, sich zu streiten.

Unglücklicherweise sprachen sie die ganze Fahrt auf Französisch, sodass ich leider nicht folgen konnte. Leila antwortete mir noch, dass sie sogar erst vor wenigen Monaten erfolgreich das Abitur in Französisch abgelegt habe, aber auch sie verstehe nur sehr wenig, was mir dann auch nicht weiterhalf. Überhaupt war ich anscheinend mal wieder derjenige, der sich unterhalten wollte, aber alle anderen nicht.

Michael fragte mich, ob ich Englisch sprechen könne, und ich bejahte; zudem teilte ich ihm noch mit, wenn Englisch, dann aber nur leichte Konversation und keine Abhandlungen mit tief religiösem Fachwissen, worauf ich ein Lächeln in seinem Gesicht erkennen konnte. »Yeah – endlich mal jemand, der meine Art von Humor versteht!«, dachte ich erleichtert.

Er sagte mir daraufhin allen Ernstes, dass er sich nicht immer auf sein Navigationssystem verlassen könne und ob ich den Weg nach Frankfurt kenne. Auch dies konnte ich bejahen und war froh, zumindest irgendetwas richtig zu machen oder einfach nur gebraucht zu werden. Wir waren bereits auf der Autobahn und von hier aus war es nicht mehr schwierig, die korrekten Richtungsanweisungen zu geben.

Auch wenn ich immer direkt beim Erblicken der Schilder dem Fahrer zurief, dass wir z. B. in ca. 2 Kilometern Entfernung rechts abbiegen müssten, erfolgte mir das Betätigen des Blinkers bzw. der Blick in den Rückspiegel, sofern diese Maßnahmen überhaupt vorgenommen wurden, aus meiner Perspektive immer erst sehr, sehr spät.

Bereits nach wenigen gefahrenen Kilometern konnte ich Michaels Fahrstil einordnen und dieser gehörte eher in die Rubrik, dass ich auf der Beifahrerseite oder in meinem Fall selbst noch auch auf der Rückbank gerne eigene Fußpedale gehabt hätte, um mitsteuern zu können. Ein Fahrschulauto wäre also hier angebracht gewesen.

Kurz nach der Ausfahrt Bamberg war Michael unsere ruhige Fahrt anscheinend zu öde. Leila saß brav neben mir und hätte auch eine Schaufensterpuppe sein können. Kein Makel, nicht einmal ein Pickel oder ein Leberfleck, zierte ihre blasse Haut. Es hatte den Anschein, ihr Oberteil wäre ohne jeden Knitter und ihre Thermoskanne hielt sie eisern fest, sodass ich erkennen konnte, dass ihre Fingernägel aufgrund dieser Kraftanstrengung weiß wurden. Die Fahrt war anscheinend auch für sie sehr speziell und etwas »anders«.

Last, but not least legte Michael dann französischsprachigen Beat Bob ein; und das war ziemlich laut. Die ohnehin schon magere Unterhaltung, selbst jene von Michael mit Cindy, war somit auch künstlich unterbrochen worden.

Ich hielt mich an meinen Auftrag und schrie dann immer mal wieder die Richtungsanweisungen nach vorne. Viele gab es auf dieser Strecke ja sowieso nicht und ich versuchte, einfach lässiger zu werden, was mir körperlich zwar gelang, während meine Augen jedoch alles genauestens verfolgten. Der Kontrolltyp kam mal wieder durch und diesen habe ich leider nicht immer im Griff.

Etwas ungewöhnlich wurde es dann aber doch noch, als wir kurz hinter Schweinfurt auf die A7 wechselten und die Richtung Würzburg anpeilten. Da ich der französischen Sprache nicht mächtig bin, wartete ich einfach ab, was geschehen würde, und es dauerte auch nicht lange, bis sich etwas tat.

Cindy wuselte plötzlich in ihrer Tasche, oder was auch immer sie im Fußraum des Beifahrersitzes liegen hatte, herum. Sie kramte eine Tüte heraus und fingerte so etwas Ähnliches wie Spritzen heraus. Keine Angst! Es waren keine normalen Spritzen, die man für Drogen oder ähnliche Mittel benötigte. Nein, es waren gefüllte Spritzen. Ich kannte so etwas bereits in ähnlicher Form aus meinem Privatleben, wenn ich z. B. meinem Kater Tropfen in die Haut injizieren musste, um Zecken vorzubeugen.

Sie legte sich danach ein Handtuch um ihren Hals, schnallte sich ab, beugte sich leicht nach vorne, sodass sie fast einen 90-Grad-Winkel zu ihren Beinen hatte, und schon ging es los. Mit den ca. drei bis vier Spritzen strich sie eine Art

Paste oder dickflüssige milchige Masse auf ihr Haar. Mit dem Spiegel, der an der Sonnenblende angebracht ist, war sie darin fast eine Meisterin, da sie das, vermutete ich, damals nicht zum ersten Mal machte.

Mittlerweile auf der A3 angekommen, war ihr Kopf kurz vor Offenbach schließlich bereits mit vielen weißen Strichen oder Strähnen überzogen. Der Geruch war sehr künstlich und chemisch. Ich war fasziniert, was man als Beifahrer/-in im Auto nicht alles so während der Fahrt machen konnte. Stattdessen saß ich lediglich gelangweilt auf der Rückbank, kontrollierte die Fahrweise sowie die Autobahnhinweisschilder und betrachtete nebenbei auch noch die Landschaft.

Bis zur Ankunft in Frankfurt am Hauptbahnhof hatte ich mir fest vorgenommen, dass ich zukünftig auch die Zeit als Bei- oder Mitfahrer sinnvoller nutzen würde. Sobald das erste Auto mit einer Mikrowelle oder Ähnlichem ausgestattet wäre, könnte ich ja eventuell mal einen Kuchen backen oder bereits mit dem Schnippeln dessen anfangen, was ich für mein Essen vorsehen würde. Das wäre doch ein Spaß!

Lange Rede, kurzer Sinn – auf dieser Fahrt lernte ich viel und hoffte, dass ich dies zukünftig auch mal umsetzen könnte. Wir verabschiedeten uns und ich konnte es nicht lassen, Cindy zu fragen, wie es nun weitergehe. Sie antwortete mir, dass sie in einem anderen Stadtteil von Frankfurt noch jemanden besuchen wolle, bevor es dann für sie nach Düsseldorf weitergehe. Ich dachte etwas belustigt: »Bis zu diesem Stadtteil verfahren sich die beiden eh noch ca. ein bis zwei Stunden lang und bis dahin wäre die Haarfarbe hoffentlich lange genug eingewirkt, um heute Abend mit ganz frischen Strähnchen auf eine Party gehen zu können.« Ich war verblüfft und ziemlich beeindruckt.

Leila war schon gegangen. Es reichte sogar nicht einmal mehr zu einem Händedruck. Vermutlich hatte ihre Thermoskanne einige Dellen, die sie vor Angst eingedrückt hatte, und sie war bereits auf dem Weg, sich eine neue zu kaufen. Ich werde es wohl nie erfahren!

Die Ankunft am Frankfurter Hauptbahnhof war bei einer Feuerwehrzufahrt in der Nähe eines Schnellrestaurants. Bereits das hektische Winken von Männern in Uniform gab auch Michael ein Zeichen, hier schnell wieder wegzufahren. Ich bedankte mich, teilte den beiden mit, dass mir die Fahrt gefallen habe, was gelogen war, und wünschte ihnen viel Spaß auf der Party am Abend. Michael fuhr weiter und Cindy winkte mir noch mit ihrem Zeigefinger, denn sie hatte schon wieder etwas anderes in der Hand.

Frankfurt Hauptbahnhof: Da ich noch genügend Zeit hatte und auch nicht gleich die nächste S-Bahn zum Flughafen nehmen musste, schaute ich mich hier noch etwas um. Erschreckend ist nicht gerade das richtige Adjektiv, das mir hierfür einfällt. Ähnlich wie in allen anderen deutschen Großbahnhöfen, machte sich auch hier immer wieder Hektik breit: ankommende Passagiere, die nicht richtig wissen, wohin sie müssen, und Geschäftsleute, die sich schnellen Schrittes in Richtung Gleis begeben, dabei einen kleinen Snack vertilgen und immer das Handy am Ohr haben.

Interessant wurde es erst wieder, als ich das Bahnhofsge-
bäude verlassen hatte und mich einfach nur umschaute.
Obwohl eine Art Schnellurinal mit drei Abflüssen ohne Tür
und ohne alles aufgestellt war, glich der Park einer öffentlichen Toilette. Anstelle dieses Schnellurinals, was letztlich
keine schlechte Idee und noch dazu gratis zu nutzen war,
verrichtete man sein Geschäft hinter dem nächsten Busch
oder Baum oder an den dort befindlichen Litfaßsäulen. Auf
dem Weg zum nächsten Mülleimer, den ich nur wenige Meter vom Haupteingang in Richtung Kaiserstraße entdecken
konnte, erbrach sich eine Frau auf dem Asphalt nicht weit
von mir entfernt. Um mich herum wurde in sämtlichen
Sprachen wirr durcheinandergeredet und man rief sich etwas zu. Den Stimmen nach zu urteilen, hörte es sich aber
eher wie Schimpfwörter an. Melodisch oder freundlich
klänge hier etwas anders. Am Mülleimer angekommen,
konnte ich Spritzbesteck im inneren entdecken. Dieses Mal
handelte es sich wohl um echtes und höchstwahrscheinlich
auch benutztes »Besteck«. Die Polizei und der Sicherheitsdienst waren ebenfalls in der Ferne zu erkennen.

Auf diese zuletzt genannten Ereignisse hätte ich gerne
verzichtet. Ich löste ein Ticket und fuhr direkt weiter zum
Flughafen.

Dort angekommen, sah ich mich noch etwas um, passierte
dann schließlich den Sicherheitscheck am Zoll und suchte
mein Abfluggate. Nur kurze Zeit später wurde bereits zum
Boarding aufgerufen und ich durfte meinen Platz in der
Maschine einnehmen.

Etwas nervös blätterte ich in der Werbebroschüre herum, die ich dann doch wieder beiseitelegte, während ich zur Ablenkung bereits an Helsinki dachte. »Was wird mich erwarten? Hoffentlich spielt das Wetter mit und werde ich meine Unterkunft finden!« Diese und viele Fragen und Gedanken mehr geisterten plötzlich durch meinen Kopf.

Ungefähr zwei Stunden und 15 Minuten lang waren wir in der Luft. Laut Karte mussten wir in Deutschland in Richtung Nordosten geflogen sein, ziemlich entlang der Mitte zwischen Berlin und Hamburg in Richtung Südschweden. Lange Zeit befand sich die Ostsee unter uns. Diese bildete ungefähr die Mitte zwischen Riga (Lettland) und Stockholm (Schweden). Und kurz Zeit später landeten wir dann auch schon. Bereits vor der Ankunft, im Sinkflug, konnte ich viele Wälder und diverse Seen erkennen. Es passte also sehr gut, dass Finnland als eine Art Spitznamen als »das Land der Wälder und Seen« tituliert wird. Keine oder nur wenige Häuser und Siedlungen waren zu sehen, aber immer wieder Seen und viel Wald. Ruhig lag Finnland zu meinen Füßen. Bereits aus der Luft schien es eine sehr große Ruhe auszustrahlen. Das gefiel mir. Ich freute mich.

Der Flughafen von Helsinki liegt ungefähr 15 Kilometer von der Hauptstadt entfernt und heißt »Helsinki-Vantaa«. Die Stadt Vantaa hatte dem Flughafen seinen Beinamen verliehen. Einer beiliegenden Broschüre konnte ich noch entnehmen, dass sich die größten Städte Finnlands im Süden befänden und somit eigentlich in der Nähe von Helsinki gelegen seien. Aus der Vogelperspektive konnte ich hier nichts erkennen, aber vielleicht flog die Maschine einfach schon zu tief und befand sich bereits auf der Zielgeraden nach Helsinki.

Die Ankunft verlief unproblematisch. Auch wenn ich mir jedes Mal vornehme, nicht nervös zu sein, gelingt mir das tatsächlich nie. Vorfreude und Neugierde überwiegen jedoch immer, was dann zusammen genommen zu einer Art angespannter Freude oder angenehmer Nervosität führt.

Gerade angekommen, ließ ich mir von der Touristeninformation den Weg erklären und fragte, wie ich denn am einfachsten, aber auch auf dem günstigsten Weg in die Innenstadt komme. Wie ich bereits durch meine eigenen Recherchen herausgefunden hatte, stimmte es, dass hier ein Buspendelverkehr eingerichtet war.

Wie so oft, wenn ich einen Flughafen, zumindest das Gebäude, in einem fremden Land verlasse, hoffte ich auch dieses Mal, möglichst viele Eindrücke aufnehmen zu können. Doch erneut erlebte ich eine Enttäuschung! Die Luft war kerosingeschwängert und/oder voller Abgase, weil natürlich an einem Flughafen auch immer sehr viele Autos anzutreffen sind. Es existieren zudem stets zahlreiche Taxistände und es ist immer sehr viel Trubel.

Ich suchte den Busbahnhof auf, schaute, wie andere Passagiere den Automaten bedienten, und prägte mir das Schema ein. Dies funktionierte reibungslos und somit konnte ich mich auf den Weg in die Innenstadt begeben.

Dort angekommen, war ich letztlich zu faul, auf meinem Stadtplan nachzusehen, wo meine Unterkunft lag; und ich wollte nicht schon wieder meinen Rucksack von den Schultern nehmen und die Karte herauskramen. Infolgedessen fragte ich die erstbesten Leute, die ich erblickte, in welche Richtung ich zu laufen hätte.

Sie halfen mir auch eine sehr nette, höfliche und freundliche Art und Weise. Ich war beeindruckt! Diese Art von Höflichkeit, ohne eine gewisse Art von Ignoranz, war einzigartig und wiederholte sich oft während meines Aufenthaltes in Helsinki.

Bereits auf dem Weg zu meiner Unterkunft kam ich an einem großen Platz vorbei, auf dem sich der Dom befand. Fast schon majestätisch erhob sich hier der Dom über den Senatsplatz heraus, auf dem ich mich gerade befand. Eine lange Treppe erstreckte sich davor, die ich gerade in Richtung Dom erklomm, als mir bewusst wurde, dass dieser auch das Buchcover meines Reiseführers zierte. Somit hatte ich das erste Highlight dieser Stadt mehr oder weniger zufällig entdeckt. Dabei unternahm ich gerade die ersten Schritte durch die finnische Hauptstadt und hatte, als mein erstes Ziel, eigentlich meine Unterkunft im Hinterkopf.

Viele Touristen und ganze Massen an Menschen waren auf dieser sehr großen und breiten Treppe unterwegs. Viele von ihnen hatten, ähnlich wie ich, gerade die Kamera o. ä. digitale Medien in der Hand, um diesen Prachtbau fotografisch festzuhalten. Es handelte sich hierbei um eine protestantische Kirche und die Besichtigung kostete auch keinen Eintritt. Im Inneren war der Dom, wie so oft bei protestantischen Kirchen, sehr schlicht und einfach gehalten.

Von oben hatte ich schließlich einen grandiosen Ausblick und konnte erst aus dieser Perspektive das gesamte Ausmaß der Stadt erkennen. Im Hintergrund konnte ich die Ostsee wahrnehmen, aber auch den Hafen, den Marktplatz vor mir und viele Dächer mit dazwischenliegenden kleinen Gassen und Straßen. Es war ein herrlicher Tag. Die Sonne gab ihr Bestes, es war nicht kalt, aber auch nicht heiß, es herrschte ein laues Lüftchen, somit ideal für einen Ausflug.

Rings um den Dom befanden sich viele Cafés und Bistros und dem Anschein nach auch sehr noble Restaurants. Souvenirläden durften hier selbstverständlich nicht fehlen. Der erste Eindruck der Stadt war sehr positiv. Toll!

Nun machte ich mich auf den Weg, stieg die Treppen wieder nach unten und suchte meine Unterkunft. Diese war auch gar nicht weit weg und somit nahm ich mir vor, häufiger oder zumindest ein einziges Mal am Abend oder in der Nacht noch einmal hierherzukommen, um auch ein Foto schießen zu können, wenn der Dom hoffentlich beleuchtet wäre.

Die Unterkunft war unspektakulär und der Check-in verlief ohne Probleme. Ich bekam den Schlüssel für mein Zimmer, fand dieses relativ schnell in der Mitte eines langen Ganges auf der rechten Seite. Es war spartanisch eingerichtet, aber alles, was ich brauchte, war vorhanden: ein Bett, ein Tisch und ein Stuhl. Es machte einen ordentlichen Eindruck und somit war ich auch sehr zufrieden. Ich wusste, dass ich hier schlafen, meine erlebten Ereignisse verarbeiten und neue

Energie für den Folgetag tanken konnte. Das reichte mir vollkommen aus!

Es war später Nachmittag. Ich setzte mich auf das Bett, nahm meinen Rucksack von den Schultern, parkte meinen Koffer und ruhte mich für ein paar Minuten aus. Alle Sachen, die ich im Rucksack jetzt nicht mehr benötigen wurde, flogen heraus, neue Utensilien aus dem Koffer wanderten hingegen in den Rucksack.

Kaugummi, ein Getränk, der Stadtplan, ein Snack, Schirmmütze und/oder Sonnenbrille und Taschentücher sind ein Muss für den Rucksack. Schwere Dinge, die Zweithose und ähnliche Habseligkeiten bleiben stets im Zimmer. Ein kurzer Blick auf den Stadtplan und dann ging es los.

Im Gegensatz zu meinem Hinweg nahm ich jetzt absichtlich einen anderen Weg, um möglichst viel von der Stadt zu sehen. »Das Wetter ist nach wie vor perfekt für einen Ausflug und fast zu schön für Helsinki«, dachte ich.

Ich ging zu Fuß an den ersten Botschaften vorbei, die immer direkt eine Art von internationalem Flair in eine Stadt bringen. Fremde Flaggen lassen mich zunächst immer erst einmal rätseln, um welche Botschaft es sich wohl handeln könnte.

Dann wollte ich mir das Hafenviertel ansehen, das sich eigentlich gar nicht weit entfernt vom Dom befand, dessen Koordinaten ich mir quasi als eine Art Fixpunkt merkte und in meinem Gedächtnis abspeicherte. Von hier aus, das wusste ich, würde ich meine Unterkunft immer leicht wiederfinden, und allein aus architektonischen bzw. bautechnischen Gründen war dieser in seiner majestätischen Erhabenheit auch schon aus der Ferne zu erkennen. Ähnlich wie bei einem Kompass, musste ich mich erst einmal anhand der Himmelsrichtungen in Helsinki orientieren lernen.

Die Stadt ist insgesamt sehr sauber und weist ein geordnetes Bild auf. Die Autos hielten ihre Geschwindigkeitslimits ein, ich fand auch viele Hinweisschilder, die mir zumindest schon einmal eine grobe Richtung vermittelten; und somit fühlte ich mich direkt sicher und fand mich relativ schnell gut zurecht.

Ich machte mich nun auf den Weg zu einer ganz besonderen Kirche. Diese nennt sich Temppeliaukio-Kirche und ist ein weiteres Wahrzeichen Helsinkis. Es ist eine außergewöhnliche und beeindruckende Kirche und ein herausragendes Beispiel für die finnische Architektur der 1960er Jahre und ist dem späten Expressionismus zuzuordnen. Im Jahr 1969 war die Fertigstellung dieses Gebäudes. Ich musste dieses Mal eine weite Strecke zurücklegen, was in Ordnung war, zumal ich mich ja bis dato noch nicht ordentlich angestrengt hatte.

Als ich in der Straße ankam, dachte ich zunächst, dass ich mich verlaufen hätte. Weit und breit war nichts von einer Kirche zu erkennen, aber durch meine Vorabrecherchen wusste ich, dass es sich um eine Felsenkirche handelte. Erst am Ende der Straße konnte ich feststellen, dass es sich hierbei bildlich gesprochen um einen »architektonischen Leckerbissen« handelte. Das Gebäude wurde in einen Felsen gehauen und ist rund. Ich bin mir bis heute nicht ganz sicher, wie es sich dort mit dem Eintritt verhält, ob die Besichtigung immer kostenlos ist oder ob ich damals nur Glück hatte. Es stand zwar eine Kasse dort, aber nachdem Leute direkt vor meinen Augen daran vorbeigelaufen waren, ohne zu bezahlen, folgte ich ihrem Beispiel und wurde von niemandem aufgehalten oder auf eine Bezahlung hingewiesen.

Das Dach der Kirche sieht wie eine große Kuppel aus und überhaupt wird die Kirche von Licht durchflutet. Ein Teil der Kirche wurde in den Felsen gesprengt und Teile des gesprengten Felsens wurden des Weiteren zum Aufbau verwendet. Einer Art riesige Kupferspirale macht die Kirche wahrscheinlich auch einmalig auf der ganzen Welt. Wie viele andere Kirchen auch strahlte diese ebenso eine große Ruhe und irgendwie etwas sehr Friedvolles aus. Von außen betrachtet, finde ich die Kirche eher unscheinbar und nichtssagend, aber im Inneren ist diese absolut prachtvoll und sehenswert; deshalb ist der Besuch ein absolutes Muss!

Da ich nun lange gelaufen war und auch wieder eine längere Strecke vor mir hatte, nahm ich wieder eine andere Route, um von A nach B zu gelangen. Der Weg führte mich durch viele Gassen und Straßen. Während meines Spazierganges nutzte ich die Möglichkeit, einen Discounter aufzusuchen, um meinen Getränkehaushalt aufzufüllen.

Einen Lebensmittelmarkt aufzusuchen, rate ich grundsätzlich allen Reisenden, die in der Welt unterwegs sind. Auch wenn ich in diesem Falle der finnischen Sprache nicht mächtig war und bin, kann man dort grundsätzlich auch sehr gut ohne die entsprechenden Sprachkenntnisse zurechtkommen. Oft ist der Artikel auf der Verpackung auch noch einmal abgebildet und wird mit entsprechenden Marketinginstrumenten derart beworben, dass jeder erkennen kann, um welches Produkt es sich handelt. Des Weiteren ist auch häufig der Aufbau zu heimischen Supermärkten ähnlich, die meist mit den Frühstücksprodukten starten. Es folgt dann in der Regel die Obst- und Gemüseabteilung und dann, je nach Größe und Platz, viele weitere Gänge mit all den anderen Produkten, die man im täglichen Leben mehr oder weniger benötigt.

Finnland bzw. Skandinavien haben den negativen Ruf, sehr teuer zu sein. Das ist ein sehr gängiges Bild, doch günstig und teuer sind relative Kategorien, die zudem von jedem individuell anders wahrgenommen und interpretiert werden. Für mich hat sich dieses Klischee jedoch letztlich bewahrheitet. Im direkten Vergleich sind hier somit alle Produkte teurer als in meiner deutschen Heimatstadt. Selbst Produkte, die eigentlich aus dem Land stammen, wie z. B. frischer Fisch usw., waren erheblich teuer im Vergleich zu Deutschland. Aber mein Wasser, das der Grund war, den Discounter aufzusuchen, war mir den Preis wert!

Der Abend brach schließlich an. Ich war froh, bereits am Tag meiner Anreise viel gesehen zu haben. »Schön war es bis jetzt. Zeit für Erholung!«, dachte ich zufrieden. Bereits zu Hause hatte ich mir vorab die Adressen zweier Saunatempel herausgeschrieben, suchte mir die entsprechenden Straßen auf meinem Stadtplan und wählte die aus, die sich geografisch näher an meinem Aufenthaltsort befand.

Ich müsste die Straße erreichen, indem ich der Hauptstraße noch ein Stück folgen und dann einmal nach rechts sowie einmal nach links abbiegen würde. Kurze Zeit später erreichte ich die Zielstraße mit dem Stadtplan in der Hand. Es war bereits dunkel und die Straßenlaternen, aber auch die Leuchtreklame erhellten den Weg. Wie so oft, war die Hausnummer auf den ersten Blick nicht gleich erkennbar; und überhaupt wirkte der Bau sehr schlicht. Aber das Schild neben einer breiten Tür verriet mir, dass ich richtig war.

Ich war froh, dieses Mal nicht nur einen Automaten vorgefunden zu haben. Schließlich bringe ich jedes Mal viele Fragen mit; und so sagte ich auch hier unmittelbar, dass ich zum ersten Mal hier sei, und fragte, wohin ich denn müsse und wie das hier ablaufe. Die sehr junge Dame an der Kasse nahm sich viel Zeit und erklärte mir den genauen Ablauf.

Umkleidekabine auswählen, umziehen, duschen. Dann sollte ich dem langen Gang folgen, bis eine Treppe käme. Dieser nach unten folgend, würde ich dort ein Hallenbad vorfinden; oben befänden sich diverse Saunen und auch eine Tür zu einem Außenbereich, wo ich dann praktisch u. a. auf dem Dach des eigentlichen Hallenbades stünde.

»Dürfte nicht so schwer werden!«, dachte ich erleichtert; und ich folgte ihren Anweisungen. Neu war jedoch, dass ich keinen Spind fand. Ich hatte mich ausgezogen, hatte meine Badehose an und ein geliehenes Badetuch in der Hand, jedoch fand ich keinen Spind. Meist befand sich dieser direkt gegenüber von der eigentlichen Umkleidekabine, aber das war hier nicht der Fall. Nur mit meiner Badehose bekleidet und beide Hände vollgepackt mit Rucksack und meiner Kleidung suchte ich weiter. Ich konnte bereits die Treppe erkennen und auch den Eingang zum Saunabereich. Somit lief ich in Richtung Kasse zurück und auf dem Weg dorthin kam mir ein männlicher Badegast entgegen. Sofort erkannte er meinen ratlosen suchenden Blick und gab mir mit seinem Arm zu erkennen, dass ich scharf links abbiegen müsse, bevor die Treppe anfing, und mich dort bei jemandem melden solle. »Was war das denn?«, fragte ich mich. Merkwürdig!

Hinter einem Vorhang konnte ich dann eine ältere Frau erkennen, die mich in Finnisch ansprach, während ich ihr auf Englisch antwortete, dass ich sie nicht verstehen könne. Mit einem leicht genervten Gesichtsausdruck nahm sie schließlich meinen Rucksack und meine Kleidung entgegen, ging in ihren Raum zurück und gab mir ein Bändchen mit einer Nummer. Erst in diesem Moment verstand ich das System. Die Sachen würden hoffentlich von der Angestellten eingeschlossen werden und erst dann bekäme ich den Schlüssel dazu. Somit müsste ich dann beim Verlassen des Bades erneut zu dieser Dame gehen und ihr meinen Schlüssel wiederum aushändigen, wohl eine Art Sicherheitsmaßnahme. Mmh – anscheinend brauchte man diesen Schutz in Helsinki.

Ich schaute mir zuerst das Hallenbad an. Es war ganz nett, hatte ein 25-Meter-Becken und bot Platz für ca. sechs bis acht Bahnen, so genau weiß ich das nicht mehr. Ich schwamm ein paar Minuten lang und sah mir alles genau an. Es war verhältnismäßig ruhig, ein paar Familien waren dort und planschten.

Der Treppe nach oben folgte ich schließlich den Beschilderungen und wollte mir nun die Saunen genauer anschauen. Finnland – Saunaland; denn mehr oder weniger gelten die Finnen ja als die Erfinder der Sauna. »Es muss toll werden!«, dachte ich.

Bevor ich die erste Sauna betrat, wollte ich mir noch einige Minuten im Dampfbad gönnen. Schnurstracks schritt ich mit einem Badetuch um meine Hüften zum Dampfbad, hängte mein Tuch an den Haken neben der Tür und erschrak, als ich die Glastür hinter mir wieder schließen wollte, und keinen einzigen Tropfen Dampf, sondern lediglich zwei Handwerker bemerkte.

Die beiden Handwerker mussten meinen verdutzten Gesichtsausdruck registriert haben und gaben mir sofort eine Antwort auf meine noch nicht einmal gestellten Fragen. Der Dampfgenerator wäre einige Tage zuvor ausgefallen und dieser werde in diesem Moment von ihnen repariert und wieder instand gesetzt. Sie seien somit bereits bei den Abschluss- und Reinigungsarbeiten. Man versicherte mir, dass der Generator in wenigen Minuten wieder funktionieren würde und ich solle dann noch einmal das Dampfbad betreten. »Gar kein Problem«, antwortete ich erleichtert; und ich war sehr dankbar für diese Ansage.

Erst beim Verlassen des Dampfbades erkannte ich das Hinweisschild »Außer Betrieb« an der Tür, das mir beim Betreten gar nicht aufgefallen war. Gleich neben dem Dampfbad befand sich eine verhältnismäßig große Sauna. Nach einem kleinen Zwischenraum, in dem Platz für Badeschlappen und eine Ablage für Brillen war, nahm ich auf der obersten Etage Platz. Ich teilte mir die Sauna mit ungefähr fünf bis sechs anderen Leuten. Die Sauna war riesig und aus meiner Perspektive richtig hässlich, überhaupt nicht vergleichbar mit dem, was ich mir bisher unter einer finnischen Sauna vorstellt hatte. Der Raum selbst glich eher einem Schlachthaus: Neonröhren an der Decke und die Wände alle mit weißen Fliesen versehen. Ein paar Zweige lagen in jeder Ecke, die zu einem speziellen Saunaaufguss zu gehören schienen. Das Flair erinnerte jedoch mehr an ein steriles Krankenhaus als an eine Sauna. Die finnischen Saunen in Deutschland, die ich bis dato so kannte und nach wie vor kenne, waren demnach authentischer als jene in Finnland: kleine Holzhütten, eher dunkel und sehr gemütlich. Ja, es war hier natürlich auch ein Saunaofen vorhanden, aber bis ich zu schwitzen begann, dauerte es sehr lange.

»Wenn ich schon einmal hier war, dann würde ich es auch durchziehen!«, dachte ich trotzig; und so war ich eine gefühlte halbe Stunde in dieser Sauna, was eine kleine Ewigkeit ist. Anschließend ruhte ich mich aus, betrat den Außenbereich und befand mich somit schließlich auf dem

Dach des eigentlichen Hallenbades und genoss den Ausblick auf Helsinki bei Nacht.

Kalt abgeduscht und nach einem wohligen Fußbad war
es nun Zeit für das Dampfbad. Das Schild »Außer Betrieb« war verschwunden und bereits beim Öffnen kamen
mir die ersten Dampfschwaden entgegen. In dem runden
Raum konnte ich gar nichts erkennen. Nicht einmal meine
eigene Hand hätte ich vor meinen Augen sehen können, so
viel Dampf war dort vorhanden. Die Handwerker hatten
beste Arbeit geleistet! Ich war froh, dass ich bereits zuvor einen Blick in diesen »Wellnesstempel« riskiert hatte,
sodass ich bereits wusste, dass eine Marmorbank rings
herum verlief. Nur ca. einen Meter nach rechts lief ich
unmittelbar in den Dampf hinein und konnte die Bank
mithilfe des Tastens Dank meiner Hände erkennen. Ich
setzte mich vorsichtig.

Toll, dieser Dampf mit Eukalyptusgeschmack! Der
Dampfgenerator schien gar nicht mehr aufzuhören, ständig neuen Dampf zu produzieren. Es war egal, ob ich die
Augen geöffnet oder geschlossen hatte. Selbst bei geöffneten Augen lag alles in einem undurchdringbaren Grau. Ich
wusste noch nicht einmal, ob ich alleine im Dampfbad saß
oder ob bereits Gäste vor mir dort waren.

Dank des Quietschens eines Scharniers der Glastür konnte
ich aber zumindest hören, dass plötzlich jemand die Tür
öffnete. Doch auch in diesem Moment wusste ich nicht,
ob jemand das Dampfbad betrat oder verließ. Ich kümmerte mich auch gar nicht darum. Schließlich beschäftigte

ich mich ausgiebig damit, den Eukalyptusgeschmack tief einzuatmen, um meinen Lungen mal etwas Gutes zu tun.

Einfach verblüffend, wie dieses Dampfbad arbeitete. Ich war begeistert und stufte insgeheim alle heimischen Dampfbäder, oder alles, was sich zumindest so bezeichnete, in Schulnoten auf die Note sechs herab, denn dieses hier war eindeutig die absolute Nummer eins.

Erneut konnte ich das Quietschen der Glastür hören. Ich hatte meine Augen geschlossen, sehen hätte ich ohnehin nichts können; stattdessen war ich vollkommen in meine »Dampfwelt« vertieft. Ich hörte ein Schnaufen und Ächzen, das eher von einer Frau kommen musste, und es dauerte auch nicht lange, bis es einen Aufschrei gab. Natürlich öffnete ich die Augen, was mir aber gar nichts brachte – anscheinend ein automatischer Reflex. Ich hörte eine aufgebrachte Herrenstimme, die dem Klang nach sehr verärgert war. Ärgerlich, dass ich kein Finnisch konnte, aber es musste wohl so gewesen sein, dass sich eine Frau auf dem Weg zur Marmorbank versehentlich auf einen Mann gesetzt hatte.

Ein hitziger Dialog auf Finnisch entbrannte und es war wohl der Herr, der schließlich wütend das Dampfbad verließ. So schnell alles passierte, so plötzlich war auch alles wieder vorbei. Der Dampf hatte seine Arbeit vollbracht und ich war der Einzige, der aufgrund dieses Vorfalls laut lachen musste. Man stelle sich das nur einmal vor, eine nackte Frau setzt sich versehentlich auf einen nackten Mann und das Ganze passiert in einem Dampfbad. So könnte ein Erotikfilm beginnen …

Nach drei Saunagängen und mit dem Absolvieren einer weiteren Schwimmrunde suchte ich den kleinen Raum auf, wo ich meinen Schlüssel abgegeben hatte, zog mich wieder an und lief in die Richtung meiner Unterkunft.

Die Saunagänge, das Schwimmen und vielleicht auch die Nervosität hatten mich erschöpft. Ich war müde, es war spät und bereits dunkel; zudem hatte ich keine Lust, noch einmal in meinem Rucksack nach dem Stadtplan zu suchen.

Als ich an einem Bistro oder so etwas Ähnlichem vorbeilief, standen einige junge Leute vor dem Gebäude und ich fragte dort, in welche Richtung ich laufen müsse ob ich mich bildlich gesprochen bereits auf der Zielgeraden befinde. Das junge Paar erklärte mir den Weg und bejahte, dass grob gesehen, es der korrekte Weg war. Die Finnen sind hier grundsätzlich total hilfsbereit und immer freundlich.

Der Nachhauseweg dauerte schließlich länger, als ich das gedacht hätte. Kurz vor meiner Ankunft hatten der Sauerstoff und/oder das Laufen mich reaktiviert. Meine Konzentration war wieder da. Die Supermärkte hatten auch zu vorgerückter Stunde noch geöffnet und ich konnte meinen Wasserhaushalt durch den Kauf diverser Getränke wieder auffüllen. Aufgefallen ist mir jedoch nur, dass »nur« noch ein Drittel der Ladenfläche geöffnet war. Zum eher hinteren Bereich des Ladens waren Schnüre gespannt. Dort konnte ich Putzfrauen erkennen.

Endlich zurück in meiner Unterkunft, war ich bereits keine zehn Minuten später eingeschlafen. Die gesamten Eindrücke und Emotionen mussten ein anderes Mal verarbeitet werden. Der Körper forderte seinen Tribut. Der Auftakt in Helsinki war super. Die Fahrt nach Frankfurt hatte geklappt, der Flug war pünktlich und angenehm gewesen, das Wetter war genial für einen Stadtausflug, die Finnen sind grundsätzlich herzlich und positiv gestimmt und der Saunabesuch könnte als krönender Tagesabschluss bezeichnet werden. Ich hatte an jenem Tag sehr viel erlebt und zahlreiche Besichtigungen absolviert.

Mit 08:30 Uhr war es für meine Verhältnisse schon relativ spät, als ich am darauffolgenden Morgen das erste Mal auf die Uhr sah. Ich hatte sehr gut geschlafen und ein neuer Tag lag vor mir. Helsinki wartete quasi darauf, von mir entdeckt zu werden, also zog ich mich an, sortierte meinen Rucksack neu, nahm den Stadtplan in die Hand …und es ging los.

Ich begann mit dem Altstadtmarkt und den dazugehörigen Markthallen. Obst und Gemüse, Fisch und Fleisch, belegte Brötchen, Snacks und viele Meeresfrüchte waren dort zu bestaunen. Viele Besucherinnen und Besucher waren dort und ich lief einfach im Strom mit. Dazwischen gab es auch mal kleine Stände mit Kunst und Kitsch, Drogerieartikel, Bäckereien, Socken u. v. m. Der Geruch wechselte von Fisch zu frisch geröstetem Kaffee, aufgeschnittener Salami und fruchtigem Orangensaft. Ich nehme an, es lag am Eukalyptusduft im Dampfbad vom Vortag, dass meine mittlerweile gereinigte Nase und Lunge einfach mehr Geschmacksrichtungen wahrnahmen.

Die Dame, die mir ein Fischbrötchen verkaufte, gab mir noch den Rat, es gleich hier in den Markthallen zu essen, da draußen die Gefahr bestehe, dass Möwen es mir praktisch aus der Hand zerren würden. Mundraub wäre hierfür wohl die korrekte Bezeichnung. Ich lachte, dankte ihr und befolgte diesen gut gemeinten Rat. An der Tür konnte ich tatsächlich ein Schild entdecken, dass ihr recht zu geben schien: ein abgebildeter Vogel mit einem Kreuz davor und im Vordergrund ein Fischbrötchen.

Der Esplanadi-Park war mein nächstes Ziel. Es handelt sich hierbei um einen wunderschönen Park mit vielen Cafés und kleinen Statuen und Brunnen. Das schwedische Theater befindet sich praktisch an einem Ende davon und der Marktplatz namens Kauppatori am anderen, sowie der Südhafen von Helsinki. Meinem Reiseführer zufolge soll dieser Park vor allem im Winter zur Weihnachtszeit, aber auch noch danach sehr sehenswert sein, weil dann viele Lichterketten den ganzen Park zieren würden. Auch einige Straßenmusikanten sollen dort immer wieder mal anzutreffen sein. Diese konnte ich aber zumindest bei meinem Aufenthalt nicht entdecken.

Die geografische Nähe und auch Nachbarschaft zu Russland war sofort erkennbar, als ich mir die Uspenski-Kathedrale ansah. Bei dieser sehr schönen Kathedrale handelt es sich um eine russisch-orthodoxe Kirche, ebenfalls im Hafenviertel. Prunkvoll und majestätisch beherrscht diese Kirche u. a. das Stadtbild von Helsinki, da diese auf einem Felsen am westlichen Ende der Halbinsel und im Stadtteil Katajanokka errichtet wurde. Der Eintritt ist frei und ich rate jedem Reisenden, diese zu besichtigen und die dort vorherrschende besondere Atmosphäre auf sich wirken zu lassen.

Der Hauptbahnhof Helsinkis ist in einem klassizistischen altmodischen Stil gebaut. Meinem Reiseführer zufolge sollten dieses Gebäude von außen wie ein großes Radiogerät mit Antenne aussehen. Mit etwas Fantasie konnte ich das sogar nachvollziehen. Ein großer Unterschied jedoch zu deutschen Bahnhöfen ist die Ruhe, die dieser Kopfbahnhof im Inneren ausstrahlte. Gerade das sollte bei einem Besuch Helsinkis nicht fehlen, dass man die vielen Reisenden und Menschenmassen beobachtet, die diesen Bahnhof ansteuern. Wie fast alles in Helsinki, ist auch der Bahnhof sehr sauber; dort wird zudem alles gut ausgeschildert und er wurde des Weiteren auch mit einigen Geschäften versehen. Links und rechts vor dem Haupteingang befinden sich zwei identisch große Figuren, die je eine große gläserne Kugel in der Hand halten. Eventuell, das könnte ich mir zumindest gut vorstellen, soll diese die Erdkugel darstellen. Mit einsetzender Dämmerung werden diese Glaskugeln dann zusätzlich noch beleuchtet.

Als ich schließlich die Gelegenheit dazu bekam, stürmte ich sofort in den nebenan geöffneten Souvenirladen und kaufte mir meine Finnland-Tasse. Neben typischen Souvenirs und viel Krimskrams, wie z. B. Tassen, Gläsern, Stiften, T-Shirts und Mützen, gab es in diesem Laden auch noch Felle, Schnitzereien, Kleider und Bilder mit Finnland-Motiven.

Während meines Aufenthaltes konnte ich immer wieder neue Aspekte der Stadt kennenlernen, die viele ganz unterschiedliche Facetten präsentierte. Historische Gebäude aus vergangenen Epochen ergänzen sich hier mit modernster

Architektur der Neuzeit. Die Stadt umgebende Landschaft bildet letztlich eine tolle Ergänzung zu den Hightech Bauten und -unternehmen, die man auf den vielen Reklame- und Werbeschildern entdecken konnte.

Erst jetzt bemerkte ich die zweisprachigen Straßenschilder. Ein Nebensatz in meinem Reiseführer gab mir den wichtigen Hinweis, dass die Stadt Helsinki offiziell zweisprachig sei: Finnisch ist die erste und somit die Mehrheitssprache, während schwedisch die zweite und deshalb die Minderheitensprache bildet.

Meiner Meinung nach kann man sich die Besichtigung des finnischen Parlaments sparen. Wie Berlin hat auch Helsinki einen Reichstag und dieser wirkt sehr groß und schwer. Mit seinen vielen Säulen sieht dieser von weitem eher wie ein griechischer Tempel aus, bei näherem Hinsehen erkennt man jedoch die Funktionalität des Gebäudes.

Der Hunger führte mich dann in ein Restaurant in einer Seitengasse. Ich war glücklich, dass ich dort nicht der einzige Gast war, was schon mal bedeutete, dass es einen guten Ruf haben musste. Ein junger Mann bediente mich und brachte mir die Speisekarte. Ich wählte ein Gericht mit verschiedenen Fischgerichten aus der Ostsee. Dazu wurden Reis und ein kleines Körbchen mit Weißbrot gereicht. Ein Klecks Sahne-Dill-Sauce vollendete das Gericht, das übrigens ganz hervorragend schmeckte. Der Fisch zerging auf der Zunge. Herrlich!

Nun durfte das obligatorische »Hard Rock Café« auf meiner To-do-Liste nicht fehlen. Obwohl ich diese Art von

»Einrichtung« persönlich nicht bevorzuge, stand es noch auf meiner »to visit«-Liste, um für Mitglieder der Familie einige Souvenirs mitzubringen.

Meine »Free Walking Tour« war nun das nächste Ziel. Ich lief zu dem Platz, der laut Internet dafür vorgesehen war, und konnte zwei Asiatinnen erkennen, die bereits das Erkennungsmerkmal suchten. Somit waren wir nun schon zu dritt und es dauerte nicht lange, bis eine junge Frau mit einer Fahne zu uns herüberschlenderte. Auf der Fahne stand »Free Walking Tour Helsinki« und sie hatte auch dasselbe Logo, das ich bereits von der Website kannte.

Wir warteten noch zehn Minuten und es gesellten sich tatsächlich noch einige Passanten und/oder Touristen hinzu. Unsere Reiseleiterin für die folgenden zwei Stunden stellte sich als Rika vor. Sie hatte blonde halblange Haare, war in Finnland geboren, wuchs dort auf und war gerade mit ihrem Studium fertig geworden. Während ihres Studiums hatte sie etliche Male das Ausland bereist. Eine kleine Begrüßungsrunde folgte, wo jeder sich vorstellte und sein Herkunftsland nannte. Jedes Mal bin ich wieder erstaunt, wie international diese Gruppen immer ausfallen. Tatsächlich war doch erneut jeder Kontinent vertreten. Den weitesten Weg hatte ein Pärchen aus Australien, das die Reise nach Helsinki mit noch anderen europäischen Städten verbunden hatte. Auch aus Deutschland hatten sich noch ein paar Leute der Tour angeschlossen.

Rika lief mit ihrer Fahne voraus, wir liefen brav hinterher. Viele der besuchten Plätze kannte ich bereits, aber die

Hintergrundinformationen waren es wert, dass ich die Tour mitmachte. Einige Informationen waren mir nämlich neu, weil mein Reiseführer diese nicht erwähnt hatte. Außerdem war diese Variante für mich deutlich weniger anstrengend, als ständig das Buch hervorkramen und erst die entsprechende Seite suchen zu müssen, auf der sich die Informationen zu den entsprechenden Sehenswürdigkeiten befinden könnten. Zu einigen Plätzen und/oder Gebäuden gab es nur sehr spärliche Informationen, obwohl ich hierzu gerne mehr erfahren hätte. Daher war es vollkommen richtig und auch sehr spannend, mir Rikas Schilderungen anzuhören. Ich mochte ihr Englisch. Es war nicht zu schnell vorgetragen und ich konnte ihr, bis auf wenige Vokabeln, die sich aber letztendlich aus dem Kontext ergaben, gut folgen.

Obligatorisch gibt es am Ende jeder Tour immer noch ein Erinnerungsfoto, dass man sich dann zu Hause ausdrucken kann. Ich gab Rika ein Trinkgeld für ihre tolle Tour und nutzte die Möglichkeit, mir von ihr noch ein paar Informationen geben zu lassen, die ich für meine Tour mit dem Schiff nach Tallinn brauchen könnte. Rika kannte sich erwartungsgemäß gut aus und somit war mein nächster Gang zum Hafen.

Als ich dort ankam, fand ich gleich mehrere Schilder mit dem Hinweis »Fähre Tallinn« und fragte am nächstbesten Schalter die Dame, die dort saß. Dort konnte ich gleich mein Ticket für den darauffolgenden Tag bestellen. Sie druckte es aus, dann schickte sie mich zurück zu einem Kassenschalter. Dort durfte ich dieses Ticket vorzeigen, bezahlte den aufgedruckten Betrag und bekam es abgestempelt zurück. Mit diesem Voucher lief ich dann wieder zur ersten Dame zurück, sie nickte und gab mir zu verstehen, dass es so in Ordnung sei. Ich solle mich nur wieder rechtzeitig hier im Hafenbüro einfinden. Somit waren meine letzten Stunden in Helsinki angebrochen.

Das Abendessen erfolgte in Form einer Mitnahme und dem anschließenden Verspeisen eines Sandwiches aus einem Supermarkt. Zudem kaufte ich mir dort noch ein Getränk und ging zurück zu meiner Unterkunft. Gegenüber vom Check-in war eine große Landkarte von Südfinnland abgebildet, die ich mir in Ruhe anschaute. Auch Tallinn war darauf zu erkennen. Es lag genau in südlicher Richtung von Helsinki und ich schätze, dass es ca. 100 Kilometer von dort entfernt lag. »Könnte man mit dem Auto übers Wasser fahren, müsste man es in einer Stunde schaffen«, dachte ich.

Am Morgen packte ich meine Sachen ordentlich zusammen, frühstückte und verließ meine Unterkunft. Oft habe ich hierbei ein sentimentales Gefühl, denn schließlich könnte es ja immer das letzte Mal gewesen sein, dass ich mich an diesem Ort aufhielt, und für kurze Zeit war dieses Zimmer bzw. diese Stadt immerhin eine Art von Zuhause für mich gewesen. Viel Zeit für Sentimentalitäten hatte ich jedoch nicht, denn ich musste mich schnurstracks auf den Weg zum Hafen machen, wo es bei meiner Ankunft sehr voll war.

Ich erkannte den Hafen bald nicht mehr. War das noch derselbe Ort, den ich nur wenige Stunden zuvor am Vorabend besucht und wo ich mein Ticket gekauft hatte. Es ging hier ähnlich wie in einem Flughafen oder einem größeren Busbahnhof zu. Es waren Menschenschlangen an den Schaltern zu sehen, viele davon im Anzug, andere im Freizeitlook. Durchsagen wurden gemacht und es gab auch ein Display, wann und von wo das nächste Schiff ablegen würde.

Es war nicht schwer für mich, mein »Gate« zu finden. Ich überprüfte noch einmal die Abfahrtszeit, die Schifffahrtsgesellschaft war auf dem Display aufgeführt, genauso wie die Nummer. Alles stimmte. Auch hier war es ähnlich mit dem Abfertigungsprozedere. Eine Kordel hing noch am Durchlass und es waren, wie überall, viel zu wenige Sitzplätze vorhanden, sodass ich stehen musste. Nach einigen Minuten kam eine Art Stewardess, die sehr angestrengt wirkte und sich sehr beschäftigt gab, überprüfte von allen Wartenden das Ticket und fuchtelte mit ihrem Funkgerät herum.

Wieder ein paar Minuten später kam dann ein Hafenmit arbeiter mit einer orangefarbenen Weste. Ohne auch nur einen Passagier oder Gast anzuschauen, lief er schnurstracks auf die Kordel zu, löste diese und gab mit dem Arm winkende Zeichen, sodass seiner Aufforderung schließlich Folge geleistet wurde. Noch entlang des Hafengebäudes durften wir dann einige Treppen hinabsteigen und mittels eines Holzstegs die Fähre betreten. Es schaukelte etwas, sodass ich mich doch lieber festhielt, als ich das eigentliche Boot betrat.

Es war bewölkt, der Himmel zeigte sich in einem tristen Grau und voller Wolken. Es sah absolut nach Regen aus. Ich folgte brav den anderen Passagieren und ging eine Treppe auf der Fähre hinab. Dort ging es durch eine breite Tür und dahinter befand sich ein großer Raum. Dieser glich eher einem Café. Die Sitzplätze an den kleinen Tischen am Fenster entlang waren die beliebtesten. Es kamen noch sehr viele Gäste nach mir und daher fragte ich bei einem älteren Ehepaar nach, ob ich mich zu ihnen setzen dürfe, was dieses bejahte. Ich beobachtete daraufhin das rege Treiben, bis alle einen Sitzplatz ergattert hatten. Die ersten Tassen Kaffee wurden geordert. Viele Passagiere lasen Zeitungen. Es gab eine Durchsage, dass in wenigen Minuten Abfahrt sei. Niemanden schien diese Information zu interessieren, nur ich war anscheinend etwas aufgeregt.

Schließlich legte die Fähre ab und ich konnte die gesamte Hafenanlage erkennen, die mir sehr groß erschien. Alles andere dagegen wurde immer kleiner. Der Dom war eines der letzten Gebäude, das ich noch erkennen konnte. Die ersten Tropfen fielen, aber ich war mir nicht sicher, ob dies nun der Regen von oben war oder aber auch das Meerwasser von unten, das so stark gegen die Fähre klatschte. Manchmal gab es kleine Schaukler. Helsinki lag nun hinter mir und um mich herum befand sich nur noch Meer. Der sog. »Finnische Meerbusen« wirkte zum damaligen Zeitpunkt sehr eintönig auf mich: dunkles Wasser, düstere Wolken, ein trostloser Ausblick. Die Leute im Anzug konnte ich nicht mehr erkennen, weil sie ihre Gesichter hinter Zeitungen verbargen. Ab und zu legten sie diese zur Seite, um einen Kaffee zu trinken. Das Rentnerehepaar hatte sich auch nichts mehr zu sagen und die Fahrstuhlmelodie war wieder verstummt, kurz nachdem wir abgelegt hatten.

Von Tallinn war weit und breit noch nichts zu erkennen, nur Wolken und Wasser. Ich versuchte, ähnlich wie ein Seemann, die Freiheit zu spüren, aber das funktionierte leider nicht. Die Atmosphäre passte für mich irgendwie einfach nicht.

Zweieinhalb Stunden dauerte es, bis ich endlich Tallinner Boden betreten konnte. Ich hätte nicht gedacht, dass ich so viel Zeit auf der Fähre verbringen müsste.

Zumindest war ich froh, dass es mit dem Regnen aufgehört hatte. Es nieselte zwar noch leicht, man konnte aber durchaus ohne Regenschirm auskommen. Zudem zogen die dunklen Regenwolken weg und am Horizont sah es deutlich heller aus. Ich befand mich noch auf dem Hafengelände, orientierte mich anhand meines Stadtplans, kannte mich jedoch nicht aus und las erneut die Angaben, die ich meinem Rucksackinhalt entnehmen konnte.

Um mich mit den Gegebenheiten Tallinns vertraut zu machen, hätte ich die Zeit auf der Fähre gut nutzen können. Via Internet hatte ich für meine zwei Tage Aufenthalt in Tallinn ein Angebot von einer Privatperson gebucht. Mein Ansprechpartner hier hieß Jürgen, war Deutscher und kam der Liebe wegen nach Tallinn. Er sei erst ab 16:00 Uhr in seiner Wohnung anzutreffen und die Zeit bis dahin wollte ich nutzen, um mir die Hauptstadt Estlands anzuschauen.

Unmittelbar hinter dem Hafengelände war ein riesiger Schlot zu sehen. »An diesem Anhaltspunkt könnte ich mich orientieren«, dachte ich. Ich hatte keine Lust, den ganzen Tag mein Gepäck mit mir herumzuschleppen und deshalb nahm ich mir ein Schließfach. Erst später, bevor oder vielleicht auch erst nachdem ich Jürgen persönlich kennengelernt hätte, wollte ich mein Gepäck wieder abholen.

Tallinn, das früher den Namen Reval trug, ist die Hauptstadt Estlands. Wie ich es bereits so oft zuvor erlebt hatte, war aus meinem persönlichen Umfeld noch niemand vor mir dort gewesen. Es hatte mir also niemand vorab Tipps oder Ähnliches geben können; und somit musste ich mich auf die Informationen des Internets verlassen. Bereits auf der Fähre hatte ich viele Kirchtürme und auch rote Dächer erkennen können. Mehr im Hintergrund der Szenerie befand sich anscheinend eine Art Hügel, wodurch die Häuser und Gebäude eine erhöhte Position im Stadtbild einnahmen.

Nur wenige Meter vom Hafengelände entfernt konnte ich auch die ersten Gassen, Straßen und Plätze erkennen. Alles war mit Kopfsteinpflaster versehen, was schon beim ersten Anblick einen urigen Eindruck vermittelte. Bereits vorab konnte ich nachlesen, dass Tallinn eine sehr gut erhaltene Stadt aus dem Mittelalter sei, die ihre Prägung in früheren Zeiten durch die Reisen und den Aufenthalt wohlhabender Kaufleute aus Nord- und Westeuropa erhalten haben sollte.

Zuerst konnte ich viele kleine Läden und Reparaturwerkstätten wahrnehmen. Je weiter ich mich dem Marktplatz näherte, desto häufiger folgten Galerien, Museen, Restaurants, Bars und Bistros. Das kurvige Kopfsteinpflaster war hier offenbar mein ständiger Gefährte und ich durfte eine bezaubernde Architektur und gotische Turmspitzen bewundern.

Sollte jemand einen Film, der im Mittelalter spielt, drehen wollen, würde ich ihn ohne zu zögern nach Tallinn schicken, denn dort wäre auf jeden Fall die passende Kulisse für einen solchen. Ich fühlte mich auch direkt ins Mittelalter zurückversetzt. Mich hätte es deshalb auch nicht gewundert, wenn mir auf dem Marktplatz Menschen in mittelalterlichen Kostümen begegnet wären, was jedoch leider nicht geschah. Ich war direkt von der Stadt begeistert!

Mittlerweile war ich am Rathausplatz angekommen. Hier schlägt praktisch das Herz der estnischen Hauptstadt. Das historische Rathaus, umgeben von schmucken Kaufmannshäusern fügte sich gut in den großen Platz ein. Dort konnte man eine reiche Auswahl an Gastronomie, aber auch an Souvenirläden finden. Auch an Scharen von Touristengruppen mangelte es hier nicht, die ich aber erst am späteren Nachmittag dort sah. Und ich hatte zuvor noch gedacht, ich wäre der einzige Tourist, der diese schöne Stadt bereisen dürfte.

Entlang enger Gassen erklomm ich nun den Domberg. Von dort oben konnte ich noch viel besser die vielen Türme bewundern, alle mit kaminroten Ziegeln befestigt. Tallinn ist in zwei Hälften unterteilt. Während ich mich auf dem Domberg (Toompea) zum damaligen Zeitpunkt in der sog.

Oberstadt befand, bildete der »darunter« liegende Teil die sog. Unterstadt. Die Oberstadt war im Mittelalter nur dem Adel vorbehalten gewesen.

Als i-Tüpfelchen der wunderschön angelegten Altstadt auf dem Domberg stand ich dann vor der Alexander-Newski-Kathedrale. Diese Kathedrale mit den schwarzen Zwiebeltürmen ist der wahre Schatz dieser Stadt. Es handelt sich hierbei um eine russisch-orthodoxe Kirche, die gegen Ende des 20. Jahrhunderts grundlegend saniert worden war. Diese Sanierung war für mich als Laie wahrlich sehr gut gelungen. Nicht zuletzt die Wandmalereien im Innenbereich und die vielen Ikonen sind für mich mehr als nur einen flüchtigen Blick wert.

An einem der Türme machte ich eine Rast und hielt den Ausblick von der Oberstadt in Bildern fest. Unterhalb von mir lag Tallinn mit dem wunderschönen Marktplatz, eingerahmt wurde dieser auf der rechten Seite des Fotos mit den hübschen Türmen und den kaminroten Ziegeln und im Hintergrund war der Finnische Meerbusen zu erkennen. Ein wunderschöner An-/Ausblick.

In einer nicht weit entfernten Bäckerei mit Bistrobestuhlung suchte ich mir einen Platz und ließ das Ganze erst einmal sacken. Ich hatte sehr viele Eindrücke zu verarbeiten und studierte den Stadtplan noch einmal genauer.

Mein nächster Weg führte mich schließlich zu Jürgens Wohnung. Diese konnte ich nach einiger Zeit erreichen. Die Gegend dort war nicht mehr ganz so touristisch geprägt und eher einfache Gebäude fügten sich hier in das estnische Stadtbild.

Jürgen war bereits zu Hause und die Begrüßung fiel sehr herzlich aus. Ich empfand es zudem als sehr angenehm, mich auf Deutsch unterhalten zu können, was die Sache für mich schlicht viel einfacher machte.

Er teilte mir mit, dass ich mich nicht so genau umsehen solle. Er würde an diesem Abend seinen Geburtstag mit Freunden nachfeiern und daher habe er früher Feierabend gemacht und widme sich nun den Vorbereitungen für die am Abend stattfindende Party.

Den Gang entlang, am Bad und der Gästetoilette vorbei, führte Jürgen mich dann in das von mir gebuchte Zimmer. Sofort erkannte ich das Bild, das mit dem Foto im Internet übereinstimmte. Wir unterhielten uns noch kurz, ich erzählte ihm, dass von mir noch Gepäck fehle, das sich noch in einem Schließfach befinde, und er war mir als »Hausherr« sofort sehr sympathisch.

Mit dem Wohnungs- und Haustürschlüssel in der Hand verabschiedete ich mich erst einmal von Jürgen, wünschte ihm viel Spaß bei seiner Feier und teilte ihm mit, dass ich gern mein Gepäck holen wolle. Es sei aber durchaus möglich, dass ich danach den Abend auch noch in der Stadt verbringen würde, sagte ich ihm.

Bis zum Hafengelände war es noch ein ganzes Stück und ich beschloss deshalb, mein Gepäck erst einmal dort zu lassen. Es würde über Nacht schon nichts passieren! Das nötigste

Gepäck, das ich für eine Nacht brauchen würde, hatte ich im Rucksack dabei; und die Socken, die ich trug könnte ich auch am nachfolgenden Tag noch einmal anziehen.

Somit konnte ich mir den Weg zum Hafengelände sparen und schaute mir stattdessen die Stadt an. Es war Abend geworden und die Beleuchtungen waren bereits eingeschaltet. Immer wieder führte mich mein Weg zum Marktplatz, rund um die schönen Gassen herum. Ich berührte sogar manchmal absichtlich die Mauern und Teile der Gebäude, um mich persönlich davon zu überzeugen, dass diese nicht aus Pappe waren und lediglich eine TV-Kulisse darstellten. Nein, diese waren echt, solide, alt und anhand der Farbe und des teilweise vorhandenen Moos- und Flechtenbewuchses, der sich im Nachhinein auch auf meiner Kleidung abzeichnete, wurde mir das auch mehr oder weniger am eigenen Leib veranschaulicht.

Wieder auf dem Domberg angelangt, lief ich dieses Mal absichtlich an der Kathedrale vorbei, um mir auch die anderen Straßen, Gässchen und Plätze noch anzusehen. Ich konnte zahlreiche Botschaftsgebäude und Residenzen erkennen. Selbst bei künstlichem Licht war eindeutig zu sehen, dass hier alles makellos sauber, saniert und einfach schön renoviert und hergerichtet war. Die Türme wurden angeleuchtet und auch die vielen anderen sehenswerten Gebäude in künstlichem Licht erschienen sehr geschmackvoll und gestalterisch wertvoll illuminiert.

Das Parlamentsgebäude sowie der Wachturm des Schlosses mit den Namen der »Lange Herrmann« und »Kiek in de

Kök« waren meine weiteren Ziele an diesem Abend. Bei dem letztgenannten Ziel, das sich für mich niederländisch anhörte, handelt es sich um einen ehemaligen Kanonenturm, ebenfalls mit kaminroten Ziegeln bedeckt. Ein anderes Gebäude hatten dann noch einen lustigere Namen, wie z. B. »Dicke Margarethe« (Wehrturm der Revaler Stadtbefestigung) und/oder »Drei Schwestern« (ein ehemaliges Gildehaus, seit 2003 ein 5-Sterne-Hotel). Dies ist übrigens der architektonische Nachweis für Tallinns wirtschaftliche Blüte zu Zeiten der Hanse. Es gab auch noch einen Dom, den ich mir aber als Highlight für den darauffolgenden Tag aufheben wollte. Ebenso fehlten mir noch die Olaikirche sowie viele andere Sehenswürdigkeiten, für die ich mir aber genügend Zeit lassen wollte.

Inzwischen war es 22:00 Uhr und bereits stockdunkel. Ich wollte nicht allzu spät in der Wohnung ankommen. Falls nämlich mit dem Schlüssel etwas nicht funktionieren würde, könnte ich um diese Uhrzeit gerade noch so klingeln und/oder mich bemerkbar machen. »Lieber kurz nach 22:00 Uhr als nachts um 01:00 Uhr«, dachte ich schließlich.

Schnellen Schrittes lief ich zurück und kam ohne Probleme sowohl ins Haus als auch in die Wohnung. Bereits beim Treppenaufgang konnte ich leise Musik wahrnehmen, aber mehr noch Gelächter und lustige Unterhaltungen. Die Party war anscheinend im vollen Gange. Vorsichtig öffnete ich die Tür und nahm meinen Rucksack herunter. Mein Plan war, den Flur entlangzulaufen, ohne dass mich jemand bemerken würde. In meinem Zimmer hatte ich mein Waschzeug deponiert bzw. das, was noch davon übrig war, was sich auf eine Zahnbürste und Zahnpasta reduzierte. »Schnell zum Bad, Zähne putzen, kurze Katzenwäsche und dann in mein Bett!«, so waren meine Gedanken.

Diese wurden jedoch nicht von Jürgens Partygästen geteilt, die mich natürlich bereits wahrgenommen hatten. Jürgen kam aus dem Wohnzimmer und sagte mir, dass ich mich gerne an den Sachen bedienen dürfe, die noch übrig seien. Er zeigte mir die Küche, die in einem chaotischen Zustand war. Überall standen Schüsseln und waren Teller mit Essen verteilt. Er hatte sich verkalkuliert und zudem hatten seine Gäste auch noch diverse kulinarische Köstlichkeiten mitgebracht. Das Essen sah sehr lecker aus. Lange musste Jürgen mich deshalb nicht überreden. Ich nahm mir noch einen sauberen Teller und füllte diesen mit all den Köstlichkeiten, die sich vor meinen Augen anhäuften: Hackfleischbällchen, Spieße, eine Art Braten und viele Salate und Saucen. Da es in der Küche keine Sitzmöglichkeit mehr gab, aß ich im Stehen und ließ es mir schmecken. Ein Gast, der gerade auf dem Rückweg von der Toilette war, bemerkte mich, schaute mich an und fragte mich, ob ich mich nicht zu ihnen hinzugesellen wolle. Ich verneinte und teilte ihm mit, dass ich hier nur ein »geduldeter« Gast für eine Nacht sei und ich die Party nicht weiter stören wolle. Mein Plan ging jedoch nicht auf.

Er musste zu Jürgen gesagt haben, dass ich doch unbedingt mitfeiern solle. Jürgen und noch zwei andere Gäste kamen schließlich zu mir in die Küche, wo ich gerade den Mund voll mit guten und sehr schmackhaften Speisen hatte. Sie teilten mir mit, dass ich doch unverzüglich bei ihnen mitfeiern solle. Sie wollten mich kennenlernen.

Lange musste und konnte ich dann auch gar nicht mehr überlegen. Ich war durch die Musik und das Gelächter aus dem Wohnzimmer ohnehin schon neugierig geworden und sagte, dass ich mich gleich zu ihnen gesellen würde. Mein Teller war mittlerweile nahezu leer.

Die Tür zum Wohnzimmer war bereits weit geöffnet und ich trat hinein. Ich wusste nicht so genau, wo ich hinschauen und hinlaufen sollte. Jürgen half mir, machte mich bekannt und ich sagte allen »Hallo«. Eine Dame sprang auf und sagte, dass zwar kein Stuhl mehr frei sei, aber auf dem Boden könne man auch gut sitzen; ich sei zudem auch nicht der Erste, der dort Platz nehme. Es stimmte, zwei andere Herren, ich schätzte sie auf Ende 50, saßen dort und hatten Zettel und Stift in der Hand.

Die Dame teilte mir mit, dass man bereits auf mich gewartet habe. Ich solle mir schnell noch etwas zu trinken holen und dann Platz nehmen. Schließlich wollten alle »Bingo« spielen. Das Wort erinnerte mich eher an langweilige Damenrunden auf Kreuzfahrtschiffen, die alle jenseits der 70 und verwitwet wären. Aber ich folgte ihren Anweisungen und dachte mir nicht viel dabei. Ich holte mir ein Glas Bier, auf dem Platz auf dem Boden waren nun Zettel und Stift platziert worden und es ging sofort los.

Jürgen war der in diesem Falle der Moderator und hatte mehrere andersfarbige Zettel in der Hand. Diese entnahm er einer Art Kugel oder Trommel, worin sich ganz viele davon befanden. Er las nun Zahlen vor und sofern ich eine der Zahlen auf meinen Zettel erkennen konnte, musste ich diese einkreisen. Falls dann jemand fünf genannte Zahlen in einer waag- oder senkrechten Reihe hatte, durfte man laut und deutlich »BINGO« in den Raum rufen. Glücklicherweise war ich nicht der Erste und wollte erst schauen, wie dieses Spiel wieder läuft. Schließlich wollte ich nicht nachfragen und mich außerdem im Hintergrund halten. Die Dame neben mir war zu allererst die Glückliche. Sie gab ihren ausgefüllten Schein Jürgen, dieser kontrollierte den Schein, stand auf und nahm eine Art Beutel, in dem kleine Geschenke waren. Ihr Geschenk, das sie vor uns auspackte, entpuppte sich als eine kleine Kerze. Die Kommentare der anderen Gäste waren sehr lustig und auch nicht mehr ganz nüchtern. Kurzum, es war nun genau die richtige Atmosphäre für mich. Ich konnte wirklich froh sein, dass man zu der späten Stunde kein Spiel begonnen hatte, das viel Geschicklichkeit und/oder Wissen und Taktik erfordert hätte.

Das »BINGO«-Spiel dauert eine gute Weile. Es gab dazwischen mal eine kurze Pause, es wurde genascht und getrunken und immer mehr getrunken, wobei ich mich auch hierbei im Hintergrund hielt. Als Gast für eine Nacht verhielt ich mich höflich, aber distanziert und nett.

Tatsächlich hatte auch ich Glück und schrie »BINGO« in die Runde. Mein Geschenk war eine CD der Musikgruppe *Die Prinzen*. Ich nahm mein Geschenk in die Hand und legte es gleich neben mich. Der Mann, der mir gegenüber saß, hatte sich verschrieben und rief nach einem Radiergummi. Die Dame hatte ihn zuletzt in der Hand und warf ihm den Radiergummi zu. Dank des Alkohols zu dieser späten Stunde war das Fangen jedoch nicht mehr so einfach möglich. Der Radiergummi landete an der Wand hinter ihm und lag auf dem Boden. Ich selbst konnte diesen aus meiner Perspektive auch nicht mehr erkennen und es war mir eigentlich egal, was damit passierte. Erneut war aufgrund seines Alkoholpegels selbst das schnelle Aufstehen und Umdrehen kein leichtes Unterfangen mehr für ihn. Er bückte sich, es raschelte etwas hinter ihm, wo einige Pflanzen und Lichterketten ins Wackeln gerieten. Bestimmte Ausrufe und Verlegenheitsbekundungen wie »äh …oh! auweh! Hoppla!« und ähnliche Aussprüche folgten, als ich mit all den anderen schließlich in ein schallendes Gelächter ausbrach.

Der Mann fiel praktisch in die Blumen, aber er hatte den Radiergummi in der Hand. Allerdings waren hinter seinem Brillenglas plötzlich einige Tonkügelchen aus der sich dahinter befindenden Hydrokultur sichtbar. Viele Jahre zuvor hatte ich mal einen Werbespot für Seramis, die Tonkügelchen, die angeblich wichtige Nährstoffe an die Pflanzen abgeben könnten, im Fernsehen gesehen. Während man in Deutschland seit mehr als geschätzten 15 Jahren keine Hydrokulturen mehr hatte, waren diese in Tallinn anscheinend noch Mode. Einige dieser nährstoffreichen Tonkügelchen waren nun aber nicht mehr in dem entsprechend dafür vorgesehenen Pflanzenkübel, sondern befanden sich hinter dem Brillenglas des Mannes. Dieser Anblick war sehr lustig. Ich konnte mich gar nicht mehr beruhigen, versuchte jedoch die Contenance zu wahren. Selbst eine halbe Stunde später gluckste ich noch vor Lachen. Ich konnte mich einfach nicht wieder einkriegen! Es musste heraus. Diese Peinlichkeit nutzte ich dann jedoch dafür, mich für mein Lachen zu entschuldigen. Ein langer Tag liege hinter mir und ich müsse nun zu Bett, sagte ich zu den anderen Gästen, die sich, ebenfalls lachend, von mir verabschiedeten. Nur wenige Minuten später schlief ich ein. Es war ein schöner Tag gewesen, den ich in Helsinki begonnen und in Tallinn beendet hatte.

Die etwas lautere Musik störte mich kaum, ich war müde und konnte deshalb auch sehr gut schlafen. Am Morgen wachte ich auf und musste mich in der neuen Umgebung erst einmal wieder orientieren. »Wo bin ich, wo finde ich was und was gibt es noch zu tun?«, fragte ich mich angespannt. Meist dauerte diese Art der Orientierung jedoch nicht lange und mir fiel unmittelbar alles wieder ein.

Die Tür zu Jürgens Schlafzimmer war noch verschlossen und auf dem Weg zur Küche gab es noch einige Hürden zu überwinden. Es war fast ein Hindernislauf. Zwischen einem Stehtisch, vielen Stühlen und zwei Hockern fand ich dann auch wieder den Gang zur Küche und zum Bad. Dem Gesamteindruck der Küche nach zu urteilen, hatte die gestrige Party anscheinend doch noch viel länger gedauert. Aber auch hier fand ich den Toaster zwischen den Sekt-, Bier- und Weingläsern und achtete darauf, dass ich nichts versehentlich herunterwarf, was mir auch gelang.

Jürgen hatte mir am Vorabend noch gezeigt, wo ich Marmelade und andere Dinge zum Frühstück finden könnte. Die Kaffeemaschine war mir in der Bedienung zu kompliziert und deshalb griff ich zur Milch. Ich ließ mir das Frühstück schmecken und hatte vor mir den Stadtplan liegen, um zu entscheiden, was ich mir noch anschauen wollte.

Mit meinem Rucksack bepackt verließ ich dann schließlich die Wohnung und hatte mich zuvor noch per Haftnotizzettel von Jürgen verabschiedet. Ich hatte nur noch einen Vormittag Zeit für Tallinn und wollte diesen auch intensiv nutzen.

So ging ich zurück zum Marktplatz in der Unterstadt und schaute mir dort zunächst das Rathaus an. Hier gab es einen bestimmten Ort, von dem aus man alle sich ringsherum befindlichen fünf Kirchen sehen sollte; und darauf war ich fortan fokussiert. Ein Punkt auf dem Boden half mir beim Suchen und ich genoss letztendlich den Anblick. Es herrschte bereits ein reges Markttreiben und auch die ersten Touristen kamen aus der Richtung des Hafens herbeigeeilt.

Während ich mir danach die »Tallinner Ratsapotheke« ansah, die zu den ältesten Apotheken Europas gehört, die noch in Betrieb sind, füllte sich der Marktplatz mit Menschen. Diese strömten nun in Massen heran. Die Gassen waren komplett überfüllt. Eine Apothekenangestellte gab mir mit ihren Handgesten zu verstehen, dass sie keine Freundin der Kreuzfahrtschiffe sei. Diese kämen meist am Vormittag, würden die Passagiere von Bord scheuchen und sögen sie am Abend wieder ein. Die ganze Stadt sei voller Tagestouristen, die hier völlig fehl am Platze seien, da sich selbige gar nicht für die Stadt als solche interessieren würden, so die Angestellte. Über diese Aussage musste ich noch lange und immer wieder nachdenken. Ich befürchte, dass sie damit gar nicht so Unrecht hatte.

Die Apotheke an sich ist grundsätzlich schon einen Besuch wert. Viele Reagenzgläser, Schatullen, Kommoden, Schubladen und Porzellan voller Tinkturen, Salben, Cremes und Hilfsmittelchen von anno dazumal werden dort ausgestellt. Im oberen Geschoss ist noch ein »Knoblauch-Restaurant« untergebracht, das aufgrund seiner Einrichtung auch sehr interessant wirkte. Da ich aber erst gefrühstückt hatte, war mir noch nicht nach einem erneuten Essen, zudem wäre es wahrscheinlich auch noch geschlossen gewesen. Schließlich war die Zeit des Mittagessens an jenem Vormittag noch lange nicht erreicht.

Es gäbe noch viele tolle Museen zu besichtigen, doch wie bei jeder Reise ist hier das Wetter maßgeblich. Bei schönem Wetter lohnt es sich, die Stadt mit ihren tollen Sehenswürdigkeiten anzusehen, bei schlechtem Wetter erscheint es empfehlenswert, Museen oder andere Indooraktivitäten auszuwählen. Hier gäbe es u. a. noch ein Historisches Museum und ein Seefahrtsmuseum.

Es war zwar bewölkt, aber nur leicht; und somit entschied ich mich für eine weitere Stadtbesichtigung oder -erkundung. Ein weiteres Mal führte mich mein Weg in die Oberstadt und dieses Mal sah ich mir den Dom an. Der Tallinner Dom gilt als das Wahrzeichen der estnischen Hauptstadt. Ursprünglich war dieser eine römisch-katholische Kathedrale, wurde jedoch mit dem Abschluss der Reformation in Estland 1561 zur lutherischen Domkirche. Heute ist sie die Bischofskirche des Erzbischofs der Estnischen Evangelisch-Lutherischen Kirche (EELK).

Die Olaikirche, welche zu den größten mittelalterlichen Bau Tallinns zählt, wäre noch in Reichweite gewesen, aber nach dieser Kirche (Dom) war mir jetzt nicht noch nach einer anderen Kirche zumute. Meine Entscheidung fiel deshalb auf den Freiheitsplatz. Dieser ist der Unabhängigkeit Estlands gewidmet und gehört deshalb zu den wichtigsten Plätzen des Landes. Auch hier war im Osten des Platzes eine Kirche vorzufinden, obgleich der Ort jedoch eher ein Verkehrsknotenpunkt ist und für mich als Fußgänger und Tourist deshalb eher uninteressant erschien.

Schließlich verabschiedete ich mich in Gedanken bereits von Tallinn und befand mich bereits auf dem Weg in Richtung Hafengelände. Dieser vorerst »letzte Gang« in Tallinn gestaltete sich jedoch gar nicht so einfach und weil mir so viele Menschen entgegenkamen, glich dieser Weg eher einem Spießrutenlauf. Die engen und kleinen Gassen der Altstadt waren und sind für diese Menschenmassen einfach nicht ausgelegt.

Als ich den Hafen erreichte, konnte ich bereits im Hintergrund die riesigen Kreuzfahrtschiffe vor Anker liegen sehen. Bereits drei davon erkannte ich aus dieser Distanz, vielleicht waren es aber auch mehr.

Mein Schließfach ließ sich öffnen und alles war noch da. Mit meinem vollständigen Gepäck ging ich schließlich in den Schalterraum, man zeigte mir das Gate für meine Fähre und von dort aus ging dann alles sehr schnell, genauso wie am Vortag in Helsinki.

Die Absperrleine am Gate wurde geöffnet, die Tickets kontrolliert und schon durfte die Fährte betreten werden. Nicht ganz zwei Stunden später erreichte ich wieder Finnland. Der Dom thronte ganz oben und »begrüßte« mich quasi. Mein Zeitplan schien zu funktionieren. Laut meinen Recherchen hatte ich nun eine längere Straße zu passieren und dort müsste dann irgendwo eine Bushaltestelle auftauchen, von der aus Busse zum Flughafen fahren sollten.

Kaum ausgestiegen, lief ich die lange Straße entlang. Es herrschte ein dichter Verkehr. Es roch nach Meerwasser und Fisch.

Die Bushaltestelle war in der Ferne bereits zu erkennen, es war also nicht mehr weit. Dort angekommen, fuhr auch innerhalb der darauffolgenden Minuten der Bus ein. Ich wusste gar nicht, dass ich »just in time« gebucht hatte, bezahlte mein Ticket beim Busfahrer und genoss die finnische Metropole noch einmal vom Bus aus.

Nun war die Zeit des Abschieds gekommen. Ja, ich freute mich wieder auf zu Hause. Dort würde ich noch viele Eindrücke verarbeiten müssen. Schön war´s! Ich möchte diese (Reise-)Erfahrung nicht mehr missen! Beide Städte und deren Lebensweisen haben mir sehr gut gefallen. Nordische Korrektheit und angenehme Zurückhaltung sind die ersten Attribute, die mir sowohl zu Helsinki als auch zu Tallinn einfallen würden.

Alles, was ich mir vorgenommen hatte, konnte ich auch umsetzen. Ich hatte alle Reiseziele erreicht, durfte vieles sehen und erleben – was doch metaphorisch gesprochen Gold wert ist. Dennoch habe ich viele Bilder gemacht, auch wenn diese letztendlich bestimmte Emotionen nicht widerspiegeln können. Zum Glück gibt es noch keine Speicher-karten für Empfindungen und Gefühle! Noch am Flugha-fen in Helsinki erinnerte ich mich bereits in positiver Art und Weise an die vergangenen letzten Tage, wie gut es mir doch in Nordeuropa gefallen hatte. Dabei war ich ja zum damaligen Zeitpunkt noch vor Ort gewesen. Und so sollten die Erinnerungen auch bleiben …

Liebes Helsinki, liebes Tallinn – habt vielen Dank für eure Gastfreundschaft und euer freundliches, herzliches Wesen. Ihr Nordeuropäer wisst auf eure Weise, wie man gut und schön leben kann. Ich bedanke mich und freue mich, dass ich an diesem Leben ein Stück weit partizipieren durfte.

Das werde ich niemals vergessen!

Dom zu Helsinki, Finnland

Türme von Tallinn, Estland